Título original: *The Eternal Wonder*
Traducción: Albert Fuentes
1.ª edición: enero, 2016

© The Pearl S. Buck Family Trust, 2013
© Ediciones B, S. A., 2016
    para el sello B de Bolsillo
    Consell de Cent, 425-427 - 08009 Barcelona (España)
    www.edicionesb.com

Printed in Spain
ISBN: 978-84-9070-167-6
DL B 26214-2015

Impreso por NOVOPRINT
              Energía, 53
              08740 Sant Andreu de la Barca - Barcelona

El eterno asombro

PEARL S. BUCK

La vida es el asombro que a todos nos es infundido...

Prefacio

Mi madre, Pearl S. Buck, estuvo trabajando en esta novela durante los años anteriores a su muerte, que la sorprendió a los ochenta años de edad en Danby, Vermont, el 6 de marzo de 1973. Sus asuntos personales en esos últimos años de su vida habían sido caóticos: se había mezclado con personas que codiciaban su fortuna y que la habían alejado de su familia, amigos, empleados y editores. Estaba prácticamente arruinada. Sus siete hijos adoptivos, entre los cuales me cuento, no tuvimos acceso a sus bienes y alguien escamoteó el manuscrito autógrafo y una copia mecanografiada de *El eterno asombro*, de los que nadie más tuvo noticia durante cuarenta años.

Después de su muerte, mis hermanos y yo sumamos fuerzas para recuperar lo que quedaba de su legado literario y de su patrimonio personal, y al cabo de unos años finalmente tuvimos éxito. Me convertí en el albacea literario de Pearl S. Buck. Sin embargo, antes de que la familia pudiera hacerse con el control de su patrimonio, desaparecieron muchos de sus bienes, como sus textos, cartas, manuscritos y propiedades personales. La familia jamás fue informada de la existencia de su última creación literaria. En los años que siguieron a su muerte, la familia pudo recuperar otros objetos que habían sido sustraídos. En 2007, el manuscrito original de la novela más célebre de Pearl S. Buck, *La buena tierra*, fue recuperado. Una antigua secretaria de mi madre lo había hurtado y escondido en alguna fecha de mediados de la década de 1960.

En diciembre de 2012, tuve noticia de que una mujer había adquirido el contenido de un trastero de alquiler en Fort Worth, Tejas. Como no se estaba al corriente de pago, la empresa propietaria de los trasteros estaba facultada legalmente para subastar su contenido. Cuando la compradora examinó el trastero, halló entre otras cosas lo que parecía ser el manuscrito autógrafo de una novela de Pearl S. Buck, de poco más de trescientas páginas, junto a una copia mecanografiada. La mujer deseaba vender los textos y la familia los adquirió después de negociar con ella.

Ignoramos quién se llevó el manuscrito de Danby, Vermont, en qué momento lo hizo, o las circunstancias por las que terminó en un trastero de alquiler en Fort Worth.

Mi madre nació en el matrimonio formado por Absalom y Caroline Sydenstricker en Hillsboro, Virginia Occidental, el 26 de junio de 1892. Su padre era misionero presbiteriano y había viajado por primera vez a China en compañía de su esposa en 1880. A sus padres se les concedía un permiso de regreso a casa cada diez años y fue en una de esas estancias, que se vio algo alargada, cuando nació Pearl. En noviembre de 1892, la familia regresó a China. Pearl volvería con sus padres a Estados Unidos en agosto de 1901, durante uno de sus permisos que se prolongó hasta agosto de 1902; luego regresaría de nuevo para cursar sus estudios universitarios, entre 1910 y 1914, y una vez más entre 1925 y 1926 para cursar un máster en la Universidad de Cornell. No se instaló de manera definitiva en Estados Unidos hasta 1934. Así pues, durante la mayor parte de sus primeros cuarenta años de vida, mi madre tuvo su hogar en China.

Conocía el país, sus gentes y su cultura de manera íntima. En 1917, se casó con John Lossing Buck, un misionero agricultor cuyo trabajo le llevó en compañía de su esposa a remotas regiones de China. Fue allí donde Pearl adquirió un conocimiento profundo de las condiciones de vida de los campesinos chinos, sus familias y su cultura. Dicho conocimiento se haría patente en *La buena tierra*. En 1921, el matrimonio Buck se trasladó a Nanjing donde ambos darían clases en la universidad.

Pearl supo desde la infancia que quería ser escritora. Ya de niña, vio publicados algunos de sus primeros textos en el *Shanghai Mercury*, un periódico en lengua inglesa. Siendo alumna en la universidad femenina Randolph-Macon, escribió varios cuentos y piezas de teatro, ganó concursos literarios e ingresó en la sociedad estudiantil Phi Beta Kappa.

A finales de la década de 1920 publicó su primera novela, *Viento del este, viento del oeste*. Envió el libro a una agencia literaria de Nueva York, la cual lo remitió a su vez a una serie de editoriales que lo rechazaron, principalmente porque versaba sobre China. A la postre, en 1929, Richard D. Walsh, presidente de la editorial John Day, aceptó la novela y la publicó en 1930.

Walsh le dijo que continuara escribiendo. Su siguiente libro, publicado en 1932, fue *La buena tierra*. La novela se convirtió en un éxito de ventas de la noche a la mañana y dio fama y desahogo económico a su autora. También supuso el inicio de su historia de amor con Richard Walsh, con quien contraería matrimonio en 1935 después de divorciarse de Lossing Buck y de que Walsh hiciera lo propio con su primera mujer, Ruby. La sociedad literaria entre Walsh, su editor y corrector, y la escritora Buck resultaría enormemente productiva y afortunada. Hasta su muerte en 1960, Walsh editó y publicó todos los libros de Buck.

Mis padres adoptivos, Pearl Buck y Richard Walsh, formaron su hogar en el condado de Bucks, en Pensilvania. También mantenían un apartamento en Nueva York, donde la editorial John Day tenía su sede. Cuando contrajeron matrimonio, Pearl ya tenía dos hijas: Carol, una niña que nació con severas discapacidades, y una hija adoptiva, Janice. Walsh tenía tres hijos mayores de su primer matrimonio que no vivían con él.

Recién casados y con un hogar nuevo, los Walsh decidieron adoptar a más niños. A primeros de 1936, adoptaron dos niños de corta edad, y pasados catorce meses un recién nacido (yo) y una niña. Más adelante, a principios de la década de 1950, adoptarían a dos muchachas adolescentes. La vida familiar giraba alrededor de la finca familiar, que Pearl bautizó con el nombre de Green Hills Farm, una hacienda de unas doscientas hectáreas que comprendía una antigua alquería adaptada holgadamente a las necesidades de la familia y varias granjas en funcionamiento, cuyos empleados, bajo la dirección de un gerente, criaban ganado y explotaban las tierras de cultivo. Desde 1935, Pearl Buck residió y trabajó en Green Hills Farm, hasta que se mudó a Vermont, donde pasó los tres últimos años de su vida.

En noviembre de 1938, Buck fue galardonada con el Premio Nobel de Literatura. Considerado por muchos el más alto honor que puede recibir un escritor, le fue concedido por el conjunto de su obra, que en ese momento constaba de siete novelas y dos biografías, además de varios ensayos y artículos. Muchos críticos juzgaron que Buck, a los cuarenta y seis años de edad, todavía era demasiado joven y que su obra no era bastante «literaria», siendo por el contrario demasiado «fácil de leer» y «accesible».

Pese a los críticos, el premio convenció a Buck de que era una escritora excelente, que a los envidiosos era preciso ignorarlos y que en adelante se dedicaría a lo que más le gustaba: ¡escribir historias! Cuando terminó sus días, su obra constaba de cuarenta y tres novelas, veintiocho libros de no ficción, doscientos cuarenta y dos cuentos, treinta y siete libros para niños, dieciocho guiones para cine y televisión, varios textos dramáticos y guiones de musicales, quinientos ochenta artículos y ensayos y miles de cartas.

Tenía un año y medio cuando mi madre ganó el Premio Nobel. No guardo ningún recuerdo de la emoción que mis padres debieron de sentir. El único *souvenir* que conservo del acontecimiento es una gastada postal que mi madre me envió desde Suecia después de la ceremonia de entrega.

Nuestra vida familiar en Green Hills Farm durante los últimos años de la década de 1930 y los primeros de la de 1940 era serena, privada y resguardada. La Segunda Guerra Sino Japonesa, que había empezado con la invasión japonesa de la remota Manchuria en septiembre de 1931 —preámbulo de la guerra sin cuartel que Japón libraría contra China y, andando el tiempo, contra Estados Unidos—, no perturbó la quietud de los campos de Pensilvania. Cuando nuestro país entró en guerra contra Japón y Alemania en diciembre de 1941, esas batallas quedaban ya muy lejos. Es cierto que nos vimos obligados a abandonar nuestra casa de vacaciones en Island Beach, Nueva Jersey, cuando varios barcos fueron torpedeados frente a la costa y el fueloil de los petroleros hundidos ensució las playas.

Lejos de las bombas y los campos de batalla, Pearl Buck fue una feroz defensora de la intervención militar y humanitaria en favor de la población y de los ejércitos de China. Pese a que su país se hallaba sumido en un desafío a vida o muerte contra los ejércitos del Imperio Japonés, a menudo abogó en sus artículos por no perder de vista que el pueblo llano japonés se había visto conducido al desastre por unos líderes criminales. Hoy día, en el siglo XXI, el gobierno y el pueblo de China honran la memoria de Pearl S. Buck por su labor de socorro en favor de China durante la Segunda Guerra Mundial. Al mismo tiempo, sus libros ambientados en Japón dan fe de la humanidad y la cultura que caracterizan a la buena gente de aquel país.

Durante mi infancia, nuestra casa siempre estuvo llena de libros, pues mi padre traía las obras de otros autores a los que editaba y Pearl recibía libros nuevos, cuyos autores tenían la esperanza de que les escribiera un breve texto promocional para ayudarlos. Hombres y mujeres fascinantes frecuentaron la casa: africanos, chinos, europeos e indios. Hubo escritores, intelectuales, diplomáticos y de vez en cuando algún político. De entre las personas que nos visitaron, las que recuerdo mejor son

Lin Yutang, que vino acompañado de su mujer y sus tres hijas preciosas, y el acuarelista Chen Chi, quien pintó varias vistas de nuestra casa durante sus visitas. Entre los invitados más fieles destacaría al embajador de la India en Estados Unidos, así como la hermana del primer ministro indio Nehru, Vijaya Lakshmi, a quien acompañaban sus tres hijas. Nuestros vecinos eran, entre otros, Oscar Hammerstein, James Michener, David Burpee y la colonia de artistas y escritores instalada en la cercana localidad de New Hope, en Pensilvania.

Una de las alas de nuestra casa, que estaba unida a las dependencias principales por un corredor acristalado, contenía tres despachos. Mis padres tenían cada uno el suyo y el otro estaba reservado a sus secretarios. En el despacho de mi madre había un escritorio, un hogar y unos confortables butacones, y destacaba un gran ventanal con vistas a nuestras rosaledas, estanques con nenúfares y los campos de la granja donde pacían nuestras vacas guernsey. También se veían a lo lejos los tres arcos de piedra del puente por el que pasaba la carretera.

Pearl S. Buck escribió sin desmayo en la quietud de los campos del condado de Bucks. Después del viaje a Suecia en 1938 con ocasión de la entrega del Premio Nobel, no volvió a salir de Estados Unidos hasta finales de la década de 1950. Llevaba la casa y se ocupaba de dirigir a los empleados y criar a sus hijos con mano firme. Todas las mañanas dedicaba cuatro horas a la escritura creativa. Por la tarde, solía responder a las cartas de sus admiradores y se ocupaba de los negocios. Siempre disponía de tiempo para ayudar a sus hijos con los deberes o las clases de piano, y para exigirnos que diéramos lo mejor de nosotros mismos. La ociosidad era anatema. Sus años en China, que la familiarizaron con la pobreza de la mayor parte de la población a caballo de los siglos XIX y XX, le infundieron la convicción de que el trabajo duro era la única manera de que una persona pudiera prosperar en la vida.

El 4 de enero de 2013 llegaron a mis manos el manuscrito autógrafo y la copia mecanografiada de *El eterno asombro*. Abrí el paquete remitido desde Tejas. Contemplé la recordada caligrafía de mi madre y comparé el texto mecanografiado con sus obras narrativas. No cabía duda de su autenticidad. Cuando hice mi primera lectura de la novela, supe enseguida que era una obra suya, pero también pude comprobar que faltaban pulir algunos detalles. Era evidente que alguien, ignoro quién, había realizado algunas modificaciones cuando el manuscrito se pasó a máquina. El responsable de mecanografiarlo había interpretado mal algunas palabras manuscritas y mi madre, que lo había redactado con la rapidez acostumbrada, había cometido algunos errores en la cronología de los hechos narrados así como en algunas de las transiciones. Supe que mi madre, de haber vivido más tiempo, habría cambiado algunas partes y habría ampliado o alterado el final.

Cuando Open Road Integrated Media, la editorial estadounidense que publica sus libros impresos y en formato electrónico, me presentó las primeras pruebas del texto, las revisé y traté de pulir los descuidos con la colaboración de la editorial, alterando en la menor medida posible el texto original. El principio que gobernó la intervención sobre el texto consistió en procurar ser fiel a lo que conozco de la escritura de mi madre y las correcciones de mi padre.

Leyendo el texto, también me alegró reparar en un recurso habitual de mi madre en muchos de sus libros y relatos. Cuando vivía una experiencia interesante o visitaba un lugar especial, o conocía a una persona fascinante, mi madre siempre introducía el episodio, el lugar o la persona en uno de sus relatos. Asimismo, solía servirse de detalles mundanos de su vida privada. En un momento de la novela, Rann, el joven cuya vida seguimos, está en casa con su madre:

Metió el perro en el garaje y luego regresó a la cocina y se sentó a la mesa mientras su madre cocinaba algo.

—No tendremos hambre —dijo ella—, pero prepararé un bizcocho de jengibre y esa salsa dulce especial que tanto te gusta.

Mi madre era famosa por su bizcocho de jengibre casero y una salsa dulce especial, y a mis hermanos y a mí nos encantaba y siempre lo esperábamos con fruición.

En otro momento del libro, el adolescente Rann viaja en barco a Inglaterra. Conoce durante la travesía a una hermosa aristócrata viuda mayor que él. Cuando desembarcan, la mujer le invita a alojarse en su castillo de las afueras de Londres. En 1959, mi madre y yo fuimos invitados a pasar unos días en un castillo al norte de Londres. Es ese castillo el que se describe en el libro.

Creo que es importante ofrecer esta obra al público lector pese a sus defectos. Cuando le llevé el manuscrito a Jane Friedman, directora ejecutiva de Open Road Integrated Media, coincidió en la necesidad de publicarlo. El equipo de Jane ha trabajado mucho para dejarlo listo para su publicación y a todos ellos les estoy sumamente agradecido. Creo que mi madre habría quedado satisfecha.

Pero es imposible imaginar de qué manera hubiera revisado Pearl S. Buck, de haber estado viva, una obra que en su actual estado resulta imperfecta. Era muy perfeccionista y la obra dista de ser perfecta. Mi madre no dejó instrucciones sobre cómo debía quedar la novela en su forma final. Aun así, para sus viejos y nuevos lectores esta obra representa una oportunidad única para conocerla de verdad y comprender sus sentimientos y convicciones. Viví en su casa casi veinticinco años. Cuando me casé y empecé una nueva vida, mantuve en todo momento el contacto con ella hasta su muerte. Así que siempre estuve al corriente de sus amplios intereses más allá de su vida literaria. Estuvo firmemente comprometida con las luchas por los derechos de la mujer, los derechos civiles de las minorías, los derechos de los discapacitados, los derechos de los niños y adultos de ascendencia mestiza y la tolerancia religiosa. En efecto, siempre respaldó a los desfavorecidos del mundo. El lector comprobará en la novela que mi madre creía que «todos los hombres son hermanos», por emplear el título de su traducción de un cuento clásico chino.

En cierto modo, leer esta historia fue como regresar a casa y encontrar a mi madre en su estudio, arrellanados los dos en unas butacas al amor de la lumbre, mientras ella compartía conmigo sus pensamientos, saber y opiniones. Cabría considerar al joven genio, que es el protagonista de este libro, una figura autobiográfica, y los numerosos personajes que interactúan con él y lo educan hablan como mi madre lo habría hecho. Años después de su muerte, Pearl S. Buck tiene un gran número de lectores en todo el mundo y sus obras siguen traduciéndose a muchas lenguas. Creo que los admiradores de Pearl S. Buck encontrarán en estas páginas el tipo de narración que siempre disfrutaron en los libros de mi madre y tengo la esperanza de que compartan conmigo parte del asombro que experimenté al leerlo. A menos que otro manuscrito oculto salga a la luz, esta será su última obra.

EDGAR WALSH
Julio de 2013

PRIMERA PARTE

Dormía en aguas tranquilas. Lo cual no significaba que su mundo estuviera siempre inmóvil. Había veces en que el movimiento, aun un movimiento violento, se hacía evidente en su universo. El cálido fluido que lo envolvía podía mecerlo, incluso podía llegar a zarandearlo, de modo que abría los brazos instintivamente, sacudía las manos y abría las piernas como lo hacen las ranas cuando se lanzan de un salto. No es que supiera algo de ranas; todavía no había llegado el momento para eso. Todavía no le había llegado el momento de saber. El instinto era aún su único recurso. Se pasaba la mayor parte del tiempo en estado de quietud y solo se mostraba activo cuando respondía a los movimientos inesperados del universo exterior.

Tales respuestas, que según le dictaba su instinto eran necesarias para protegerse, también se convirtieron en una fuente de placer. Su instinto se amplió a las acciones positivas. Ya no esperaba los estímulos del exterior. Ahora los sentía dentro de sí. Empezó a mover los brazos y las piernas, se volvió, primero por casualidad, pero al cabo de muy poco por voluntad propia y con una sensación satisfactoria. Podía moverse por ese mar cálido y privado, y conforme fue creciendo también se percató de las limitaciones que tal espacio le imponía. Con la mano, con el pie, solía golpear las paredes blandas y, sin embargo, concretas, más allá de las cuales no podía ir. Hacia adelante y hacia atrás, de arriba abajo, dando vueltas y más vueltas, pero nunca al otro lado; ese era el límite.

El instinto actuó de nuevo en él y le infundió el ímpetu necesario para acometer acciones más violentas. Día a día se iba volviendo más grande y fuerte, y a medida que ello se hacía realidad, su mar privado empequeñecía. Pronto sería demasiado grande para su entorno. Lo sentía sin saber que lo sentía. Además, empezaron a afectarle unos sonidos débiles y remotos. Lo había envuelto el silencio, pero ahora sendos pequeños apéndices a los lados de su cabeza parecían contener ecos. Dichos apéndices tenían un propósito que no acertaba a comprender, porque no podía pensar, y no podía pensar porque lo ignoraba todo. Pero podía sentir. Podía recibir una sensación. A veces lo asaltaba el deseo de abrir la boca y producir un sonido, pero no sabía qué era un sonido, o siquiera que deseaba producirlo. No podía saber nada; todavía. Ni siquiera sabía que no podía saber. El instinto era todo cuanto tenía. Se hallaba a merced de él porque no sabía nada.

No obstante, fue el instinto el que lo condujo al saber definitivo de que era demasiado grande para el lugar que lo contenía, fuera este cual fuere. Se sentía incómodo y ese malestar de pronto lo empujó a rebelarse. Aquello era demasiado pequeño para él, fuera lo que fuese, e instintivamente quería desembarazarse de ello. Su instinto se manifestó en una creciente impaciencia. Abría los brazos y las piernas con tanta violencia que un día las paredes se rompieron y las aguas corrieron y lo abandonaron, dejándolo indefenso. En ese instante, segundo arriba segundo abajo, puesto que aún no podía comprender, pues nada sabía, sintió unas fuerzas que lo empujaban de cabeza por un canal infranqueablemente angosto. De no haber tenido un cuerpo mojado y escurridizo no habría logrado avanzar. Centímetro a centímetro, unas contorsiones desconocidas lo empujaban en su camino, hacia abajo, en la tiniebla. No es que supiera algo de las tinieblas, pues nada podía saber. Pero sentía que lo empujaban unas fuerzas que lo impulsaban en su camino. ¿O acaso sencillamente lo expulsaban porque había crecido demasiado? ¡Imposible saberlo!

Continuó su viaje, abriéndose paso por el angosto canal, abriendo las paredes por efecto de la fuerza. Una nueva clase de fluido empezó a manar y a arrastrarlo hasta que, de pronto, con una rapidez tal que le pareció que lo expulsaban, emergió al espacio infinito. Lo agarraron, aunque él no lo sabía, pero lo cierto es que lo agarraron, y por la cabeza, aunque con delicadeza, lo elevaron a gran altura —quién o qué lo hizo es algo que no podía saber, porque el saber le estaba vetado—, y luego se vio colgando por los pies, cabeza abajo, todo lo cual ocurrió con tal rapidez que no supo reaccionar. Entonces, en ese instante, sintió en la planta de los pies una cosa afilada, una sensación nueva. De pronto sabía algo. Adquirió el saber del dolor. Abrió los brazos. Ignoraba qué hacer con el dolor. Quería regresar al lugar donde siempre había estado, en esas aguas protectoras y cálidas, pero no sabía cómo. Aun así, no quería seguir adelante. Se sentía ahogado, indefenso, se sentía completamente solo, pero no sabía qué hacer.

Mientras dudaba, temeroso sin saber qué era el temor y con un saber instintivo que le advertía que se hallaba en peligro sin saber en qué consistía el peligro, sintió una vez más una punzada de dolor en los pies. Algo lo agarró por los tobillos, alguien lo sacudió (ignoraba quién o qué), pero ahora conocía el dolor. De pronto el instinto acudió en su auxilio. No podía regresar, pero tampoco podía quedarse así. De modo que debía seguir adelante. Debía escapar del dolor siguiendo adelante. No sabía cómo, pero sí que tenía que seguir adelante. Tenía la voluntad de continuar y, con ella, el instinto le mostró el camino. Abrió la boca y produjo un ruido, un grito de protesta contra el dolor, pero se trataba de una protesta activa. Sintió que los pulmones se le vaciaban de un líquido que ya no necesitaba, y tomó aire. No sabía qué era el aire, pero notó que ocupaba el lugar del agua y que no era estático. Su cuerpo contenía algo que tomaba para a continuación expulsarlo, y, sin que aquello cesase, de pronto empezó a llorar. Ignoraba que estaba llorando, y fue la primera vez que oyó su voz, aunque no sabía que se trataba de su voz ni qué era una voz. Aun así, descubrió instintivamente que llorar y oír le gustaba.

Ahora estaba con la cabeza incorporada, y lo llevaron en brazos a un lugar cálido y blando. Sintió que le daban unas friegas de aceite, aunque no sabía qué era el aceite, y después lo lavaron, aunque no tenía otra opción que aceptar lo que le ocurría, puesto que desconocía todas las cosas. Sin embargo, en esta ocasión no sentía dolor sino calidez y bienestar, aun cuando estuviera, sin saberlo, muy cansado. Por fin los ojos se le cerraron y se durmió, sin saber siquiera en qué consistía el sueño. No conservaba más que el instinto, pero bastaba por el momento.

Del sueño lo despertaron. Desconocía la diferencia, puesto que el conocimiento aún no formaba parte de su ser. Ya no se hallaba en su mar privado, pero sentía calidez y amparo. Cobró conciencia, también, del movimiento, aunque no fuese el suyo. Sencillamente, estaba moviéndose a través del aire en lugar de hacerlo a través del líquido, y respiraba acompasadamente, a pesar de que ignoraba que lo hacía. El instinto lo empujaba a respirar. El instinto lo empujaba también a mover las piernas y los brazos de la misma manera que lo había hecho en su mar privado. Entonces, de pronto, puesto que todo le ocurría de pronto, sintió que lo depositaban en una superficie que no era dura ni blanda. Sintió que lo estrechaban contra otra superficie cálida y que le colocaban la boca junto a otra calidez. Aun sin saberlo, se le removió el instinto. Abrió la boca, notó que arrimaban a esta una suavidad pequeña y cálida, un líquido le acarició la lengua, un placer instintivo se adueñó de todo su cuerpo, y sintió una necesidad enteramente nueva e inesperada. Empezó a chupar, empezó a tragar, y sintió que aquel instinto nuevo le cautivaba por completo. Se trataba de algo que nunca antes había experimentado, un placer en todo su ser, y lo sentía con la misma intensidad con que antes había sentido el dolor. Fueron sus primeros saberes, el dolor y el placer. Ignoraba en qué consistían, pero advirtió la diferencia entre ambos, y supo que odiaba el dolor y que amaba el placer. Ese saber constituía algo más que el instinto, aunque el instinto desempeñara también su papel. Conoció instintivamente la sensación de placer y conoció instintivamente la sensación de dolor. Cuando sentía dolor, el instinto le dictaba que abriera la boca, y entonces lloraba con todas sus fuerzas, y hasta con rabia. Descubrió que al hacerlo la causa del dolor se interrumpía, y ello se convirtió en saber.

Lo que no sabía era que, después de sentir placer, los labios se le abrían y la boca se le ensanchaba. A veces surgía de su cuerpo otra clase de sonido; entonces tomaba aire con deleite. Era algo que podía ocurrirle al ver ciertas Criaturas, especialmente si le hacían ruiditos o le tocaban los carrillos o la barbilla. Descubrió que cuando manifestaba su placer, respondían con esos ruidos y caricias. Eso también se convirtió en saber. Todo lo que podía hacer o suscitar en sí mismo, por su propio deseo o voluntad, se convertía en saber, y el instinto le dictaba que se sirviera de él. Así, el instinto le llevó a conocer la existencia de las personas. Al principio solo era consciente de sí mismo, de su placer y de su dolor. Luego empezó a relacionar a ciertas personas con el placer o el dolor que sentía. La primera de las personas a las que relacionó de ese modo fue su madre. Al principio solo la conocía instintivamente y por el placer que le causaba. Se alimentaba de sus pechos, y ello constituía su placer principal. Mientras succionaba, contemplaba instintivamente el rostro de su madre, hasta que sus rasgos pasaron a formar parte del proceso del placer. Por instinto, como había aprendido a sonreír cuando algo le resultaba placentero, su primera sonrisa fue para ella.

Entonces, un buen día, se sintió abrumado, atemorizado incluso, al descubrir que ese *otro* placentero y dador de placer también podía infligir dolor. Llevaba un tiempo sintiendo la necesidad instintiva de cerrar sus encías sobre algo, porque le dolían mucho. Ese día, cuando hubo mamado hasta saciar su hambre, cerró instintivamente las encías sobre lo que tenía en la boca. Le sorprendió el grito de ella, no muy distinto de los que daba él cuando sentía dolor, y eso fue lo que volvió a experimentar en ese instante. Fue en la mejilla, una parte de su cuerpo de la que aún no había cobrado conciencia. Al momento, y por instinto, rompió a berrear y sintió en la cara una humedad parecida al agua. Eran sus primeras lágrimas, el resultado de una nueva clase de dolor. No procedía de su mejilla, que aún le escocía, sino de una herida dentro de él que no sabía definir. Se extendía por su pecho, era un dolor interior. De pronto se sintió solo y perdido. Aquella criatura que lo protegía de noche y de día, que le daba de mamar y de la que dependía por completo, ¡le había causado dolor! Había puesto toda su confianza en ella y ahora ya no podía fiarse ¡porque le había hecho daño! Se sintió desorientado, ajeno a todo, perdido. Cierto es que, al verlo llorar desconsolado, ella lo había estrechado y mecido entre sus brazos, pero aun así no podía parar de llorar. Ella acercó el pezón a su boca abierta, insistió en ofrecerle de comer el mismo manjar cálido y dulce que él siempre había aceptado con ilusión. Sin embargo, en esta ocasión volvió la cabeza y lo rechazó. Lloró hasta que dejó de sentir ese dolor interior, y por fin se durmió.

Cuando despertó, se encontraba en su cuna, acostado del lado derecho. Se tendió de espaldas y a continuación se volvió hacia la izquierda. Preso de un deseo nuevo para él, se puso otra vez del lado derecho y acto seguido el mismo impulso interior lo llevó a tumbarse boca abajo. Luego, al notar el peso de su cara sobre el lecho, una fuerza desconocida le hizo levantar la cabeza. Cuanto lo rodeaba parecía nuevo y distinto, como si fuese la primera vez que lo veía. Tuvo la impresión de observarlo todo desde lo alto. Además, podía volver la cabeza a un lado y a otro. No paraba de llevarse sorpresas así. De pronto oyó un grito estridente y advirtió que lo llevaban en volandas los brazos de la Criatura, la misma capaz de infligirle un dolor tan grande que se había dormido llorando... Ahora, sin embargo, lo que experimentaba era una nueva forma de placer que no guardaba relación alguna con el acto de alimentarse. Si antes había sentido un dolor interior, ahora lo embargaba un placer del mismo signo. Volvía a estar con ella. Volvía a sentirse amparado y unido al mundo. Ella estaba haciendo ruidos. Él reparó en el tacto de sus labios en las mejillas, en el cuello. Ella alzó la voz y otra Criatura se acercó y lo miró. Los observaba, primero a uno, después al otro, y se sentía unido a los dos. Una vez más entraba en acción el instinto. No los conocía ni sabía por qué sentía que formaba parte de ellos, pero era una impresión placentera. Y notó que se le movía la boca, que sus labios titubeaban instintivamente, y a continuación hizo un sonido nuevo y oyó que los otros dos soltaban gritos de alegría y de sorpresa.

Después, sintió que se obraba un cambio en él casi a diario. Experimentaba el impulso de hacer cuanto parecía imposible. Ponerse boca abajo en la cuna y levantar la cabeza se convirtió en algo completamente natural. Aprendió a levantarse un poco con los brazos, y su mundo se ensanchó. Ahora veía más allá de la cuna. En pocos días, ignoraba cuántos, porque aún lo impulsaba el instinto, descubrió también que podía levantar todo el cuerpo y ponerse de rodillas, sostenerse sobre estas y las manos. Se mecía hacia adelante y hacia atrás, y sentía que el movimiento recorría su cuerpo por dentro. Era una sensación placentera, y lo hacía una y otra vez. Después, los días pasaron deprisa, cada vez más, de hecho, y a medida que transcurrían el instinto iba trocándose en saber. Ponerse sobre las manos y las rodillas se convirtió en una costumbre. Sabía cómo hacerlo, y pronto no tuvo suficiente. El instinto lo convenció de que siguiera adelante y avanzara una mano y después la otra, y que hiciera lo mismo con las rodillas, y entonces, cuando alcanzaba los límites de la cuna, o el lugar donde la Criatura lo dejaba durante el día, como no podía seguir avanzando se agarraba a los listones de madera y se incorporaba.

Ahora sí que alcanzaba una gran altura. Ahí arriba, todas las cosas, el mundo entero, parecían distintas. Ya no estaba abajo. Estaba arriba. Estaba muy por encima del mundo, y la alegría que ello le producía le hacía reír.

Si pegaba la cara a los listones, podía ver entre ellos a las Criaturas, a quienes formaban su mundo, a una sola o a las dos, yendo de aquí para allá. El instinto se agitó en su interior; también constituía una forma de saber, una más de las muchas de que ahora disponía. Miraba con los ojos; si al principio había visto sin saberlo, ahora llegaba el conocimiento; después de ver unas cuantas veces la cuchara, el plato o la taza, en lugar del pecho, supo que también servían para alimentarse. Estaba aprendiendo a adquirir saber. Ahora dedicaba más tiempo al aprendizaje que a los movimientos instintivos. Se encontraba rodeado de cosas. De cada una de ellas había algo que aprender: qué tacto tenían al sostenerlas con las manos o palparlas, o si eran demasiado grandes para sujetarlas. Le gustaba agarrar y tocar las cosas. También le gustaba comprobar qué sabor tenían, lo cual, a fin de cuentas, equivalía a tocarlas con la lengua. Cuando descubrió esta manera de acumular saber, empezó a llevarse a la boca cuanto veía. Así fue como descubrió los sabores. Todo tenía su sabor, además de una superficie por la que pasar la mano. Cada vez sabía más cosas, porque poseía el instinto de aprender y, por lo tanto, de saber.

Así pues, se consagró por entero a la tarea de aprender, y descubrió que para el desarrollo de la misma era necesario moverse. Ya había descubierto que si adelantaba una mano y a continuación la otra, las rodillas lo acompañaban. El parque se hizo demasiado estrecho para confinarlo en él. Se sintió empujado a salir, a aventurarse en lo desconocido, y para salirse con la suya lloró y gritó, hasta que un día lo cogieron en brazos y lo depositaron en la tierra ignota. Y a gatas empezó a explorar. Cuando alcanzaba una silla o la pata de una mesa, el instinto de encaramarse lo impulsaba a incorporarse y ganar altura. Al principio no sabía qué hacer. Estaba de pie, sujetándose a algo con las manos, pero ignoraba qué hacer después, y ello a pesar de que observaba los movimientos de otras Criaturas. También existía el peligro de desplomarse. Ya había intentado soltarse y de inmediato había caído sentado al suelo, y todo había sido tan repentino que había sentido la necesidad de gritar a fin de que la Criatura acudiese, lo sostuviera entre sus brazos y lo consolase. Todavía ignoraba que no existe nada que sea permanente. Todo empezaba en lo desconocido. Aún debía aprender que podía volver a intentarlo, y fue el instinto el que lo llevó a tratar de nuevo.

Ahora la Criatura lo ayudaba. Le sujetaba las manos y tiraba de él para ponerlo de pie. De pronto, mientras ella lo arrimaba suavemente hacia sí, descubrió que un pie seguía al otro por instinto, y empezó a moverse. ¡Podía moverse! Nunca más volvería a sentirse satisfecho confinado en un espacio. Ahora era una Criatura libre como las demás. Cierto es que todavía se caía de vez en cuando y que en ocasiones se hacía daño, pero aprendió a ponerse de pie y volver a empezar.

Era un placer nuevo. No sentía ni el deseo ni la voluntad de ir a ninguna parte en concreto, o de alcanzar tal o cual objetivo, sino, sencillamente, de mantenerse de pie y seguir adelante. Cierto es que a menudo se sentía atraído por un objeto y se detenía para contemplarlo, sentirlo, tocarlo, descubrir su sabor, aprender por todos esos medios qué era y cuál podía ser su uso, pero una vez que lo descubría, el instinto lo empujaba a buscar algo nuevo. Poco a poco aprendió a mantener el equilibrio para no caerse, o por lo menos no caerse tan a menudo.

Entretanto, juzgó necesario hacer ruidos. Con su voz, que se le había revelado casi al instante de emerger de su mar privado, pues al sentir dolor había llorado instintivamente. El dolor le había enseñado a emitir un ruido de protesta. Más tarde había aprendido a reír. Usaba ambos ruidos todos los días, y con frecuencia. Pero la voz producía otros sonidos. Las Criaturas se valían de sus voces sin cesar, a veces para reír, pero también para otras cosas. Por ejemplo, para dirigirse a él emitían uno determinado. Fue el primer sonido especial que aprendió, el primero invariable, la primera palabra: su nombre, Randolph, Rannie. Esta palabra a menudo venía acompañada de otras, relacionadas una vez más con el dolor o el placer. Había dos palabras breves, «no» y «sí». «No, Rannie»; «sí, Rannie»; significaban dolor o placer. Las palabras no se podían aprender por instinto. Solo se podían aprender con la experiencia. Al principio las había ignorado. El «no» no le decía nada. Pero pronto descubrió que la consecuencia de ignorarlo era el dolor, un golpe repentino en la mano, o en el trasero. Así aprendió a detenerse cuando oía la palabra «no», especialmente si venía seguida por «Rannie», que se refería a él. Aprendió que todo el mundo tenía una palabra especial. Aprendió la palabra «mamá», aprendió la palabra «papá». Había Criaturas que formaban parte de su mundo y él del de ellas. Eran las que le decían «no» y «sí». También le decían «ven». Empezó a saber por experiencia cuándo tenía que recurrir al «no» y cuándo al «sí». Un día le dijeron: «Ven, Rannie, ven, ven.» Pero ocurría que en ese momento no le apetecía ir. Estaba ocupado con sus propios asuntos, de modo que echó mano, instintivamente, de la palabra que mejor conocía.

—No —dijo—. No, no, no.

Al instante se vio en brazos de la Criatura más alta.

—Sí, sí, sí —dijo la Criatura más alta.

Esa palabra placentera vino acompañada, para su sorpresa, de una fuerte zurra en el trasero. Se echó a llorar al instante. Podía llorar a voluntad, cuando le apetecía. A veces le funcionaba, otras no. Esta vez no funcionó.

—No, no me llores —dijo la Criatura más alta.

Miró su cara y decidió parar de llorar. En eso consistía aprender a partir del saber. Uno no decía «no» cuando una Criatura grande decía «ven» o «sí».

Su auténtico interés, sin embargo, no residía en aquellas escaramuzas derivadas de la adquisición de saber. Su ocupación, la que él había elegido para sí, era la investigación. Le obsesionaba el deseo de investigar, de abrir todas las cajas, comprobar si era capaz de volver a cerrarlas después de descubrir lo que contenían, si es que contenían algo, de abrir todas las puertas, de subir las escaleras una y otra vez, de sacar de los armarios los cazos y sartenes, las latas, los botes, de sacar los libros de los estantes, de abrir los cajones, de destapar los tarros y quitar los tapones a las botellas. Cuando hacía un descubrimiento, no veía razón para dejar las cosas como las había encontrado. Había averiguado lo que quería saber, ya podía dedicarse a otra cosa. Disfrutaba vaciando los cajones y desenrollando el papel de váter. Le gustaba jugar en el agua y abrir y cerrar los grifos del lavabo. No veía razón alguna para los horrorizados gritos de protesta de su madre, pero cuando le decía «no, no, Rannie», dejaba lo que estuviera haciendo y proseguía su labor en otra parte.

El día de su primer cumpleaños, que no entendió, le divirtió encontrar una vela solitaria en un pastel, y cuando aprendió a soplar para apagarla pidió que se la encendieran una y otra vez, para ver si así entendía qué era aquella luz. Cuando la Criatura más alta encendió la vela por última vez —«basta, Rannie. No, no, no»—, decidió probar un método distinto para averiguar qué era. Puso el índice en la llama... y al cabo de un instante lo retiró. Estaba demasiado aturdido para llorar. En vez de eso, se inspeccionó el dedo y miró con curiosidad a su madre.

—Caliente —dijo ella.

—Caliente —repitió él. Y entonces, después de adquirir ese saber, se echó a llorar, porque además le dolía.

Su madre sacó entonces un trocito de hielo de su vaso de limonada y se lo aplicó sobre el dedo que se había quemado.

—Frío —dijo ella.

—Frío —repitió él.

Ahora conocía el calor y el frío. Era difícil aprender, pero también emocionante. Cuando después se comió el helado, recurrió a ese saber.

—Frío —dijo.

No supo por qué las dos Criaturas se echaron a reír y a aplaudir.

—Frío —convinieron al unísono.

Les había hecho felices, no sabía por qué razón, pero se sintió feliz consigo mismo y también se echó a reír.

No sabía nada acerca del tiempo, pero en todo momento era consciente de su cuerpo y sus necesidades, y fue así como adquirió conciencia de aquel. Una sensación en la barriga, un vacío que casi era dolor pero sin serlo del todo, un malestar que solo podía interrumpirse comiendo. Aquella necesidad dividía la jornada en períodos distintos. Cuando caía la oscuridad experimentaba un letargo. Se le cerraban los párpados y la Criatura madre lo sumergía en agua caliente y luego lo vestía con una ropa cálida y suave. Bebía leche y comía alimentos que le reconfortaban, y después, ya en la cama, intentaba jugar con una Criatura de juguete. Sin embargo, casi no podía mantener los ojos abiertos. La habitación estaba a oscuras, y aun así cuando abría los párpados volvía a haber luz. Entonces se ponía de pie y llamaba a su madre a gritos, y ella acudía, siempre sonriendo, y lo sacaba de la cama y volvía a lavarlo y alimentarlo, tras lo cual él reanudaba sus ocupaciones diarias, que seguían consistiendo en inspeccionarlo todo una y otra vez, y detenerse si encontraba algo nuevo, o si no había nadie investigar lo que ella siempre le advertía que «no, no» cuando estaba con él. En su fuero interno, sentía que su interés por el saber no conocía límites. Tenía que saber.

Un día llegó a su conocimiento otra criatura. La había traído la Criatura más alta. Era pequeña y blanda, tenía cuatro patas y emitía unos ruidos que nunca antes había oído.

—¡Guau, guau! —gritó la nueva Criatura.

—Perro —explicó la Criatura más alta.

Pero le asustaba Perro y se apartó, escondiendo las manos detrás de la espalda.

—¡Guau, guau, guau! —repitió Perro.

—Es el perro de Rannie —dijo la Criatura más alta, y acto seguido le tomó la mano y acarició con ella a Perro.

—Perro —dijo Rannie, y dejó de estar asustado. Era un saber nuevo. Había que examinar a Perro y tirarle de la cola. ¿Por qué tenía una cola?

—No, no —dijo la madre—. No hagas daño a Perro.

—¿Daño? —repitió Rannie, desconcertado.

Ella le dio un fuerte tirón de orejas.

—No, no, no le hagas daño —repitió—. Mira, hazle así...

Acarició a Perro con dulzura y Rannie, después de observarla, hizo lo mismo. De pronto, Perro le lamió la mano. Se apartó.

—Perro, no, no —exclamó.

La madre se echó a reír.

—Le gustas, Perro bueno —dijo ella.

Todos los días aprendía nuevas palabras. Ignoraba que aprender tantas tan deprisa era inusual. Sencillamente, le gustaba que sus padres se rieran y aplaudiesen a menudo.

Para cuando llegó el día de su segundo cumpleaños, hasta sabía contar. Había aprendido que al uno lo seguía otro, y a este otro más, y que cada uno tenía su nombre. Un día, por casualidad, jugando con cubos, aprendió los nombres. Había sacado un cubo de una caja que estaba llena y lo había puesto en el suelo.

—Uno —dijo su madre.

Sacó otro y lo puso al lado del primero.

—Dos —dijo su madre.

Y así prosiguió hasta que ella dijo «diez». Después regresó al punto de partida y repitió los nombres. Su madre se quedó mirándolo y luego lo estrechó entre sus brazos con alegría. Cuando el padre llegó a casa al caer la oscuridad, ella volvió a sacar los cubos.

—Cuéntalos, Rannie —le pidió.

Él recordó los nombres fácilmente y el padre y la madre se miraron con expresión grave, atónitos.

—Es muy...

—Eso parece...

Volvió a decirlos muy deprisa, entre risas.

—Uno, dos, tres, cuatro, cinco, seis, siete, ocho, nueve... ¡diez!

Ellos no rieron. Se miraron. De repente, el padre se sacó del bolsillo unas cositas redondas.

—Centavos —dijo.

—Centavos —dijo Rannie, que repetía cuanto le decían y después recordaba qué palabra correspondía a cada cosa.

Su padre puso un centavo en la moqueta y se arrodilló delante de Rannie.

—Un centavo —dijo con claridad.

Rannie lo escuchó, pero esta vez no repitió la palabra. Era obvio que se trataba de un centavo. A continuación su padre puso otro centavo y se quedó mirando a Rannie.

—Dos —dijo Rannie.

Y así continuó el juego hasta que concluyó con diez centavos. Los padres volvieron a mirarse.

—Los entiende... entiende los números —dijo el padre, azorado.

—Te lo dije —repuso la madre.

Naturalmente, después de ese día había que contarlo todo. Las manzanas del frutero, los libros de los estantes, los platos de la alacena. Pero ¿qué había más allá del diez? Le exigió a su madre ese saber.

—Diez, diez, diez —repetía con impaciencia. ¿Qué venía después del diez?

—Once, doce, trece... —dijo la madre.

Captó la idea a la primera. Los números se sucedían sin parar. No tenían final. Lo contó todo y trató de alcanzar lo innumerable. Empezó a figurarse la infinitud. Los árboles del bosque al que iban a merendar, por ejemplo. Después de haber aprendido a contar no tenía ningún sentido contarlos, porque era más de lo mismo.

El dinero, por supuesto, era distinto de los árboles y las margaritas del campo. A los tres años de edad ya sabía que había que dar dinero para obtener lo que uno deseaba. Iba con su madre a la tienda de comestibles que había calle abajo y veía que ella daba unas piezas de metal o unos trozos de papel a cambio del pan y de la leche, de la carne, las verduras y la fruta.

—¿Qué es? —preguntó cuando llegaron a casa tras la primera visita a la tienda de comestibles. Había encontrado el monedero y, después de abrirlo, había dispuesto sobre la mesa de la cocina las distintas clases de monedas en fila.

Ella le dijo el nombre de cada una y él los repitió, imitándola. Nunca olvidaba nada que hubiera aprendido. Hacía un sinfín de preguntas y siempre recordaba las respuestas. E incluso hacía algo más que recordar. Entendía la base. El dinero era solo dinero. No era nada a menos que se diera a cambio de lo que uno quería. Ese era su único valor, su único sentido.

El día en que repitió perfectamente los nombres de las monedas su madre lo miró asombrada y dijo:

—Nunca olvidas nada, ¿eh, Rannie?

—No —respondió él—. Puedo necesitar recordar, por eso no debo olvidar.

Ella lo miraba a menudo con extrañeza, como si la asustase.

—¿Por qué estás enfadada conmigo, mamá? —preguntó un día.

—No estoy segura —respondió ella con franqueza—. Creo que es porque nunca había visto un niño como tú.

Él reflexionó sobre aquellas palabras, pero no logró entenderlo. En cierto modo, hacía que se sintiese solo, pero no tenía tiempo para pensarlo, porque quería aprender a leer.

—Libros —le dijo un día a su padre—. ¿Por qué hay libros?

Su padre siempre estaba leyendo. Era profesor de universidad. Por la noche, leía libros y escribía palabras en hojas de papel.

—Puedes aprenderlo todo en los libros —respondió su padre.

—Yo también quiero leer —dijo.

—Aprenderás cuando vayas a la escuela.

—Quiero aprender ahora —insistió él—. Quiero leer todos los libros del mundo.

Su padre se echó a reír y dejó a un lado el libro que tenía en las manos.

—Muy bien —dijo—. Ve a buscar lápiz y papel y te enseñaré cómo empezar a leer.

Corrió a la cocina, donde su madre estaba preparando la cena.

—Lápiz y papel —dijo, excitado—. Voy a leer.

Su madre dejó el cucharón con que estaba removiendo sobre el fuego el contenido de una cacerola y se dirigió al estudio, donde el padre estaba leyendo.

—¡Ni se te ocurra enseñarle a leer al bebé! —exclamó.

—No es un bebé —replicó su padre—. Y si quieres saber mi opinión, nunca lo ha sido. Quiere leer. Claro que le voy a enseñar.

—No soy partidaria de sobreexigir a los niños —dijo su madre.

—No le estoy sobreexigiendo, es él el que me sobreexige a mí. —Su padre se echó a reír—. Vamos, Rannie, dame el lápiz y el papel.

Él se olvidó de su madre y ella se fue y los dejó solos. Su padre trazó una línea de marcas sobre el papel.

—Estos son los ladrillos con que se hacen las palabras; hay veintiséis. Se llaman letras.

—¿Todas las palabras? —preguntó—. ¿Todos esos libros están llenos de palabras?

—Todas las palabras, todos los libros, en inglés, claro está —respondió su padre—. Y cada ladrillo tiene su propio nombre y su propio sonido. Primero te diré los nombres.

A continuación, su padre repitió lentamente y con claridad los nombres de las letras. Bastó que lo hiciera tres veces para que se aprendiera el nombre de cada una. Su padre lo puso a prueba escribiendo las letras en desorden, pero él ya se las sabía todas.

—Bien —dijo su padre, con expresión de sorpresa—. Muy bien. Ahora te contaré lo que dicen. Cada una tiene un sonido particular.

Durante la hora siguiente, escuchó atentamente qué sonido le decía cada letra.

—¡Ya sé leer! —exclamó por fin—. Puedo leer porque lo entiendo.

—No tan deprisa —le advirtió su padre—. Las letras pueden sonar de maneras distintas cuando las juntamos para formar palabras. Pero para ser el primer día ya has tenido bastante.

—Sé leer porque sé cómo se hace —insistió él—. Y porque sé cómo se hace, puedo hacerlo.

—De acuerdo —dijo su padre—. Inténtalo tú mismo, puedes preguntarnos cuando quieras.

Y retomó la lectura de su libro.

Había nevado aquel sábado, cuando tenía tres años, y desde entonces se pasaba la mayor parte del tiempo aprendiendo a leer por su cuenta. Al principio, tenía que preguntarle muchas cosas a su madre y corría a buscarla a cualquier rincón de la casa, donde la encontraba haciendo la cama, barriendo el suelo o dedicándose a otras tareas que la tenían ocupada de la mañana a la noche.

—¿Qué palabra es esta? —le preguntó un día.

Ella nunca perdía la paciencia. Dejaba lo que estuviera haciendo y miraba el lugar que su pequeño índice señalaba.

—¿Esa palabra tan larga? Oh, Rannie, aún falta mucho para que la necesites. Es «intelectual».

—¿Qué quiere decir?

—Quiere decir que te gusta utilizar el cerebro.

—¿Qué es el cerebro?

—Es tu máquina de pensar. Lo que tienes metido ahí dentro. —Le dio un golpecito en el cráneo con el dedo enfundado en un dedal de oro. Estaba cosiendo un botón de una camisa de su padre.

—¿Aquí dentro tengo un cerebro? —preguntó.

—Con toda seguridad; tanto es así que a veces casi me asusta un poco.

—¿Por qué te asusta?

—Oh, porque... porque eres un niño pequeño y todavía no has cumplido los cuatro años.

—¿Cómo es mi cerebro, mamá?

—Supongo que como el de todo el mundo, una cosa arrugadita y gris.

—Y entonces ¿por qué te asusta?

—Vaya preguntas que haces...

—Pero tengo que preguntártelo, mamá. Si no pregunto, no sabré.

—Puedes buscar en el diccionario.

—¿Dónde está, mamá?

Ella dejó la costura y lo acompañó a la biblioteca, donde le enseñó a encontrar palabras en un gran libro que estaba abierto sobre una mesita.

—«Intelectual», por ejemplo, empieza con una *i*, ¿verdad?, y aquí están todas las palabras que empiezan por la *i*, pero luego tienes que ver cuál es la letra siguiente, *ia*, *ib*, *ic*, hasta llegar a *in*.

La escuchaba y miraba, absorto y fascinado. Ese libro grande... ¡era el origen de todas las palabras! Sabía la clave, ¡sabía la base!

—No voy a necesitar preguntarte nunca más, mamá. Ahora lo sé, y yo solo.

Vivía en una ciudad pequeña llena de gente atareada mucho mayor que él. Era una ciudad universitaria y su padre daba clases todos los días excepto sábados y domingos. Los domingos por la mañana iba a la iglesia en compañía de sus padres. Eso al principio, cuando era pequeño, porque ahora que tenía casi cuatro años no creía que lo siguiera siendo, y además apenas faltaban unos días para su cumpleaños, lo dejaban en la guardería que había en el sótano de la iglesia, pero eso tampoco duró mucho. En poco tiempo ya había mirado todos los cuentos ilustrados, había resuelto todos los rompecabezas y había logrado intimidar al resto de los niños, pues se comportaba como si fuese mucho mayor que ellos, a los que por otra parte consideraba unos bebés. Que lo abandonaran en compañía de estos hacía que se sintiera humillado, juzgaba que su parloteo era absurdo, y al cabo de dos domingos pidió que le dejaran sentarse en el piso de arriba, en la iglesia, con los adultos.

Su padre, indeciso, dirigió una mirada de perplejidad a su madre.

—¿Crees que podrá quedarse sentado sin moverse?

—Estaré sentado y no me moveré —saltó él, al instante.

—Probemos. Está claro que no le gusta el sótano —dijo su madre.

Tampoco es que le gustara demasiado el piso de arriba, pero recordaba que había dado su palabra y supo mantenerla. Dentro del cráneo, su cerebro sentía la instintiva necesidad de estar ocupado. No podía permanecer ocioso ni un instante. Reflexionaba sobre las palabras del pastor, a veces hacía caso omiso de su significado y se centraba solamente en el sonido, en la ortografía, en el sentido de cada una de ellas. Su memoria apresaba cualquier término que le resultase nuevo y cuando volvían a casa consultaba sobre el particular a su fiel compañero, el diccionario. Sin embargo, este le había fallado en alguna ocasión y se había visto obligado a recurrir a su madre, pues le parecía intolerable quedarse sin saber.

—Mamá, ¿qué significa «virgen»?

Su madre levantó la vista, sorprendida, del cuenco cuyo contenido removía sobre la mesa de la cocina. Dudó un instante y dijo:

—Pues... supongo que significa que no estás casada.

—Pero, mamá, María estaba casada. Estaba casada con José. El pastor lo ha dicho.

—Ah, eso... Creo que nadie lo entiende del todo. Jesús nació de algo que se llama la Inmaculada Concepción.

Se fue con dos palabras nuevas. Después de encontrarlas muy separadas en el diccionario, intentó reunirlas. No tenían sentido. Las copió en letras mayúsculas, que eran las únicas en que sabía escribir por el momento, y volvió a la cocina. Su madre había terminado de remover la comida, estaba fregando el cuenco y la cuchara, y una deliciosa fragancia de pastel horneándose impregnaba el ambiente. Le enseñó las palabras escritas en letras de molde y expuso su queja.

—Mamá, todavía no lo entiendo.

Ella negó con la cabeza.

—No te lo puedo explicar, hijo mío. Ni yo misma lo entiendo.

—Y entonces ¿cómo puedo saberlo, mamá?

—Pregúntaselo a tu padre esta noche, cuando llegue a casa.

Dobló el trocito de papel y se lo guardó en el bolsillo. Sin embargo, antes de que pudiera preguntárselo a su padre, oyó sin querer una conversación entre este y su madre. La ventana de la cocina estaba abierta y él se encontraba en el jardín de atrás, jugando con su perro o, para ser más precisos, enseñándole una habilidad nueva. Los juegos con *Brisk* casi siempre tenían que ver con enseñarle cosas nuevas y averiguar qué podía aprender y qué no. Se estaba riendo ante el obediente interés del perro por andar sobre las patas traseras cuando oyó la voz de su madre, que en tono de nerviosismo decía:

—George, tendrás que explicarle algunas cosas a Rannie. Yo no puedo.

—¿Qué cosas, Sue?

—Bueno, me ha preguntado el significado de «virgen» y de «inmaculada concepción». ¡Cosas así!

Oyó la carcajada de su padre.

—¡Pues claro que no puedo explicarle lo de la Inmaculada Concepción!

—Tendrás que intentarlo. Ya sabes que nunca se olvida de nada. Y, además, está decidido a averiguarlo.

Se acordó entonces de la pregunta, dejó de jugar con el perro y fue corriendo en busca de su padre para formulársela. Su padre estaba arriba, poniéndose un suéter y unos pantalones cómodos. La primavera se acercaba y habían arado el jardín.

—¿Virgen? —repitió su padre. Colgó en el armario el traje que se ponía para ir a trabajar y miró por la ventana.

»¿Ves el jardín?

Rannie se puso a su lado.

—El señor Bates lo ha arado esta mañana.

—Ahora tenemos que plantar las semillas —dijo su padre—. Pero... —Se sentó, atrajo a Rannie hacia sí y le puso las manos sobre los hombros—. Si no plantamos semillas en esa tierra labrada, no tendremos un jardín, ¿verdad?

Rannie asintió, con la mirada fija en la cara profundamente hermosa de su padre.

—Así pues —continuó este—, es un suelo virgen, una tierra virgen. Si no la ayudamos, no nos dará las cosas que queremos: frutas, verduras, árboles, hierbas... e incluso personas.

—¿Personas? —preguntó Rannie, perplejo—. ¿Yo fui una semilla?

—No —repuso su padre—. Pero tu principio fue una semilla. Yo planté la semilla. Por eso soy tu padre.

—¿Y qué clase de semilla era? —preguntó, con la misma perplejidad.

—De las mías —contestó su padre.

—Pero... pero... ¿dónde la plantaste? —Se le agolpaban las preguntas. Su boca no daba abasto para expresarlas.

—En tu madre —respondió su padre—. Hasta ese día, había sido virgen.

—¿Inmaculada concepción?

—Eso creo.

—Concepción...

—Viene de una palabra latina que significa idea —lo interrumpió su padre—, una idea abstracta, algo que al principio es solo un pensamiento. Luego se vuelve más... Se convierte en un concepto, y luego en...

—¿Yo fui un concepto?

—En cierto modo... sí. Vi a tu madre, me enamoré de ella, quería que fuera mi esposa y tu madre. Esa era mi idea, mi concepto. Cuando empezaste a ser, fue una concepción.

—Cuando Jesús...

—Ah, sabemos que Jesús nació del amor —volvió a interrumpirlo su padre—. Por eso hablamos de Inmaculada Concepción. No fue José quien plantó la semilla. De hecho, ya se estaba haciendo un poco mayor para plantar semillas. María era joven, quizá seguía siendo virgen. Pero alguien que la amaba plantó la semilla. Sabemos que ese alguien era extraordinario, de lo contrario el niño no lo habría sido también.

—¿Dónde la plantó? ¿Y tú? ¿Dónde la...?

—¡Ajá, esa es la siguiente pregunta! Dentro del cuerpo de la madre, en la mujer, hay un jardín, un rinconcito cerrado, donde cae la semilla... y empieza a crecer. Lo llamamos vientre. Es el lugar donde crecen los niños.

—¿Y yo tengo uno?

—No, tú eres un plantador de semillas, como yo.

—¿Y cómo hacemos para...?

—La herramienta es el pene, y hay un canal que lleva al vientre que se llama vagina. Busca las dos palabras en el diccionario.

—¿Y ahora puedo plantar una semilla?

—No, primero tienes que crecer. Tienes que convertirte en un hombre.

—¿Puedes hacerlo siempre que quieras?

—Sí... Pero a mí solo me gusta hacerlo cuando tu madre está preparada. Después de todo, es ella quien tiene la tarea de cultivar la semilla... Cuidar de ella y todo lo demás. El jardín debe estar preparado, no lo olvides.

—¿Y *Brisk* puede plantar semillas de perro?

—Sí.

—¿Y tendremos cachorrillos? Me gustaría tener unos cachorrillos.

—Ya encontraremos a una perra que pueda ser madre.

—¿Y cómo sabremos que es perra?

—Bueno, al contrario que *Brisk*, no tendrá pene. El pene sirve para plantar, ya lo sabes.

—¿Y mamá tiene...?

—No. Te dije que lo buscaras en el diccionario. Ahora sal conmigo y ayúdame a escardar el jardín. Por el momento es lo que te toca hacer.

Sin embargo, no paraba ni un momento de pensar en la semilla. Todo lo que había en el mundo, todas las cosas que estaban vivas, ¡todo había empezado con una semilla! Pero ¿qué hizo a la semilla? «En el Principio», salmodió el pastor en la iglesia un domingo por la mañana. «En el Principio era el Verbo y el Verbo era Dios.»

—¿Dios es lo mismo que la semilla? —preguntó a su padre de camino a casa.

—No —respondió su padre—. Y no me preguntes qué es Dios, porque no lo sé. Y dudo de que lo sepa nadie, pero cualquier persona dotada de inteligencia se lo pregunta, cada una a su manera. Es como si tuviera que haber, casi a la fuerza, un principio, pero quién sabe, quizá no lo hubo. Quizá vivimos en la eternidad.

—¡Cómo le hablas! —intervino su madre—. El chico no puede entenderlo.

—Sí que lo entiende —objetó su padre.

El chico miraba de uno a otro, y decidió que quería más a su padre.

—Sí que lo entiendo —dijo.

A los seis años empezó a ir a la escuela. Una fría y límpida mañana de otoño empezó su nueva vida. La semana anterior su madre le había comprado un traje de color azul marino y su padre lo había llevado al barbero para que le cortaran el pelo.

—¿Soy guapo? —le preguntó a su madre desde el vano de la puerta.

Ella se echó a reír.

—¡Pero qué niño más divertido eres!

—¿Por qué dices que soy divertido? —preguntó él, extrañado y a punto de sentirse dolido.

—Porque haces unas preguntas... —repuso ella.

—En realidad eres bastante guapo —terció su padre—, y deberías estar agradecido, porque para un hombre es toda una ventaja, como he descubierto.

—Oh, vanidad, vanidad —dijo su madre entre risas—, tu nombre es hombre.

—¿Qué es vanidad...? —empezó a decir, pero su madre le dio un empujoncito afectuoso y dijo:

—Ve a la escuela a preguntarlo.

Camino de la escuela, que en esa tranquila ciudad universitaria estaba a solo tres manzanas de distancia, para que pudiera ir a pie, reflexionó sobre la gravedad de aquel día.

«Tengo que aprenderlo todo», pensó. «Me enseñarán a hacer motores. Me enseñarán por qué crecen las semillas. Permitirán que sepa qué es Dios.»

La tranquilidad de la mañana lo colmó de alegría y satisfacción. La escuela era el sitio donde podría aprenderlo todo. Responderían a todas sus preguntas. Tendría un maestro. Cuando llegó al patio vio que había niños y niñas de su misma edad, jugando. Como era el primer día de escuela, algunos iban acompañados de sus madres. De hecho, su madre le había dicho: «Quizá debería ir contigo, siendo el primer día, Rannie.»

—¿Por qué? —preguntó él.

Su padre había soltado una carcajada.

—¡Pues claro que por qué! Tiene razón, y además es totalmente autosuficiente.

No se detuvo en el patio con los otros niños. A algunos ya los conocía, pero no tenía compañeros de juegos. Cuando iban al jardín de su casa enseguida se cansaba de ellos y prefería un libro a jugar. De vez en cuando, su madre protestaba.

—Tendrías que jugar con otros niños, Rannie.

—¿Por qué?

—Sería divertido.

—Me divierto solo —dijo él—. Y, además, lo que a ellos les parece divertido a mí no me lo parece.

De modo que se encaminó hacia el edificio de la escuela y preguntó a un hombre dónde estaba la clase de primero. El hombre, de cabello canoso y rostro juvenil, lo miró.

—Eres el hijo del profesor Colfax, ¿verdad?

—Sí, señor —respondió Rannie.

—He oído hablar de ti. Fuimos compañeros de clase, antes de que nacieras. Me llamo Jonathan Parker, soy el director. Ven conmigo. Haré las presentaciones.

Puso una mano sobre el hombro de Rannie y lo acompañó por el pasillo, doblaron en un recodo y se detuvieron en la primera puerta a la derecha.

—Ya hemos llegado. Esta es tu clase. Tu maestra se llama Martha Downes, señorita Downes. Es una buena maestra. Señorita Downes, este chico es Randolph Colfax, Rannie para los amigos.

—¿Cómo está usted, señorita Downes? —dijo Rannie.

Miró una cara llena de arrugas, con gafas, amable pero muy seria.

—Te estaba esperando, Rannie —repuso la señorita Downes. Se dieron la mano—. Ese es tu pupitre, al lado de la ventana. Te sentarás entre Jackie Blaine y Ruthie Greene. ¿Los conoces?

—Aún no —respondió Rannie.

La campana sonó en ese mismo instante y los niños salieron en desbandada a los pasillos. La mayoría de los alumnos de primer curso habían ido con sus madres, y algunas de las niñas lloraron cuando estas se fueron. Ruthie era una de ellas.

Se inclinó hacia la niña y le dijo:

—No llores. Te lo pasarás bien aprendiendo cosas.

—No quiero aprender cosas —repuso ella entre sollozos—. Quiero volver a casa.

—Yo te llevaré después de la escuela —le propuso—. Si no has venido en autobús.

Ruthie se enjugó las lágrimas con una punta de su falda rosa de cuadros.

—No he venido en autobús. He venido a pie con mi madre.

—Entonces yo te acompañaré a la vuelta —prometió él.

El día en su conjunto, sin embargo, fue decepcionante. No aprendió nada nuevo, porque ya sabía leer. Se leyó su primer libro de texto de principio a fin mientras la señorita Downes explicaba las letras y sus sonidos frente a la pizarra. Sí se lo pasó bien durante la media hora de dibujo con lápices de colores, porque diseñó un motor impulsado por volantes, en el que ya había pensado con la idea de instalarlo en una presa que estaba levantando en el pequeño arroyo que cruzaba el terreno de dos mil metros cuadrados que se extendía detrás de su casa.

—¿Qué es eso? —preguntó la señorita Downes al tiempo que lo examinaba a través de la mitad inferior de los cristales de sus gafas.

—Es un motor impulsado por agua —respondió él—. Todavía no lo he terminado.

—¿Y para qué sirve?

—Mantendrá los peces en una balsa en la parte superior. Cuando quieran bajar, esta pala los detendrá. Mire.

—¿Y si quieren subir? —preguntó ella.

—La misma pala los ayudará... Así.

La maestra sacudió la cabeza.

—Este no es tu lugar —dijo.

—¿Y cuál es mi lugar?

—No lo sé —respondió ella, casi con abatimiento—. Y dudo mucho de que nadie lo sepa nunca.

Retuvo esa respuesta cuando la señorita Downes pasó al siguiente pupitre, con la idea de preguntarle a su padre qué había querido decir, pero el día terminó en una confusión tan grande que nunca más volvió a pensar en ello. Fiel a su promesa, esperó a Ruthie y, los dos de la mano, caminaron calle arriba en dirección opuesta a la que él tenía que tomar para llegar a su casa. Oyó algunas risitas entre los demás niños, pero no les hizo el menor caso. Ruthie, sin embargo, parecía preocupada, casi enfadada, de hecho.

—Son unos tontos —murmuró.

—Y entonces ¿por qué te molesta? —dijo él.

—Piensan que estás enamorado de mí —repuso ella.

Él sopesó la idea.

—¿Y eso qué es?

—Porque soy una niña —explicó ella.

—Eres una niña... Es decir, eres una niña porque no tienes pene. Me lo dijo mi padre.

—¿Qué es un pene? —preguntó ella, con una expresión cándida en sus ojos pardos.

—Es lo que yo tengo. Te lo enseño, si quieres verlo.

—Nunca he visto uno —dijo ella con interés.

Caminaban a la sombra de los olmos añosos que crecían a ambos lados de la calle. Rannie se detuvo y, después de dejar sus libros en el suelo, se abrió la bragueta y le mostró el pequeño pene que le colgaba, flácido, debajo de la barriga.

Ella lo observó fascinada.

—Es mono —dijo—. ¡Y tan pequeñito! ¿Para qué lo usas?

—Para plantar —respondió él, y ya se disponía a entrar en detalles cuando ella lo sorprendió recogiéndose la corta falda.

—¿Quieres verme a mí? —preguntó, toda bondad.

—Sí —contestó Rannie—. Nunca he visto a una niña.

Ella se bajó las braguitas mientras él se arrodillaba en la hierba, para examinar mejor lo que se exponía ante sus ojos.

Vio dos labios pálidos y suaves que rodeaban una abertura rosada que apenas se manifestaba salvo por un puntito, rosado también y más pequeño que la punta del meñique de Ruthie. Podría haber sido un pene, pero era absurdamente pequeño. Quizá no fuese más que una especie de adorno, y parecía un capullo de rosa, de una rosa en miniatura como las que cultivaba su madre.

—¡Ahora lo sé! —exclamó él. Se levantó y, después de subirse la cremallera, cogió la bolsa de los libros y ambos siguieron su camino, ajenos a cuanto los rodeaba.

Cuando llegaron a la casa de Ruthie, un humilde edificio de dos plantas en el extrarradio, le sorprendió ver que la madre de la niña la esperaba en el zaguán. Su cara distaba mucho de ser agradable, aunque era una mujer bonita.

—Rannie Colfax —dijo con severidad—. Eres un niño malo, muy malo. Ruthie, entra en casa y espérame. ¡Y que no se te ocurra volver a hablar con Rannie!

Él se quedó muy extrañado y sorprendido.

—Pero si solo he acompañado a Ruthie hasta aquí... Estaba asustada.

—¡No me digas lo que estabais haciendo! Me lo vas a decir tú a mí. La mitad de los vecinos ya me lo han contado. Vete a casa ahora mismo. Tus padres te esperan.

Rannie dio media vuelta y se encaminó hacia su casa en el mismo estado de extrañeza y sorpresa. ¿Qué había hecho?

La madre de Ruthie estaba en lo cierto. Cuando llegó a la puerta del salón sus padres estaban esperándolo. Sentada en la mecedora, su madre le tejía un suéter rojo a una velocidad endiablada.

—Tú te ocupas —le dijo a su padre.

A continuación se levantó, cruzó la sala hasta llegar junto a Rannie, le dio un beso en la mejilla y desapareció escaleras arriba.

—Ven aquí, hijo —le pidió su padre.

Estaba sentado en la vieja butaca de cuero que había heredado de su propio padre. ¡Tantas veces este lo había llamado para que se presentase ante él y respondiera a sus severas preguntas pastorales! El recuerdo de su terror infantil hizo que se compadeciera de su propio hijo.

Rannie se acercó y esperó; el corazón le latía con fuerza. ¿Qué había ocurrido? ¿Qué había hecho?

—Acércame el escabel, hijo, y vamos a sacar la verdad de todo esto —agregó su padre—. Recuerda que voy a creerte a ti. Dime la verdad de lo que ha ocurrido, sea lo que sea.

Rannie notó que su corazón volvía a adoptar su ritmo normal. Acercó el escabel con un bordado de flores a las rodillas de su padre y se sentó.

—No sé a qué te refieres, papá, porque no ha pasado nada.

—Quizás eso es lo que te pareció a ti, hijo, pero la madre de Ruthie nos ha contado que le levantaste la falda a Ruthie y que...

Al oír aquello Rannie se sintió aliviado.

—Ah, ¿eso? Ella nunca había visto un pene, ni siquiera sabía lo que era, de modo que le enseñé el mío. Entonces ella me dijo que también quería enseñarme lo suyo y se recogió la falda para hacerlo. Es muy distinto, papá. Te sorprendería mucho. Es una especie de boca, aunque no es roja, con la excepción de un puntito muy pequeño de color rosado, parecido a la punta de una lengua. Eso fue todo.

—¿Pasó alguien por vuestro lado?

—No vi a nadie, papá.

—Bueno, según parece alguien os vio y se lo contó a la madre de Ruthie.

—¿Contarle el qué?

—Que os estabais examinando el uno al otro.

—Pero, papá, ¿cómo íbamos a saberlo si no?

Su padre frunció las cejas.

—Tienes razón, claro que sí, Rannie. ¿Cómo ibais a saberlo si no? No veo nada malo en aprender la verdad de las cosas. El problema es que la mayoría de la gente no es de la misma opinión que nosotros. Ahora bien, me alegra saber que has visto cómo está formada Ruthie y, si fuera el padre, o la madre, de Ruthie, también me alegraría el que haya tenido la oportunidad de ver cómo está formado un niño. Cuanto antes sepas la verdad de todas y cada una de las cosas, tanto mejor para los implicados. Sin embargo, hay personas que piensan que el sexo es pecaminoso.

—¿Qué es el sexo, papá?

—Es otra manera de decir lo que te conté en su día. El momento en que se planta la semilla, ¿te acuerdas?, para hacer un niño, lo que ocurre entre un hombre y una mujer. La madre de Ruthie pensó que estabais haciendo algo parecido, y como todavía sois unos niños, pensó que estaba mal. Supongo que en cierta forma tiene razón, porque todo tiene su tiempo y ni a ti ni a Ruthie os ha llegado el momento todavía.

—¿Y cómo sabremos que nos ha llegado el momento?

—Tu propio cuerpo te lo dirá. Por el momento, me alegra que sepas lo que ya has aprendido sobre este tema, y quiero que continúes aprendiendo otras cosas de las que aún no sabes nada; ya verás que no son pocas. El mundo está lleno de cosas que ignoras. Compraré una enciclopedia. Es mejor que un diccionario.

—¿Habla de todas las cosas? —preguntó Rannie, que ante la posibilidad de semejante alegría se olvidó de Ruthie y de su madre.

—De casi todas —respondió su padre—. Y creo que huelo a galletas en el horno.

Se puso en pie y, con una mano apoyada sobre el hombro de Rannie, condujo a este hasta la cocina. Antes de entrar, sin embargo, se detuvo y dijo:

—Solo una cosa más. No hiciste nada malo. Si alguien te dice lo contrario, o se comporta como si lo hubieras hecho, dile que venga a verme.

—Sí, papá —repuso Rannie.

Pero no prestó mucha atención a las palabras de su padre. El aroma de las galletas de canela le despertó un hambre canina, y se le hizo la boca agua.

El día siguiente en la escuela fue, al igual que el primero, una decepción. Habían cambiado a Ruthie de lugar, enviándola al extremo opuesto del aula, y la había sustituido un niño de cabello oscuro, muy crecido para su edad, que se llamaba Mark. Rannie no le dio mayor importancia al hecho, pues se había olvidado por completo de Ruthie. La decepción residía en la circunstancia, cada vez más evidente a medida que pasaban las horas, de que no estaba aprendiendo nada. Ya se había leído el libro de texto de primero, hacía mucho tiempo que había perdido todo interés en el dibujo con lápices de colores, y los pocos libros que encontró en la estantería le parecieron, tras examinarlos, destinados a bebés. La historia que la señorita Downes leyó a la clase, algo sobre los azulejos en primavera, también se lo pareció.

—¿No te interesa este cuento tan bonito, Rannie? —preguntó la señorita Downes.

Mientras ella leía, él había estado dibujando un diagrama geométrico rehecho con triángulos entrelazados. Levantó la vista del papel, lápiz en ristre, y contestó:

—No, señorita Downes.

Lo miró con gesto severo unos segundos, a todas luces desconcertada, y él sintió la necesidad de explicarse.

—Leía cuentos así cuando empecé a leer.

—¿Y cuándo aprendiste? —quiso saber la señorita Downes.

—No me acuerdo —respondió. Pero bajó el lápiz, pues le pareció que sería desconsiderado por su parte continuar dibujando, y ella retomó la lectura.

En el recreo, que esperaba con ganas, se sintió aislado. Ruthie no le hablaba y él permaneció a un lado, mirando a los otros niños. No sentía ninguna timidez, solo curiosidad e interés. Hubo riñas para ver quién jugaba en los columpios, hasta que un grandullón llamado Chris se apropió del columpio más alto. Entonces, al percatarse de la presencia de Rannie, gritó:

—¿Quieres un turno?

A Rannie no le apetecía, porque ya tenía un columpio en casa, pero una vaga necesidad de compañía lo animó a asentir con la cabeza. Tomó su turno y luego, cuando ya se disponía a apartarse de nuevo, vio que Chris estaba a su lado.

—¿Echamos una carrera hasta la verja?

—Vale —aceptó él con cortesía.

Llegaron empatados a la meta.

—Corres muy bien —dijo Chris—. A todos esos críos, les gano. Oye, ¡me han contado que Ruthie te lo enseñó!

Chris iba a un curso por encima de Rannie, pero al parecer

en la pequeña escuela la noticia de su búsqueda de saber sobre las niñas había corrido como la pólvora.

Lo miró con gesto inexpresivo.

—No veo qué gran interés puede tener eso.

—Oh, venga ya —dijo Chris.

Rannie no supo qué responder, porque había perdido todo interés en Ruthie.

—¿Sabes cómo se hacen los bebés? —continuó Chris.

—Sí, me lo contó mi padre.

Chris se quedó mirándolo.

—¿Te lo dijo tu viejo?

—Sí... mi padre —respondió él.

—¡Anda! Debe de ser un guarro —dijo Chris con desdén.

—No sé qué quieres decir. —Rannie estaba sorprendido y a punto de enfadarse.

La campana sonó en ese mismo instante y la conversación quedó truncada. Rannie regresó a su pupitre, pensativo y vagamente irritado. Le gustaba Chris, su brusquedad, su fuerza e incluso su tosquedad. Pese a la difusa sensación de enojo decidió hacerse amigo de aquel chico, si podía. Y también decidió que no le contaría a su padre lo que Chris había dicho.

Fue por Chris que no se quejó a sus padres de lo estúpida que encontraba la escuela. Todos los días salía corriendo muy temprano para poder disfrutar con Chris de media hora de intensos juegos antes de que empezaran las clases. En el recreo de media mañana almorzaban juntos. Por desgracia, Chris vivía en la otra punta de la ciudad y el autobús al que se subía los separaba cuando terminaban las clases. Pero en el caso de Rannie, la separación se vio compensada por la llegada de la enciclopedia, veinticuatro volúmenes, encuadernados en piel color azul marino con letras doradas. Nada más llegar de la escuela, y después de tomarse un sándwich, un vaso de leche y un trozo de tarta o bizcocho, o unas cuantas galletas en la cocina junto a su madre, leía la enciclopedia, una página tras otra, un volumen tras otro. Todos los temas eran increíblemente estimulantes, estaban explicados de manera sucinta pero clara y le hablaban de cosas cuya existencia había ignorado. Leía hasta la noche, cuando su padre llegaba a casa. Por supuesto, había palabras que debía consultar en el diccionario, y no pocas, porque sus padres no daban su brazo a torcer. Los significados los tenía que buscar él solo.

—Nunca le pidas a otra persona lo que puedes hacer por ti mismo —le había sermoneado su madre.

—Voy a mejorarlo —apuntó su padre—. Nunca permitas que nadie haga por ti lo que disfrutas haciendo tú mismo.

—¿Tú te aplicas el cuento? —preguntó ella.

—Hasta donde lo permite la vida —respondió él.

Rannie los escuchaba. La conversación entre sus padres le interesaba o, para ser más exactos, le fascinaba. Siempre discurría por encima de su entendimiento, a veces solo ligeramente, pero aun así tenía que estrujarse el cerebro. Nunca le facilitaban las cosas. Aunque lo incluían en cuanto hacían, Rannie se percataba de que, en cierto modo, los dos estaban juntos en alguna parte, y solos. Sobre el tema de los padres, Chris y él no podían discrepar más.

—Los padres están chalados —dijo Chris, llanamente.

—Los míos, no —replicó Rannie.

—Se pasan el día gritando como locos por cualquier tontería.

—¡Los míos, no!

La discrepancia era tan total que en secreto sentían curiosidad por los padres del otro. Así, un sábado, Chris aceptó la invitación de examinar a los padres de Rannie con la excusa de patinar en la piscina helada del jardín de atrás. Rannie le había presentado a su madre y ella estaba preparando un pastel para el fin de semana en la cocina. Le agradó ver que Chris se había quedado impresionado con la belleza rubia de su madre.

—Es muy guapa, sí señor —convino—. Y tu viejo, ¿dónde está?

Rannie había aprendido a interpretar el lenguaje de Chris sin usarlo él mismo.

—Está en el estudio, escribiendo un libro. No le molestamos hasta que no abre la puerta.

—¿Escribiendo un libro? —preguntó Chris, incrédulo.

—Sí, sobre la ciencia de las artes.

—¿Qué es eso?

—Es el tema sobre el que está escribiendo.

—Seguro... Pero ¿qué significa?

—Mi padre cree que el arte se basa en ciertos principios científicos.

—Oh, venga ya... ¿Qué significa eso?

—En realidad no lo sé, al menos hasta que termine el libro y pueda leerlo.

—¿Lees libros?

—Claro que sí. ¿Tú no?

—No, odio leer.

—¿Y entonces cómo sabes cosas?

—¿Qué quieres decir con *saber* cosas? Pues cuando quiero saber algo, pregunto; por ejemplo, qué hacer para irse a vivir al Oeste. Tendré un rancho en el Oeste cuando sea mayor, digamos que dentro de diez, once años. Venga, vamos a patinar.

Patinaron y les habría pasado la mañana antes de que se dieran cuenta, de no ser porque se estaban muriendo de hambre.

—¡La mesa está servida! —los llamó su madre desde la puerta de la cocina.

Así pues, se quitaron los patines y, con las orejas rojas por el frío, fueron al comedor y encontraron al padre de Rannie esperándoles detrás de su silla.

—Papá, este es Chris —dijo Rannie.

—Chris, me alegra conocerte —dijo su padre.

—No te has lavado las manos, Rannie —le recordó su madre.

Fueron al aseo de la planta baja, con Rannie a la cabeza y Chris evidentemente impresionado.

—Tu viejo parece guay —dijo Chris—. Limpio y toda la

pesca... como si fuera domingo. El mío trabaja en una gasolinera. Es el dueño. Le echaré una mano cuando sea mayor. Ahora trabajo en verano, solo los días que me apetece. Pero cuando tenga dieciséis años trabajaré todos los días y papá me pagará un buen dinero. Eso dice. No está mal, mi padre, cuando no se pone como un loco por algo. De todo modos, no le da a la bebida. Y mamá está contenta por eso.

Sin embargo, pese a que los padres de Rannie lo intentaron por todos los medios, Chris permaneció completamente mudo durante la comida y nada más terminar declaró que debía volver a casa.

—Tengo faena que hacer —explicó de improviso.

Esa noche, sus padres estuvieron lo más cerca que los había oído nunca de tener una discusión. Rannie estaba trabajando en su motor propulsado por agua, un proyecto que en esas fechas había progresado bastante con respecto al dibujo que había hecho en la escuela. Había trabajado en él de manera intermitente en las clases, pues ya había aprendido, pese a su corta experiencia de la vida, que hay períodos en los que es preferible dejar descansar el cerebro dedicando sus energías a otros quehaceres. Si permitía que su cerebro rumiara demasiado tiempo sobre una invención o tarea, no tardaba en llegar el momento en que este simplemente se negaba a elucidar una dificultad que sin duda era necesario aclarar. Ahora estaba trabajando en los ángulos de las palas o alas de la rueda. Cada uno tenía que ser ligeramente distinto y, sin embargo, mantener entre sí la relación correcta de una manera exacta. Fue en ese preciso momento, mientras trabajaba en el ajuste fino de los ángulos, cuando oyó la voz de su padre dominada por un insólito enfado.

—Pero, Susan, ¡el niño no está aprendiendo nada en esta escuela!

Su madre respondió con idéntica energía.

—¡Está aprendiendo a convivir con chicos de su edad!

—Susan, ¿no te das cuenta de la responsabilidad que tenemos con un cerebro como el suyo?

—¡No quiero que crezca siendo un solitario! —La voz se le quebró, como si intentara reprimir el llanto.

—Pero siempre lo será. ¡Debes aceptarlo!

—Puedo aceptarlo en algunos aspectos, pero no en todos. Tiene que ser capaz de convivir con los demás, disfrutar con otras personas aunque no puedan estar a su nivel. Tiene que poder descansar de sí mismo.

—Nunca podrá descansar de sí mismo. Ni siquiera unas pocas horas... De hecho, nunca se sentirá tan solo como cuando esté con otras personas.

—Ay, ¿por qué dices eso? Me estás partiendo el corazón.

—Bueno, es razonable pensarlo. Cuando está con otras personas es cuando siente su diferencia de manera más aguda.

—¿Qué vamos a hacer, cariño?

—Enseñarle a que se acepte a sí mismo. Es un solitario. Lo sabemos. Él tiene que saberlo también, y asumir que tiene placeres y recursos que a la gente normal les están vedados. Conocerá el asombro mientras viva; ¡piensa la infinita alegría que eso representa! ¡Siempre tendrá una mente despierta, una curiosidad insaciable! No te sientas apenada por nuestro hijo, Susan, amor mío. ¡Alégrate de que hayamos tenido un niño como él! Nuestra responsabilidad es procurar que disfrute de una vida satisfactoria, que no se eche a perder. Hay que permitirle avanzar a la máxima velocidad de la que sea capaz. No, Susan, insisto: debemos encontrar la escuela más adecuada, los maestros más adecuados, aunque tengamos que inventárnoslos. La señorita Downes lo sabe, Dios la bendiga. Le da muchísima pena no poder dedicarse enteramente a él. Por eso te dijo que debería estar en sexto o séptimo. Yo, en cambio, afirmo que no debería estar en ningún curso salvo el suyo propio. Tiene que ir a su ritmo. Nuestra responsabilidad es procurar que disfrute de su libertad.

Al otoño siguiente, se vio en una escuela nueva en la misma ciudad, una escuela pequeñita, recién inaugurada, cuyo director y maestro era su propio padre. Había otros alumnos, tres niñas y cuatro niños. No conocía a ninguno. Cinco procedían de ciudades vecinas, dos niños eran de su misma ciudad, hijos de profesores de ciencias. La clase era un enorme desván encima del gimnasio de la facultad. Las cuatro paredes estaban cubiertas de estantes llenos de libros, a excepción de las buhardillas. El edificio era tan alto que las buhardillas miraban por encima de las copas de los árboles y Rannie tenía la sensación de hollar la cima de una montaña. No había horario para las materias. En cualquier momento de la jornada, su padre presentaba un tema, de matemáticas, ciencia o literatura. Se lo leía en voz alta hasta que se detenía en un punto determinado y les ponía un problema y dejaba que ellos lo resolvieran. Podían consultar los libros sin que los ayudara o pedir ayuda si así lo preferían. Los niños casi siempre consultaban los libros sin pedir ayuda. Las niñas casi siempre la pedían.

—No es porque las niñas sean inferiores —le dijo su padre a su madre una noche—, sino porque piensan que lo son.

—O temen serlo —apuntó su madre.

—¿No es lo mismo?

—En absoluto. Si solo lo temen, es que todavía tienen esperanza.

Nunca se hablaba de notas o puntuaciones. A Rannie, su obsesión por las palabras le despertó el interés por el latín, y no tardó en leer a Virgilio con deleite. Una lengua le llevó a la siguiente y su padre trajo a nuevos profesores: una francesa, un cantante italiano entrado en años al que se le había quebrado la voz, y el profesor de español, que era el director del departamento de lenguas extranjeras de la facultad.

Su padre siempre recurría al claustro de la universidad para conseguir nuevos profesores. Empezaron a llegar alumnos de otras zonas y ciudades del país, hasta que alcanzaron el límite de veinte.

No parecía ejercer ninguna presión sobre sus alumnos, pero si uno de ellos adolecía de falta de curiosidad o de concentración, le prestaba especial atención durante unas cuantas semanas hasta que la curiosidad volvía a despertar en él. En caso contrario, el alumno era devuelto al lugar de donde había venido.

—¿Por qué enviaste a Brad de vuelta a Nueva York, padre?

—No basta con el talento, no basta con tener cerebro —respondió su padre—. Tiene que haber un hambre, una sed de saber que implique energía y perseverancia. Intento despertar el deseo de saber. Si fracaso en el intento, envío el chico a casa con sus padres.

—Estás experimentando con estos niños —observó su madre, con cierta frialdad.

—Es un experimento, en efecto —convino su padre—. Pero no lo hago yo. Me limito a descubrir qué hay o qué falta ahí. Hago la criba.

A los doce años Rannie estuvo preparado para presentarse a los exámenes de ingreso en la universidad, que aprobó sin esfuerzo.

—Ahora —dijo su padre—, ya estás preparado para ver el mundo con tus propios ojos. He estado ahorrando durante años para ver este día. Tu madre, tú y yo vamos a hacer un viaje muy, muy largo. Después, cuando tengas dieciséis años, quizás, irás a la universidad. No lo sé. Quizá no te interese ir.

Pero, ay, el largo viaje con sus padres nunca se produciría. En su lugar, su padre se embarcó con ellos en un viaje completamente distinto, un viaje solitario rumbo a la muerte. Empezó tan despacio que ni Rannie ni su madre se percataron de su principio.

—Trabajas demasiado —dijo ella un día de junio. Tenían previsto partir al extranjero en julio.

—Descansaré una o dos semanas cuando cierre la escuela —respondió su padre.

La imagen que guardaba de su padre había sido siempre la de un hombre alto y delgado, y no se había apercibido de su delgadez excesiva y repentina. Ahora miró a su padre. Como solían hacer después de la cena, estaban sentados en el porche más fresco de la casa, frente a una extensión de césped cercada por un seto lo bastante alto para protegerlos de la calle. Su padre estaba tumbado cuan largo era en un diván. No hubo una palabra más. Permanecieron sentados escuchando la música que salía del equipo en el salón. Pero Rannie no lo olvidaría jamás, porque después de las palabras de su madre, examinó la cara de su padre cuando se echó en el diván y vio sus ojos cerrados, los labios pálidos, las mejillas hundidas. Observó cierta fragilidad que hasta la fecha no había formado parte del semblante habitual de su padre. Esa noche se fue a la cama preocupado y llamó aparte a su madre.

—¿Está enfermo? —preguntó.

—Irá al hospital el día siguiente a que cierre la escuela para que le hagan un examen completo —dijo su madre, y apretó los labios con fuerza.

Rannie dudó un instante, advirtiéndolo todo sin darse cuenta, como siempre hacía: la forma de los labios de su madre, el superior doblado hacia adentro, el inferior perfectamente visible, una boca hermosa. Y al mismo tiempo el entorno dejó su huella en todos sus sentidos, las ventanas abiertas y las hojas triangulares de los sicómoros que temblaban con la brisa, y en la pared sobre la repisa de la chimenea la fotografía de unas colinas redondeadas y verdes, una serpenteante carretera rural, una casa con su establo, y dominándolo todo el aire brumoso de los primeros días de primavera. «Primavera en Woodstock», se leía en la parte superior del marco. Woodstock, en el estado de Vermont, era la ciudad natal de su madre, y siempre decía que aquella imagen la ayudaba a no echar de menos en Ohio la tierra de sus antepasados. Pero no había nada más que decir, y Rannie siguió de camino a su cuarto y la cama.

A lo largo de aquel interminable verano, vivió una doble

vida, la suya propia y la de su padre. La suya era ya de por sí bastante problemática, porque a los doce años se había desarrollado mucho para la edad que tenía y sentía que era un extraño para sí mismo, que sus sentimientos eran extraños y nuevos, que su cuerpo había cambiado y que crecía tan deprisa que la ropa que un día le sentaba la mar de bien al cabo de un mes se le había quedado pequeña. Sus emociones se aceleraron, bien porque ahora sabía que su padre se estaba muriendo, bien porque su cuerpo estaba cobrando vida propia, y los músculos se le hacían más fuertes, y todo su ser sentía una impaciencia por algo que no acertaba a definir, y su pene se había agrandado y le hacía sus propias demandas, como si fuera una especie de ser ajeno con una vida independiente de la suya, una criatura quejumbrosa a cuyas demandas no sabía dar satisfacción.

Ver que el hilo que ataba a su padre a la vida era cada vez más frágil le quitó las ganas y casi se avergonzó de preguntarse por qué la suya florecía de aquella manera, y pensó que su madre no sería capaz de entenderlo. Fue entonces cuando pensó en Chris, aquel amigo de infancia al que apenas había visto en los últimos años. Ni una sola vez había visto a Chris desde el día en que dejó de ir a la escuela pública, salvo cuando se cruzaban por casualidad en la calle. Se había enterado de que Chris había abandonado la escuela y que estaba trabajando en la gasolinera de su padre en el extremo meridional de la ciudad.

Ese barrio estaba en la otra punta de la ciudad y no había ningún medio que los pudiera reunir. Ahora sabía que él y Chris pertenecían a mundos diferentes, tan lejanos como si vivieran en planetas distintos, incluso. Lo sabía y, aun así, ese saber le hizo desesperar de su soledad.

Asimismo, saber que su padre se estaba muriendo contribuyó aún más a su soledad.

En el seno del demacrado cuerpo de su padre crecía un cáncer, una criatura insensible e inanimada que, sin embargo, tenía vida propia. Se alimentaba de la carne y los huesos de su padre, le chupaba la vida, extendía sus tentáculos de crustáceo cada vez más lejos en su organismo, hasta que todo el cuerpo se convirtió en un apéndice de aquella cosa convertida en criatura. Su padre devino la imagen encarnada del dolor, adormilado por la medicación, encadenando lentas respiraciones, una tras otra, hasta que cada una pareció que tenía que ser la última.

Y durante todo aquel tiempo el verano siguió su exuberante curso, y el maíz crecía, el trigo se doraba y segaron el heno.

—Dos meses... a lo sumo —dijo el doctor.

Dos meses; una eternidad que habría que soportar, y sin embargo pasaron tan veloces, y de pronto su padre se fue lejos de su alcance. Una débil sonrisa cuando llegaba al cuarto de su padre, la mano esquelética se levantaba y se asía por un instante, para luego soltarse, y él con los ojos entornados, vidriosos por el dolor, y eso era todo lo que en ese momento Rannie podía saber de su padre. Su inquietud era salvaje, estaba enfadado, se rebelaba, y a veces lloraba, solo e indefenso.

Un domingo por la tarde el ambiente en la casa se volvió insoportable. Su madre había tomado el relevo de la enfermera a la que habían tenido que contratar y la casa estaba vacía. Rannie era incapaz de leer en la tensión de una espera que al mismo tiempo le obligaba a aguardar con indecible horror el último aliento alicaído de su padre. Había pasado un mes de los dos previstos y el último mes sería eterno. Todo había cambiado. Su madre se había retirado muy lejos, envuelta en un severo manto de soledad y pena. Todos sus conocidos —los amigos de sus padres, sus compañeros de la escuela— estaban infinitamente lejos, todos sin excepción. Necesitaba ver a alguien que no supiera nada de su sufrimiento, que no le preguntara cómo se encontraba su padre. Necesitaba juventud, salud y vida, y armado de una impetuosa desesperación salió en pos de ellas. Salió en busca de Chris.

—¡No puedes ser tú! —gritó Chris.

Había crecido hasta convertirse en un joven fornido, rubicundo, con un vozarrón, un rictus de enfado en la boca y el pelo rubio cortado al rape. Llevaba un mono pringoso de color verde y tenía las uñas mugrientas.

—Soy Rannie Colfax, si estás hablando de mí.

Le tendió la mano, pero Chris se apartó.

—Estoy pringado de grasa —dijo—. Oye, ¿qué es de tu vida?

—Teníamos planeado dar la vuelta al mundo, pero mi padre cayó enfermo; cáncer. Está... muy enfermo.

—Qué pena... qué pena —dijo Chris.

Un cliente paró el coche y, asomando la cabeza por la ventanilla, berreó:

—Lleno... Súper...

—¿Qué haces esta noche? —preguntó Chris desde el surtidor.

—Nada, se me ocurrió visitarte, nada más.

—Yo y la pequeña Ruthie —dijo Chris, con una risita.

Para su sorpresa, Rannie sintió una extraña agitación en la entrepierna.

—¿Cómo está?

—Muy guapa —dijo Chris—. Demasiado guapa por su bien, o por el mío. Puede que me case con ella un día de estos, si es que se deja cazar.

—Pero, Chris, ¿cuántos años tienes? —preguntó Rannie, estupefacto.

—Quince, dieciséis, algo así. Mi vieja nunca estuvo segura de cuándo me parió.

—Pero Ruthie...

—Ella tiene trece, pero va toda peripuesta como si tuviera dieciséis. Es guapísima, claro que sí. Admiradores a patadas, pero me prefiere a mí, o eso dice, también actúa como si me quisiera mí. Me gano un buen dinero con mi padre... ¡malas pulgas tiene el viejo!

—Es mejor que esta noche esté en casa —dijo Rannie—. No quiero dejar a mi madre sola en estos momentos.

—No, claro, en eso tienes razón, supongo. Caray, siento lo de tu viejo. Pero vuelve otra vez, ¿vale, Rannie?

—Sí, gracias, Chris. Me alegra verte.

—¡Rannie! ¡Rannie! ¡Levanta! —Su madre lo estaba zarandeando para despertarle—. Ha venido el doctor. Tu padre se está... muriendo.

Abrió los ojos, saltó de la cama y tomó a su madre entre los brazos. Ella se recostó contra su pecho unos pocos segundos. Enseguida tiró de él.

—No podemos perder ni un minuto —dijo.

Rannie la siguió hasta la habitación donde su padre yacía, tumbado como un palo, en la vieja cama con dosel. El doctor estaba sentado a su lado, con los dedos en la muñeca del moribundo.

—Ha perdido la conciencia, creo —dijo el doctor.

Un suspiro salió de los labios yertos de su padre.

—No... aún estoy... aquí.

Con esfuerzo, abrió los ojos y los buscó.

—Rannie...

—Estoy aquí, padre.

—Susan... amor...

—Estoy aquí, cariño.

—Dale a nuestro hijo... libertad.

—Lo sé.

Siguió un silencio, tan largo que los presentes pensaron que sería para siempre. Pero no, su padre no había dado carpetazo a la vida.

—Rannie...

—Sí, padre.

—No pierdas... el asombro.

—Nunca lo haré, padre. Tú me lo enseñaste.

—El asombro —susurró su padre, intentando recobrar el aliento—. Es el principio de... de... todo... saber.

Su voz se truncó. Un ligero estremecimiento recorrió su cuerpo esquelético. Ahora sabían que se había ido.

—¡Padre! —gritó Rannie, y tomó las manos entrelazadas de su padre entre las suyas.

—Ya está —dijo el doctor, al tiempo que se inclinaba para cerrar los ojos vidriosos. Luego se volvió hacia Rannie—. Cuida de tu madre, muchacho. Sácala de aquí.

—No quiero que me saquen de aquí —dijo su madre—. Muchas gracias, doctor. Rannie y yo nos quedaremos un rato con él.

—Como usted guste —dijo el doctor—. Informaré de la defunción y le enviaré a alguien para que arreglen los detalles.

Les estrechó las manos con gesto grave y amable y los dejó solos. Se quedaron de pie, el uno al lado del otro, juntos y sin embargo separados para siempre, mientras contemplaban la silenciosa figura del hombre al que ambos habían amado tanto, aunque de maneras tan distintas. Los recuerdos también eran totalmente distintos, como también lo era el futuro que madre e hijo tenían ante sí. «¿Qué haré sin él?», se preguntaba Rannie. «¿Quién me dirá la verdad sobre todas las cosas o dónde ir a buscarla? ¿Quién me ayudará a saber qué es lo que soy y qué es lo que debería llegar a ser?»

Lo que estaba pensando su madre, él no lo podía saber, pues aún ignoraba en qué consistía el amor entre un hombre y una mujer, aunque el asombro empezaba ya a despuntar. Ahora no podía asombrarse, pues no deseaba otra cosa que ver a su padre con los ojos de la memoria como un hombre vivo y fuerte. En cambio, ahí yacía la figura muda e inerte de un hombre, mera sombra del hombre al que había conocido y al que había recurrido para casi todo durante toda su vida.

Rannie se volvió hacia su madre en busca de consuelo, pensando solo en sí mismo.

—¡Oh, no! —sollozó—. ¡No, no, no!

Su madre guardó silencio. Lo estrechó entre sus brazos y por fin dijo:

—Ven. Ya no podemos hacer nada por él, salvo vivir como deseó que viviéramos.

Y se lo llevó.

La vida, mal que bien, retomó su curso. Los escasos días previos al funeral fueron un laberinto gris de dolor y el funeral fue una hora de increíble agonía.

—Polvo eres y en polvo te convertirás... —salmodió finalmente el pastor, y Rannie oyó el sordo golpe de los terrones que caían sobre el ataúd. Él y su madre se tomaron de la mano, paralizados por el horror, hasta que alguien, el pastor o el vecino, alguien, se los llevó de ahí. Una persona les dijo:

—Esto, por lo menos, no es necesario que lo sufráis.

Y dejaron a los demás y alguien los metió en un coche y los llevó de vuelta a casa, que ya no parecía su hogar, sino solamente una casa que resultaba que era la suya.

—Dígame, ¿prefiere que nos quedemos o quiere estar sola? —dijo alguien.

—Gracias, preferimos quedarnos solos —dijo su madre.

Y se fueron y los dejaron a solas en la casa. El perro brincaba como un tonto, saltaba entre sus piernas alegremente, y ninguno de los dos podía soportarlo.

—Mete al perro en el garaje —dijo su madre.

Metió el perro en el garaje y luego regresó a la cocina y se sentó a la mesa mientras su madre cocinaba algo.

—No tendremos hambre —dijo—, pero prepararé un bizcocho de jengibre y esa salsa especial que tanto te gusta.

—No te molestes, por favor, madre —pidió él.

—Estaré mejor si me mantengo ocupada —repuso ella.

Se sentó entonces sin decir palabra y mientras la miraba deseó no estar pensando en su padre, sepulto, blanco e inmóvil bajo la tierra recién apilada. Procuró con todo su ahínco recordarlo como había sido cuando estaba bien de salud, los días de otoño cuando habían salido de excursión por los bosques, los días de invierno en los que su padre le había enseñado a esquiar, los días de verano cuando le había enseñado a nadar. Le parecía que todo lo que había aprendido se lo había enseñado su padre. ¿Quién le enseñaría ahora?

—Es terrible, terrible, terrible...

Las palabras se le agolpaban en la boca y su madre dejó de batir la masa en el gran cuenco amarillo y lo miró, con la cuchara en la mano.

—¿Qué estás pensando, hijo mío? —preguntó con dulzura.

—Está en su lecho, solo, bajo tierra, madre, ¡bajo tierra! Tendría que haber una forma mejor.

—Sí, pero no podía pensar en su cuerpo, su hermoso, hermoso cuerpo, quemado y convertido en cenizas —gritó con pasión—. Un puñado de cenizas... no, no podía soportar la idea. No quedaría nada de él. Así, en cambio, está correctamente vestido, está en una especie de lecho. Claro que solo.

De pronto se echó a llorar. Dejó la cuchara en el cuenco y se cubrió la cara con las manos. Rannie se acercó a ella y la rodeó con los brazos. Ya era tan alto como ella y de repente la sintió pequeña y necesitada de ayuda y protección. Pero no le pidió que parase de llorar. De alguna manera, lo había visto claro. No podía ocupar el lugar de su padre para ella, como ella tampoco podía ocupar su lugar para él. Tenían que continuar siendo como eran, madre e hijo, y compartir sus vidas hasta donde fuera posible.

Como si hubiera sentido lo que su hijo estaba pensando, dejó de sollozar. Levantó la cara de su hombro y lo apartó dulcemente de su lado para secarse los ojos con el delantal.

—Tengo que terminar el bizcocho —dijo.

Rannie la dejó sola y subió a su habitación, donde arrimó la butaca a la ventana para sentarse y contemplar el paso del crepúsculo a la oscuridad. No estaba pensando, solo tenía sensaciones: sentía su propia soledad, la soledad de su madre, el vacío que habitaba la casa, el vacío que habitaba su mundo. No encendió la luz y se quedó sentado en la oscuridad hasta que la voz de su madre lo llamó por la escalera.

—¡El bizcocho ha salido perfecto, Rannie!

Su voz sonó natural, casi feliz. Bajó a la cocina y la encontró sumida en una luz brillante.

—También he cocinado un estofado irlandés —dijo—, y una ensalada mixta. El bizcocho de jengibre es para el postre.

Era la primera vez que su madre ponía la mesa para la cena en la cocina. Hasta esa noche siempre habían cenado en el comedor. Rannie no podía imaginarse a su padre tomando la cena en la cocina. Tomó asiento, contento de que su madre hubiera preparado la mesa para dos allí, de manera tan distinta a como solían hacerlo. De pronto, le entró mucha hambre y luego sintió vergüenza por haberse comido todo el plato de estofado y toda la ensalada que su madre le había servido, y para colmo haberlo completado con dos porciones de bizcocho caliente con su salsa dulce y picante. Después se sintió ahíto y le entró sueño, y los dos subieron a acostarse temprano.

Por la mañana su madre volvió a poner la mesa en la cocina. Rannie no había dormido bien, se había desvelado varias veces, pensando en su padre enterrado y solo en la colina. Su imaginación, siempre presta a convocar la realidad, había dado vida, ante sus ojos, a la imagen de su padre enterrado en su tumba. Vio de nuevo hasta el último detalle ese objeto muerto que en otro tiempo había sido su padre pero que ya no lo era. Vio los ojos cerrados, la boca cerrada y severa, e incluso sus manos enlazadas y pálidas. Las manos eran lo más muerto. Su padre había tenido unas manos preciosas, fuertes y bien formadas, unas manos activas, trabajadoras, gesticulantes, siempre expresivas. La quietud de las manos de su padre era algo que no podía olvidar.

—¿Te apetecen unos huevos revueltos, Rannie? —preguntó su madre.

Estaba calmada aquella mañana. Pero podía ver en sus ojos que había llorado durante toda la noche en vela.

—Gracias, madre —dijo él, y una vez más sintió vergüenza por tener tantísima hambre en medio del dolor.

Su madre preparó los huevos y unas lonchas de bacon y le sirvió el desayuno. Entonces fue a la ventana y cogió una maceta que contenía un bulbo de amarilis. Un puñado de recias hojas verdes rodeaban un grueso tallo que presentaba dos flores, en realidad dos botones a punto de abrirse. Puso la maceta sobre la mesa.

—Estas dos flores empezaron a abrirse ayer —dijo ella—. Me pregunto si la tercera se abrirá hoy. Tres es el número perfecto para una amarilis. Siempre lo he pensado.

Hablaba en tono despreocupado, casi como si su hijo fuera un desconocido, o solo un vecino, una visita, pero Rannie comprendió que estaba intentando empezar una nueva vida, que estaba decidida a no llorar más, al menos en su presencia, y procuró ayudarla.

—El botón parece que esté a punto de abrirse ahora mismo —dijo él.

Dio cuenta despacio del desayuno. Su madre tomó un café y una fina tostada untada con mantequilla.

—¿No te apetece un huevo, madre? —preguntó, con una repentina sensación de angustia. No tenía a nadie más que a ella. Sus parientes vivían muy lejos y solo los conocía de oídas.

—Comeré cuando pueda hacerlo —dijo su madre—. Me llevará tiempo volver a ser yo misma. Hoy tengo que meter toda su ropa en cajas para enviarla al Ejército de Salvación.

—¿Quieres que te ayude?

—No, cariño —respondió ella—. Creo que prefiero hacerlo sola. Tu padre quería que te quedaras sus libros, naturalmente. Pero ahora deberías empezar a usar su estudio como si fuera tuyo. Eres libre de cambiarlo a tu gusto.

Rannie sabía muy bien que no le había resultado sencillo pronunciar aquellas palabras, pero su madre estaba intentando cumplir la voluntad de su padre y darle libertad. Aunque libertad, ¿para hacer qué?

De repente el botón de amarilis le llamó la atención. ¡Ya estaba medio abierto! Mientras hablaban, encadenando largos silencios, el botón casi se había convertido en una flor, aunque no del todo formada. Se lo señaló a su madre. Ella se rio y pudo abstraerse un momento.

—¡Pues claro que sí! —exclamó ella—. No sabía que un botón de amarilis pudiera abrirse tan deprisa. Pero lo cierto es que nunca me había quedado sentada delante de uno como ahora mismo.

Contempló soñadoramente la flor.

—En cierto modo es simbólico; que se abra una flor en este momento, cuando estamos tan tristes. Significa algo, no sé bien de qué se trata, pero es como si tu padre nos estuviera diciendo algo. Es un consuelo en cierto modo. —Le dedicó una mirada melancólica—. Oh, Rannie, espero de verdad ser la clase de madre que necesitas. Siempre te dejé con tu padre desde que eras un bebé, es decir... porque él es... era mucho más sabio que yo y sabía que no eras un niño como los demás. Espero... espero poder... no reemplazarle, claro está, nunca, nunca podría hacerlo, pero sí al menos cumplir con el papel que me toca como quizá no he sido capaz de hacer hasta ahora, porque quizá creí que no era necesario, pero tendrás que ayudarme. Tienes que decirme si hay algo que no esté haciendo que sí debería hacer, porque no va a ser por falta de ganas, cariño, sino porque me faltan conocimientos.

Recibió su mirada suplicante con una ternura que nunca había experimentado. Su amor más profundo se lo había entregado por entero a su padre, pero ahora la vio como una persona independiente, una criatura infantil que al mismo tiempo era una mujer, de cuya carne había nacido y a quien, en cierto modo, también estaba unido.

—Hay algo que puedes hacer por mí, madre —dijo.

—¿Y qué es? —preguntó su madre.

—Me gustaría saberlo todo sobre mi padre, todo, absolutamente todo. Ahora me doy cuenta de que cuando estábamos juntos siempre hablábamos de mí, o de algo en lo que yo estuviera pensando. Fui egoísta.

—No, no fuiste egoísta —dijo ella enseguida—. Tu padre, sencillamente..., estaba loco de contento por disponer de una mente como la tuya para enseñarle cosas y trabajar con ella. Él... nació para ser profesor y veneraba un cerebro privilegiado. Solía hablar de tu... de tu cerebro... como si fuera un tesoro.

—Pero quiero conocer a mi padre ahora mismo —dijo él.

En la mirada que ella le dedicó se mezclaban el amor y el asombro.

—¿Cómo ibas a saberlo?... —murmuró.

—¿Saber qué, madre?

—¡Que lo que acabas de decir me consuela como nada en el mundo! No se me había pasado por la cabeza, que yo... ¡yo pudiera mantenerlo con vida para ti! Lo haré lo mejor que pueda... Lo recordaré todo. No puedo hacerlo de una sola sentada, Rannie, pero a medida que vayamos viviendo cosas te lo iré recordando todo.

Y consolándola a ella, halló él también consuelo. Tenían una nueva forma de vivir, un propósito para sus vidas en común como madre e hijo. Mantendrían con vida a su padre.

Ya atardecía y estaban sentados en el estudio. Ella había decidido que el estudio era la estancia más adecuada de la casa para mantener una conversación. Tendrían a su padre más cerca, le dijo. Nada había cambiado en el cuarto. En el escritorio descansaba el manuscrito, a medio terminar, en la bonita y prieta caligrafía de su padre. Algún día, dijo la madre, él, el hijo, lo terminaría. Su padre había dado el visto bueno y Rannie lo había estado leyendo, despacio, con atención, entendiendo sin entenderla del todo la filosofía que en él se proclamaba, y aun así fascinado. ¿Todo científico un artista? ¿Todo artista un científico? ¿Cuál era el secreto que compartían?

—Enciende el fuego, hijo —dijo la madre—. Va a nevar.

Rannie se agachó para prender la llama debajo de los troncos, como le había visto hacer a su padre tantas veces. Los troncos estaban secos y un torbellino de llamas rugió por el tiro de chimenea.

—Siéntate en esta butaca, hijo —dijo su madre en esta la primera de sus noches—. Me gusta verte sentado aquí.

Se instaló en la butaca de su padre. Le gustaba sentarse ahí, sentir cómo su cuerpo se amoldaba a las formas que el cuerpo de su padre había imprimido a lo largo de los años.

—Conocí a tu padre en la universidad —comenzó su madre—. Pensé que era el hombre más guapo que había visto en toda mi vida. No era el típico deportista, no era el héroe del equipo de fútbol ni nada parecido, aunque sí le pegaba bien con la raqueta. Cuando se enteró de que era la mejor tenista de la universidad, me desafió enseguida. Le gané...

Se echó a reír y los ojos se le iluminaron de pronto.

—Creo que no le sentó muy bien que digamos. Y pensé que era una tonta y que seguramente no querría volver a verme nunca más. Pero me equivocaba. Más adelante, cuando ya nos conocíamos bastante bien, me dijo que le había gustado porque no me había guardado nada en aquel partido. Él pensaba que era bastante bueno y me confesó que le había sentado fatal que una chica le ganara, pero habría pensado mal de mí si no hubiera jugado en serio. Eso siempre lo tuvo clarísimo. «Quiero que no me ocultes la verdad, Susan.» Aún puedo oírselo decir.

Se calló un momento, con una media sonrisa en el rostro, y levantó la vista para mirarlo, sentado en la butaca que había sido de su padre.

—Tengo por costumbre decir la verdad, hijo, y nunca te diré nada que no sea verdad. Hagamos un trato: entre nosotros, nada más que la verdad, por la memoria de tu padre.

—Trato hecho —dijo él.

Guardó silencio unos minutos, pensando. Luego volvió a hablar.

—No quiero ir demasiado deprisa. Quiero que dure mucho. También habrá noches en que querrás hacer otras cosas. Noches en que tendremos que decidir qué queremos hacer. ¿Qué te apetece hacer, hijo? No creo que debamos hacer el viaje; necesitaremos el dinero para pagar tu formación universitaria, aunque te becarán la matrícula para honrar la memoria de tu padre.

—Iré a la universidad —dijo—. Puedo empezar las clases en enero, con el trimestre de año nuevo.

—Pero aún no has cumplido trece años... Y todos esos alumnos mayores, ¿qué te harán?

—Nada, madre. Estaré demasiado ocupado.

—Pero te perderás todas las diversiones de un niño de tu edad.

—Tendré otras cosas —dijo él, escuetamente, pero no sabía qué cosas serían esas, de modo que le rogó a su madre que siguiera contándole su historia—. Continúa, madre.

—No tardamos en enamorarnos —siguió su madre, con timidez—. En esa época, el amor aún era importante, no como hoy. Pero me dijo que no nos casaríamos hasta después de su graduación. Yo todavía estaba en segundo, pero no me apetecía continuar. Solo quería estar a su lado. Así que nos casamos en junio. Fue una boda preciosa. Yo era hija única y toda la familia quería que tuviera la boda más bonita posible. Además tu padre les gustaba mucho. Es lo que no me gustó de venir a vivir a Ohio, cuando tu padre terminó la tesis doctoral. Nos alejó muchísimo, tanto que no has conocido a mi familia. Y como tus abuelos paternos habían muerto y tu padre no tuvo hermanos, la única familia que has tenido éramos nosotros dos.

—No me ha faltado nada —dijo él.

Ahora estuvo callada mucho tiempo, con los ojos clavados en el fuego, soñando y recordando con una media sonrisa. Rannie también guardaba silencio, sentado en la butaca, esperando. La inquietud le reconcomía por dentro, pero no quería interrumpir los pensamientos de su madre.

Así serían todas aquellas noches. Ella revivía su vida, soñaba, recordaba, sonreía a veces, a medias, mientras él esperaba sentado en la butaca, con una inquietud que lo dominaba íntimamente. Al final, ella miraba el reloj de repente y se sorprendía al ver la hora.

—Oh, qué tarde se nos ha hecho —exclamaba, y así ponía el broche a la velada.

Todas las noches se sentaba allí, sumiso, con los ojos puestos en el fuego, y a medida que la voz de su madre fluía y remansaba a veces con una carcajada o con un largo suspiro al tropezar con un recuerdo, él se regocijaba en su capacidad de figurarse lo que ella le contaba. Es decir, cuando su madre terminaba de describirle una anécdota remotísima, él la veía con tanta claridad como si estuviera ocurriendo ante sus propios ojos. Rannie ya conocía esa capacidad suya, porque cuando leía un libro, de cualquier temática —y tal había sido siempre el caso hasta donde le alcanzaba la memoria, o así se lo parecía a él—, Rannie veía lo que leía, y no las palabras o las páginas donde estas venían impresas. Dicha capacidad le había sido de gran utilidad en la escuela, en todo momento, y en especial en matemáticas, porque cuando tenía que resolver un problema, se lo planteara el profesor o lo leyera en el libro de texto, no veía las cifras sino la situación que estas describían y su relación con el todo, de manera que tenía la respuesta de inmediato. Las ciencias también le habían resultado muy fáciles gracias a esta capacidad suya de visualizar al mismo tiempo que leía o escuchaba.

Así pues, ahora veía a su padre a medida que su madre iba relatando su vida con él cuando era un hombre joven. Y lo veía de verdad. Tenía esta capacidad y creía que todo el mundo la tenía, hasta que descubrió al cabo de los años que era única, y que él podía ver de verdad, con su forma y volumen, cualquier persona u objeto sobre el que estuviera pensando. Ahora que su madre le describía a su padre, Rannie veía a un joven alto, de piel y cabello claros, con la risa siempre a punto, pero en todo momento dispuesto a escuchar y a asombrarse. Nunca le había contado a nadie que tenía esta capacidad visual, pero ahora se lo dijo a su madre.

—Veo a mi padre como era, antes de nacer yo.

Su madre se interrumpió y le dirigió una mirada inquisitiva.

—Camina muy deprisa, ¿no? ¿Casi corriendo? Es muy delgado, pero también muy fuerte. Y llevaba un bigotito recortado, ¿a que sí?

—¿Cómo lo has sabido? —exclamó su madre—. Sí, llevaba bigote cuando nos conocimos, y no me gustaba nada. Se lo afeitó y nunca más volvió a dejárselo crecer.

—No sé cómo lo sé, no sé cómo lo veo, pero lo sé tan bien que puedo verlo.

Su madre lo miró con una mezcla de tristeza y temor, y esperó.

—A veces —continuó él, casi sin querer—, creo que no es bueno.

—¿Por ejemplo? —preguntó ella, cuando él se interrumpió.

—Bueno, en la escuela, por ejemplo, en matemáticas, los maestros pensaban que hacía trampas cuando hacíamos cálculo mental. Pero yo podía verlo. No hacía trampas.

—Por supuesto que no —dijo su madre.

No se percató en ese momento, y no fue hasta muchos años después cuando lo pensó, pero a partir de ese día su madre no volvió a contarle nada más sobre su padre. Se dedicó por entero a él, normalmente en un silencio que era casi reverencial. Vigilaba que comiera y se desvivía por que durmiera un número suficiente de horas. Pero Rannie se olvidó de ella. Tenía la mente llena a rebosar de visiones creativas. Sus pensamientos siempre lo eran. Comía vorazmente, porque su cuerpo estaba creciendo muy deprisa. Hasta entonces había sido un chico de talla mediana. De la noche a la mañana, o así se lo pareció a él, alcanzó el metro ochenta de estatura, sin haber cumplido aún los trece años. Era tan alto que le pareció que empezaba a ser un engorro. Aun así, tenía una ventaja. No destacaba tanto en la universidad. Todavía tenía la cara de un niño, pero sus huesos eran larguiruchos y era esbelto como un gran pájaro, y seguía andando muy erguido.

Su problema era la eterna pregunta: ¿Qué iba a ser? Inventor, científico, artista... la energía que sentía crecer a borbotones en su seno, una energía que distaba mucho de ser solamente física pero que impregnaba toda la agitación que sentía en su cuerpo, sería una carga para él hasta el día en que encontrara el cauce adecuado para liberarla. Se sentía refrenado y reprimido. Asistía a las clases de la universidad encogido, prohibiéndose el lujo de la impaciencia por la lentitud y meticulosidad de sus profesores.

—Oh, vamos, vamos —murmuraba por lo bajo, apretando los dientes—. Vamos, vamos...

Visualizaba lo que querían decir antes incluso de que terminaran de expresarse. Su propia imaginación lo tenía obsesionado. Tenía tantas ideas al cabo de un día que él mismo estaba perplejo. ¿Cómo iba a conseguir centrarlas? ¿Qué era esa imaginación suya, incesantemente ocupada en tareas creativas, pero al mismo tiempo incontrolada y quizás incontrolable? Por lo menos, aún no sabía de qué manera controlarla y no lo podría saber hasta que su voluntad le dirigiera y empujara a hacerlo.

Hasta donde atinaba a ver, ninguno de sus compañeros de clase sufría tanto como él. No tenía amigos, pues las relaciones amistosas, y él era por instinto una persona de lo más amistosa, no significaban lo mismo que la amistad. Se sentía, a veces, como si estuviera solo en un desierto, un desierto de su propia creación, simplemente por ser él como era. Hacía mucho tiempo que había superado la estatura de su madre y casi había dejado de pensar en su padre. Estaba completamente absorto en el problema de su propia persona y en qué dirección debía dar a su vida. Vivió durante casi todo su paso por la universidad en una soledad total.

Un día, en tercero, un comentario casual de su profesor de psicología le llamó la atención.

—Las personas en general —dijo el profesor— son simplemente adaptativas. Aprenden igual que los animales; los chimpancés aprenden a ir en bicicleta, los ratones, a encontrar la salida de un laberinto. Pero de vez en cuando nace una persona que no se limita a ser adaptativa. Es creativa. Puede que sea un problema para sí misma, pero sabe resolver sus problemas con la imaginación. Cuando ha resuelto sus problemas, su mente es libre para crear. Y cuanto más crea, más libre es.

Una luz repentina surcó la mente de Rannie. Después de la clase, esperó discretamente a que todos los alumnos salieran del aula para abordar al profesor.

—Me gustaría hablar con usted —le dijo.

—Estaba esperando que me lo pidieras —respondió el profesor.

—No estaré en casa esta noche —le dijo a su madre—. Tengo una cita con el doctor Sharpe. Me espera. Creo que volveré tarde... depende.

—¿De qué depende? —preguntó ella.

Tenía una manera discreta, penetrante, de plantear las preguntas. La miró, pensando en la pregunta que acababa de formularle.

—Aún no lo sé —repuso—. No sé cómo resultará la charla. Si no aprendo nada, estaré en casa temprano. Si aprendo, llegaré tarde.

Dio cuenta de la cena en un silencio abstraído. Seguían cenando en la cocina. En vida de su padre, esta comida era la única ocasión formal de la jornada y siempre se servía en el salón. El desayuno era una breve pausa en la mesa de la cocina, el almuerzo, un sándwich de cualquier cosa, pero a su padre le gustaba la elegancia de cenar de noche con un cambio de decorado, una mesa puesta con la cubertería de plata y los platos de porcelana, y unas flores en el centro. El comedor nunca había parecido demasiado espacioso para los tres, pero ahora, estando solo con su madre, parecía demasiado grande y vacío.

—No conozco mucho al doctor Sharpe —decía su madre.

—Yo tampoco, la verdad —respondió él—. Está bien encontrar a alguien joven y con ideas nuevas. Con los otros profesores, tengo la impresión de que llevo toda la vida tratando con ellos. Están bien, pero...

Su mente volvió tomar el control y enmudeció. Ella le animó a continuar.

—Pero ¿qué?

—Pero ¿qué? —repitió él—. Pues que me gustan las cosas nuevas. Especialmente, si se trata de algo en lo que ya he estado pensando.

—¿Y qué es?

Rannie lanzó una mirada a la cara de curiosidad que había puesto su madre y sonrió, con un albor de timidez.

—No lo sé... ¡la creatividad, supongo!

Al cabo de media hora se encontraba en el pequeño salón de Donald Sharpe. Estaban solos, pues Sharpe era soltero y se ocupaba de muchas tareas domésticas él mismo, a pesar de que contaba con los servicios de un criado filipino. Era un cuarto encantador, decorado con gusto y bien diseñado. Dos cuadros franceses, en el estilo de los antiguos maestros, colgaban de paredes enfrentadas, y en una tercera pared, frente al hogar, tenía un pergamino japonés. A cada lado de la chimenea, había una butaca tapizada en un viejo terciopelo dorado. Era bien entrado el otoño, la noche refrescaba y el fuego de leña perfumaba la sala.

Se sentía a gusto en esa sala, y encontró en ella una suerte de consuelo, como no lo había sentido desde la muerte de su padre. La butaca de terciopelo dorado envolvía perfectamente su cuerpo larguirucho y le gustó su lujosa suavidad. Donald

Sharpe estaba sentado frente a él y en la mesilla que tenía al lado había una copa de vino con el fuste muy alto.

—Aún eres muy joven, Rannie —le había dicho—. Pero es una bebida tan suave que no creo que te lo apunten en el debe.

Dicho lo cual, había llenado la copa de vino de su invitado y Rannie, después de tomar un sorbo, la había dejado en la mesita al lado de su butaca.

—¿No te gusta? —preguntó Sharpe.

—No mucho —respondió con franqueza.

—Supongo que es un gusto que se adquiere con el tiempo —dijo Sharpe.

Y así había empezado la velada. Ahora ya había progresado hasta convertirse en una conversación sustanciosa, salpicada de largos silencios reflexivos.

Era un hombre apuesto, pero de una manera oscura, casi demasiado apuesto, sin ser alto, y con una estructura ósea de una ligereza femenina. Los ojos eran su rasgo más notable, grandes y oscuros bajo unas cejas perfectamente delineadas, que alternaban miradas penetrantes, audaces o sigilosas según la ocasión. El profesor continuó hablando.

—Naturalmente, la creación nace de la imaginación. Sin imaginación no puede haber creación. Pero no estoy seguro de que el arte pueda explicarse así. Quizás el arte sea la cristalización de la emoción. Uno tiene que sentir una efusión. Yo, por ejemplo, escribo poemas. Pero pasan los días y los meses, a veces un año o incluso más tiempo, sin que escriba nada, ni un solo verso, porque no he sentido nada con la necesaria profundidad para que cristalice. Debe darse una concentración de la emoción antes de que pueda cristalizar en un poema. Siento un alivio, un auténtico alivio, desde un punto de vista emocional, cuando termino el poema. Siento que lo tengo, que tengo algo en mis manos que es tan sólido como una piedra preciosa.

Su voz era hermosa, de barítono dúctil y melodiosa. El profesor se inclinó hacia adelante y de repente, con un cambio de actitud total, le formuló una pregunta.

—¿Cómo te llamas? Quiero decir, ¿cómo te llaman en casa?

—Me llamo Randolph, Rannie para los amigos.

—Ah, pero siempre elijo un nombre especial para las personas que me gustan de verdad, como tú. Te llamaré Rann, con dos enes.

—Si así lo desea...

—Pero ¿tú lo deseas?

—Rann... sí, me gusta. He crecido demasiado para andarme con diminutivos.

—¡Crecer demasiado! ¿Dónde estábamos? ¡La emoción, sí! Sin embargo, aún estoy muy lejos de comprender cabalmente por qué nos sentimos empujados a crear arte. Supongo que todo empezó cuando adquirimos conciencia de la belleza, una conciencia borrosa, quizá simplemente la sorpresa ante la repentina visión de una flor o un pájaro. Pero la capacidad tenía que ser previa, la capacidad de percibir, y dicha capacidad exigió un paso adelante en la inteligencia, un despertar, un asombro.

Escuchaba la voz de Sharpe de la misma manera que escuchaba la música, con un albor de sensualidad, y solo de vez en cuando se atrevía a intervenir.

—Pero ¿cuándo empezó la ciencia?

—Ah, mucho más tarde —respondió Sharpe—. El hombre natural, la mente sin cultivar, poetizaba sirviéndose del mito y el sueño antes de analizar las cosas; por contradictorio que parezca, me figuro que la ciencia empezó con la religión. Los sacerdotes tuvieron que aprender a predecir el tiempo y por consiguiente debieron encontrar las coincidencias entre las estaciones y las estrellas del firmamento, descubrieron la precisión, que es la base de la ciencia, y de ello resultó el descubrimiento de la verdad objetiva. Galileo sentó las bases de la ciencia moderna desde un punto de vista experimental, qué duda cabe, sirviéndose del movimiento de los cuerpos, midiéndolo y observándolo, hasta que confirmó una teoría, la teoría, de que el sol ocupaba el centro del universo, lo cual le valió morir siendo un proscrito. Más tarde, Isaac Newton expresó matemáticamente... ¡esa misma teoría! Sí, la ciencia es tan creativa como el arte, ambos van de la mano, tienen que hacerlo por fuerza, ya que ciencia y arte son indispensables para el progreso de la humanidad.

Pasaron las horas mientras lo escuchaba, planteándole de vez en cuando alguna pregunta, pero sin dejar de rendirse en todo momento a la fascinación que aquel hombre le causaba. Le sorprendió oír que el reloj sobre la chimenea daba la medianoche.

—Oh, debo volver a casa... Todavía tengo que terminar un tema para la clase de mañana, señor.

Sharpe sonrió.

—Te daré un día más. Tú me has dado una velada agradable. No ocurre con frecuencia que disponga de un oyente que sepa de qué estoy hablando.

—Usted ha aclarado mis preguntas y mi pensamiento, señor.

—¡Perfecto! Entonces tienes que venir otro día. Un profesor nunca se cansa de buscar el alumno ideal.

—Gracias, señor. La búsqueda es mutua.

Se dieron la mano y le extrañó el tacto caliente y suave de la mano de Sharpe. Se sorprendió y apartó la mano enseguida.

Cuando llegó a casa, su madre le esperaba despierta en la cocina.

—Oh, Rannie, me estaba preguntando si...

—He pasado una noche maravillosa. He aprendido muchísimo. Y... ¡madre! —se interrumpió.

—¿Sí, Rannie?

—No quiero que me vuelvas a llamar Rannie.

—¿No? ¿Entonces qué? ¿Randolph?

—Rann a secas, con dos enes.

—Muy bien, si así lo prefieres. Procuraré no olvidarlo.

—Gracias, madre.

Aun así, lo miró con extrañeza, como si estuviera sopesando hacerle una pregunta. Pero Rann no le dio ocasión.

—Buenas noches, madre —dijo, y se fue.

No podía pegar ojo. Donald Sharpe le había despertado

todo el cuerpo. La pregunta que se perfilaba cada vez con mayor precisión en su mente no tenía otro objeto que él mismo. ¿Qué sería? ¿Un artista o un científico? Sentía dentro de sí, abriéndose paso, el impulso, la urgencia, la necesidad de crear... pero ¿qué? ¿Cómo iba a saber qué hacer cuando ni siquiera se conocía a sí mismo ni sabía quién era? ¿Qué había que hacer para averiguarlo? La idea de ir a la universidad le llenó de impaciencia. ¿Qué sentido tenía aprender cosas sobre el pasado y estudiar lo que habían hecho otras personas? Y, sin embargo, ¿acaso no era útil saber lo que habían hecho? Galileo, por ejemplo, había sido muchas cosas, músico, pintor, científico, pero ¿lo había aprendido yendo a clase o lo había aprendido por y para sí mismo?

Sus propias preguntas lo tenían en vela. A su alrededor, reinaban la oscuridad y el silencio. Abajo, en el salón, el viejo reloj de péndulo, que había pertenecido a su bisabuelo holandés por la rama materna, dio las primeras horas de la madrugada, la una, las dos y por fin las tres. La luna se hundió detrás del horizonte antes de que el alba le hiciera dormirse. Tuvo un dormir intranquilo, interrumpido por sueños confusos. Pero la confusión estaba dominada por la aparición recurrente de Donald Sharpe.

Cuando se despertó por la mañana, el sol entraba a raudales por la ventana oriental de su habitación. Lo invadió una extraña y tranquila sensación de paz, diametralmente opuesta a la agitación de la noche. Esta paz, mientras yacía disfrutándola, saboreando sus posos, estaba centrada en Donald Sharpe. Revivió las horas que habían pasado tan deprisa la noche anterior. Desde la muerte de su padre, no había disfrutado tanto como en aquella velada. Más aun, quizá no había disfrutado tanto en toda su vida; el esfuerzo que su mente había tenido que hacer para alcanzar la de Sharpe se había visto espoleado por el encanto que aquel hombre tenía; su juventud, su madurez, hasta su belleza física estimulaban el alma, ejercían una atracción como jamás la había conocido en nadie. Y esta atracción la sentía por una persona de carne y hueso, alguien que podría convertirse, si no lo era ya, en un amigo. Nunca había tenido un amigo de verdad. Los chicos de su edad podían ser compañeros de deporte y en otras ocupaciones triviales, pero nunca había conocido a nadie con quien tratar en igualdad de condiciones. ¡Y ahora era su amigo!

La certeza le corrió por la sangre, era un elixir de felicidad. Salió de la cama de un salto y corrió en busca del día, una ducha, ropa limpia, un desayuno opíparo. Hacía días que no tenía hambre. Ahora apenas si podía esperar la llegada del desayuno a la mesa. La primera clase del día era con Donald Sharpe.

—Debéis prestar atención a vuestra mente consciente —dijo Donald Sharpe.

Estaba de pie frente a la clase, cien o más alumnos sentados ante él, en una sucesión de filas que ascendían hasta casi alcanzar el techo. Les hablaba a todos, pero Rann, sentado en la silla central de la primera fila, encontró su mirada cálida, casi acariciante.

—Hay que procurarle alimento y atención —dijo Sharpe, sonriendo—. La mente subconsciente es distinta. Le damos alimento, pero no atención. Dejad que la mente subconsciente sea tan libre como un colibrí en un jardín de flores. ¿Habéis visto un colibrí? ¿No? Pues la próxima vez fijaos. El colibrí es el más bailarín de los pájaros. Se lanza a un lado, luego al otro, como una flecha, por todas partes. Da un sorbito a una flor, luego a otra, primero prueba en un jardín, luego en otro. ¡Haced lo mismo con vuestras mentes! Liberadlas. Leed cualquier cosa, leedlo todo, viajad a cualquier lugar del mundo, no importa cuál, aprended un poquito sobre todas las cosas y todo lo que podáis sobre tantas cosas, personas y mundos como sea posible. Entonces, cuando se os plantee un problema, prestad atención al subconsciente. Esperad a que extraiga de sus almacenes la información necesaria y en ella podréis basar vuestras decisiones.

A veces, la información necesaria se expresará en un sueño, mientras dormís, o incluso en una ensoñación diurna. Yo creo en los sueños de vigilia. No permitáis que vuestros padres, y vuestros profesores, os digan que soñar despierto es una pérdida de tiempo. No, porque la ensoñación le brinda al subconsciente la oportunidad de expresarse. Newton fue ideando la ley de la gravedad en varias ensoñaciones hasta que un día la caída de una manzana espoleó su subconsciente y le dijo que la gravedad era una fuerza interplanetaria. Dos hermanos, los Montgolfier, estaban soñando despiertos ante un fuego que habían encendido en una noche fría cuando se dieron cuenta de que el aire caliente elevaba trocitos de papel por el tiro de la chimenea... ¿por qué no hacemos un globo de aire caliente que lleve el hombre al cielo?

»Y no solo los científicos, pues los artistas también se sirven de la mente subconsciente. Coleridge soñó su poema *Kubla Khan* antes de escribirlo, cosa que hizo justo después de despertarse... para olvidarlo, ¡ay!, cuando un amigo lo interrumpió. Nuestros artistas contemporáneos, o algunos de ellos, utilizan la mente subconsciente antes de encauzarla hacia su forma cristalizada; ejemplos: James Joyce en literatura, Dalí en las artes plásticas. Es interesante, pero quizá demasiado literal para poder trasladar el sentido. Hay que someter la mente subconsciente a la presión de la necesidad, de la exigencia, antes de que pueda centrarse y arrojar la información necesaria en una forma organizada. Este es el método del arte.

Rann levantó la mano y Sharpe inclinó la cabeza.

—¿Un científico no tiene que imaginar o soñar tanto como un artista, o quizás incluso más? Porque el científico sabe de manera muy precisa lo que quiere alcanzar.

—Lo sabe —dijo Sharpe—, de ahí que su búsqueda entre los materiales oníricos sea dirigida. Pero a veces no. A veces el hallazgo puede surgir del asombro. Asómbrate, ¡luego pregunta por qué! Eso es una técnica también... aunque un técnico no sea en puridad lo mismo que un científico. Así es, cabría decir que un artista y un científico, si lo son de verdad, están relacionados. De hecho, muchos de los mejores científicos también son músicos, pintores, etcétera, como descubrirás cuando tengas ocasión de conocerlos.

—¿Y los artistas pueden ser científicos? —preguntó Rann.

Pregunta y respuesta se concatenaron fulgurantemente como rayo y trueno.

—Sí —dijo Sharpe, con firmeza—. La imaginación del artista no se limita a la estofa de los sueños. También recurre a cualquier objeto como material de creación. El sonido electrónico ha creado una nueva forma de música, los nuevos pigmentos influyen en el trabajo de los pintores. El artista recibe el material nuevo, lo domina y con él expresa sus reacciones, sus sentimientos.

—Observo una diferencia entre científicos y pintores —declaró Rann.

—Adelante —lo animó Sharpe.

—Los científicos inventan, descubren, demuestran. Los artistas expresan. No tienen que demostrar nada. Si tienen éxito...

—Es decir, si logran comunicar... —apuntó Sharpe.

—Sí —repuso Rann.

—Eso es —dijo Sharpe—. Tú y yo tenemos que seguir hablando sobre esta cuestión. Quédate un momento en el aula después de la clase. —Consultó la hora—. Fin de la lección.

Miró a Rann, que esperaba junto a su mesa, y le dijo casi con aspereza:

—Tengo una reunión del comité esta noche. Ven a verme mañana por la noche, sobre las ocho. Si has terminado el trabajo, tráelo contigo.

—Sí, doctor Sharpe —dijo Rann.

Por una razón que se le escapaba, se sintió casi desairado y salió de la clase en un estado de perplejidad que se parecía mucho a la sensación de haber sido herido.

—No estás comiendo —dijo su madre.

—No tengo hambre —dijo él.

Ella lo miró sorprendida.

—Es la primera vez que te veo inapetente. ¿Te encuentras mal?

—No —respondió él.

—¿Ha ocurrido algo hoy?

—He ido a clase, como siempre, pero tengo que redactar un trabajo esta noche. No paro de darle vueltas.

—¿De qué trata?

Su insistencia empezó a sacarlo de quicio.

—Aún no lo sé.

—¿Para qué asignatura te lo piden?

—Psicología II.

—El doctor Sharpe, pues.

—Eso es.

Su madre pensó un poco.

—Hay algo en ese hombre que no me gusta.

—Quizá no lo conoces lo bastante.

—No era muy amigo de tu padre.

—¿No eran amigos?

—No recuerdo haberle oído mentar ni una sola vez a Donald Sharpe.

—No compartían departamento.

—Eso es otra cosa. A tu padre le habría gustado que eligieras su departamento, el de Inglés.

—Padre siempre quiso que eligiera por mí mismo.

Procuró que el enojo no le dominara la voz, porque quería a su madre en lo más hondo de su ser. En la superficie de su vida, sin embargo, en la vida cotidiana en esa casa que había compartido con ella hasta donde alcanzaba el recuerdo, ella estaba empezando a irritarle de una forma que le avergonzaba y le desconcertaba al mismo tiempo. Siempre la había querido de todo corazón, con un amor sencillo e infantil. Ahora su amor estaba manchado de una repulsa que casi era física. No le gustaba saber que se había formado en su vientre, de donde había salido a la luz completamente cubierto del rojo de su sangre. En especial, no soportaba oírle abogar por la lactancia materna cuando hablaba con las jóvenes esposas de algunos profesores del departamento.

—Amamanté a mi bebé —solía decir.

Le ponía enfermo imaginarse como un bebé mamando de sus pechos redondos, y también que fuera una mujer muy guapa y tuviera el cabello rubio y suave, apenas encanecido, y unos ojos azules y dulces, y los rasgos bellamente cincelados, y la boca muy mullida y tierna. Era precisamente su belleza lo que acrecentaba el conflicto íntimo con ella. Le parecía innecesario, o incluso imprudente, que una madre fuera tan guapa que los demás hicieran comentarios al respecto y en especial los hombres, los cuales, desde la muerte de su padre, gustaban de hablar con ella y, ya fueran jóvenes o viejos, quedaban siempre prendados, todo lo cual despertaba en él unos celos fríos, por la memoria de su padre.

De forma inevitable, imaginó al instante todo el proceso del lactante que había sido e intentaba apartar esa visión. Se había convertido en una experiencia asquerosa para él. Deseaba haber nacido de otro modo, independientemente, del aire, o gracias a algún procedimiento químico de laboratorio. Aún no le atraían las mujeres y además evitaba el recuerdo de los órganos sonrosados de Ruthie, aunque a veces, y para su sorpresa, soñara con ella, sin haberla visto en muchos años, como tampoco había visto a Chris.

Arrinconó todas esas cosas cuando se sentó al escritorio de su habitación, delante de la máquina de escribir. Su tema, que mecanografió en cuidadas mayúsculas, era «INVENTORES Y POETAS».

«Los sueños de los poetas», empezó, «abrieron las puertas a las invenciones de los científicos. Un poeta se imagina a sí mismo en el cuerpo de un pájaro. ¿Cómo es la experiencia de volar sobre las copas de los árboles? ¿Cómo es planear al albur de las corrientes de aire? Si solo es poeta, entonces solo sueña. Pero si desea hacer realidad su sueño, se imagina a sí mismo volando de algún modo sin dejar de ser lo que es, un hombre sin alas. Aunque alas, como es obvio, deberá tener si quiere volar algún día y, por tanto, tendrá que fabricarlas. Tiene que crear una máquina que lo eleve de la tierra. Vuelve a soñar, pero ahora sueña una máquina así, y con las manos guiadas por el sueño lo intenta una y otra vez hasta que consigue crear un aeroplano. Puede que no sea el mismo hombre el que termine de crear el avión. Muchos hombres trabajaron en aeronaves antes de que el primero tuviera éxito, y el sueño era tan antiguo como Ícaro. Pero el sueño fue lo primero. Soñador e inventor, ambos son necesarios. Son creadores, el primero de sueños, el segundo de sus formas concretas y finales.»

Los pensamientos se agolpaban en su cerebro y sus dedos volaban sobre el teclado para ponerlos por escrito. Cuando terminó —veinte páginas, nunca había escrito tanto—, era medianoche. Oyó que su madre se paraba detrás de la puerta, pero no la abrió y ni siquiera le llamó. Sencillamente se quedó allí. Rann creyó haberla oído suspirar antes de marcharse. Estaba creciendo más allá de sus directrices y ella lo sabía. Pero también lo sabía él y, pensándolo mientras se preparaba para acostarse, se dio cuenta de que podría sentirse solo, si se separaba así de su madre, por mucho que dicha separación fuera obligada si quería crecer y madurar hasta ser él mismo, solo que ahora tenía un amigo, un amigo que lo guiaría, un hombre, Donald Sharpe. Volvería a verlo en unas horas. Se despertaría temprano para corregir el trabajo y se lo entregaría sin pasarlo a limpio. Y Donald Sharpe, su amigo, su maestro, le diría: «Ven a verme esta noche y lo hablaremos.»

Se metió en la cama pero no consiguió dormir, dominado por cierta emoción.

—No te voy a criticar esto —dijo Sharpe, arrugando las hojas mecanografiadas.

—Quiero que me critique —dijo Rann.

Era consciente del poderoso embrujo de Sharpe, se resistía a él, pero luego sucumbía. Era una mezcla a la que se le antojaba inútil intentar resistirse: un aura de espíritu, una inteligencia deslumbrante que se manifestaba en el brillo de sus ojos oscuros, una presencia física atractiva. Sintió nuevos y extraños deseos de volver a tocar las manos de Sharpe, casi demasiado perfectas para ser masculinas, la piel finísima y suave, como la de su cara, la estructura ósea delicadamente esculpida pese a su gran tamaño.

Sharpe le dirigió una mirada por encima de las páginas y se ruborizó cuando la posó sobre la cara de fascinación del chico. Dejó los papeles en la mesilla junto a su butaca.

—¿Qué estás pensando, Rann? —preguntó con dulzura.

—Estoy pensando en usted, señor —dijo Rann. Habló aturdido por una efusión de sentimientos que no podía comprender.

—¿Y de qué se trata? —preguntó con la misma dulzura.

—No es usted como nadie que haya conocido. Y sin embargo no le conozco realmente.

—No —dijo Sharpe—. No me conoces realmente.

Se levantó y se acercó a Rann. Puso su mano bajo el mentón de Rann y le levantó suavemente la cara. Sus ojos se encontraron en una larga y silenciosa mirada.

—Me pregunto —dijo Sharpe, lentamente—. Me pregunto si seremos amigos.

—Eso espero —dijo Rann.

—¿Sabes lo que quiero decir? —preguntó Sharpe.

—No del todo —admitió Rann.

—¿Has tenido un... un amigo?

—No lo sé —repuso Rann—. Compañeros en la escuela, quizá...

—¿Y una amiga?

—No.

Sharpe dejó caer la mano de golpe. Fue a la amplia puerta acristalada, cerrada contra una llovizna que cedía el paso a unos copos de nieve a la deriva. Se quedó con la mirada perdida en el campus, cada vez más oscuro, y Rann, al mirarlo, se dio cuenta de que tenía los puños crispados detrás de la espalda. No habló, pues le asustaba un poco perturbar su silencio. Entonces, de pronto, Sharpe se dio la vuelta y regresó a su butaca. Estaba lívido, con una expresión dura, los labios cerrados con fuerza, y la mirada lejos de Rann. Recogió las hojas que había dejado en la mesilla y las ordenó.

—No quiero criticarlo todavía —dijo con su voz habitual—. Tienes una idea excelente, la relación entre la creación en ciencia y en arte, pero la has echado a perder por ir deprisa. Quiero que te lo lleves a casa, lo pienses a fondo y lo reescribas. Sí, es un buen trabajo, pero puedes llevarlo mucho más lejos; puedes completarlo. Entonces, cuando hayas terminado la parte creativa, lo criticaremos juntos, tú y yo. Si es bueno, y creo que lo será, quizá podamos incluso publicarlo en una revista donde publico algunos de mis artículos.

—¿No cree que me ayudaría escuchar sus críticas preliminares, señor?

—No. La crítica no puede intervenir en el proceso creativo, ni siquiera la autocrítica, Rann. La creación y la crítica son antitéticas y no pueden efectuarse al mismo tiempo. No lo olvides. Eres un creador, Rann. De eso no me cabe la menor duda. Te envidio. Deja que yo me ocupe de la crítica. Soy crítico por naturaleza y, en consecuencia, un profesor endiabladamente bueno. —Sonrió y le devolvió las hojas a Rann. Luego se levantó—. Tu madre se estará preguntando dónde demonios estás. Soy responsable de que llegues sano y salvo a sus manos. Es medianoche. ¡Cómo vuelan las horas cuando algo te... interesa!

Siguió a Rann hasta la puerta del vestíbulo. Se detuvo, con la mano en el tirador. Rann levantó la vista y encontró los ojos oscuros y trágicos del hombre. Sí, trágicos era la palabra. Los ojos de Sharpe transmitían tristeza, aunque sus labios sonrieron cuando bajó la vista y miró aquel rostro joven y desconcertado. De pronto, inclinándose, le dio un beso en la mejilla.

—Buenas noches. Buenas noches —susurró—. ¡Buenas noches, querido!

—¿Le gustó tu trabajo? —preguntó su madre. No solía esperarlo despierta en casa, porque sabía que no le gustaba. Le hacía sentir incómodo o, como mínimo, menos libre si se la imaginaba sentada junto a la chimenea, esperándolo levantada en el salón. Pero esa noche estaba allí.

—Solo es un borrador —dijo—. Tengo que pensarlo un poco más.

—¿De qué trata? —preguntó ella.

—No te lo puedo explicar —repuso él, y añadió a modo de disculpa—: Estoy cansado, tuvimos una bonita sesión.

Ella se levantó.

—Será mejor que te acuestes. Buenas noches, hijo.

—Buenas noches —dijo él, y le dio un beso vacilante en la mejilla, como solía hacer.

Cada vez le costaba más darle las buenas noches con un beso en la mejilla, una costumbre infantil que deseaba romper sin herir sus sentimientos. En vida de su padre, los besaba a los dos, pero ahora quería dar carpetazo. Subió a su habitación sumido en un estado de confusión. No quería besar a su madre, pero aún sentía en la mejilla el contacto de los labios de aquel hombre, Donald Sharpe, su profesor y, daba por descontado, amigo. El beso permanecía allí, repulsivo y excitante al mismo tiempo. ¿Qué significaba? Rann sabía que en algunos países, como Francia, por ejemplo, los hombres se besaban y era simplemente una forma de saludarse. Pero no estaban en Francia. Y nunca había visto a un hombre besar a otro hombre. Él, por supuesto, todavía no lo era del todo, pero ya tenía quince años, cada vez era más alto y de vez en cuando tenía que afeitarse. No podía aceptar el beso como un gesto sin valor. Era demasiado insólito. Tenía una sensación ambivalente de vergüenza y placer en la que dominaba el desconcierto. Naturalmente estaba al corriente de ciertas cosas que su padre le había contado, pero en su momento le había prestado muy poca atención, porque estaba interesado en un proyecto con huevos de tortuga que apenas había empezado. Había encontrado los huevos un domingo que había salido a caminar con su padre, como solían hacer todos los domingos, fuera de la ciudad, por el campo. Era primavera y habían hecho una parada junto a un estanque. Rann se llevó los huevos a casa y los incubó en el garaje. Por lo menos tres rompieron el cascarón, pero todas las tortugas murieron.

Ahora se estaba dando un baño, como tenía por costumbre antes de meterse en la cama, y tendido cuan largo era en la deliciosa calidez del agua, observó su cuerpo cambiante con un nuevo interés que no acertaba a comprender. Era el mismo cuerpo que enjabonaba todas las noches, pero ese día era distinto. Sintió una nueva vida en su cuerpo, una sensibilidad que todavía no era emoción pero sí conciencia. ¿Acaso el beso significaba una forma de amor? ¿Era posible? ¿Un signo de amistad, quizá? ¿Acaso los hombres se besaban cuando eran amigos? No tenía amigos en la universidad, porque siempre había sido mucho más joven que los demás estudiantes.

Sea como fuere, su mente continuó divagando, pero siempre regresaba a Donald Sharpe. Se vio a sí mismo sentado en aquella biblioteca, frente a frente con el hombre al que admiraba tanto. Vio la cara de Sharpe, hermosa de una forma vívida y delicada al mismo tiempo; oyó su voz melodiosa, su discurso ágil y brillante. Entonces, se vio a sí mismo junto a la puerta y sintió de nuevo, no solo en la mejilla, sino atravesándole todo el cuerpo, el contacto de los labios de Sharpe. Azorado, seducido y medio avergonzado, salió de la bañera de golpe y se secó dándose friegas rápidas y enérgicas con la gran toalla. En la cama, con el pijama abotonado y la cinta anudada alrededor de la cintura, encendió la lámpara de la mesilla de noche y cogió el libro que estaba leyendo, *El genio pródigo: la vida de Nikola Tesla*, de John J. O'Neill. Fue absorbido por la portentosa figura de Tesla hasta que se durmió.

A la mañana siguiente, sintió nuevos bríos para reescribir el trabajo y dejarlo tan perfecto como fuera posible. Su profesor le tenía un afecto especial y él no veía la hora de recibir sus elogios y críticas.

—Tesla —dijo Sharpe— fue, qué duda cabe, un auténtico genio, no como Edison, aunque a este se le dieran mejor los negocios y la publicidad. Pero Tesla fue un creador en el sentido más auténtico de la palabra. Era un hombre muy cultivado, a diferencia de Edison. Tenía profundos conocimientos del pasado. Y le valieron de mucho. Cuando abrió su laboratorio independiente (le llevó tiempo darse cuenta de que tenía que controlar él mismo su propio trabajo), el mundo entero quedó estupefacto al ver todo lo que salía de ahí dentro, los inventos asombrosos, la prueba definitiva de que su sistema de corriente alterna tenía unas ventajas inmensas con respecto al sistema de corriente continua de Edison. No hay ningún descubrimiento que le haga sombra, al menos en el campo de la ingeniería eléctrica. El sistema de Edison solo podía abastecer un área de un diámetro que no alcanzaba los dos kilómetros, mientras que el de Tesla podía llegar a centenares de kilómetros... ¿Me estás escuchando, Rann?

—Sí, señor —respondió él, aunque no fuera cierto. Estaba mirando la hermosa y movediza cara que tenía delante. El fuego ardía entre ellos, él a un lado de la chimenea y Sharpe al otro. Fuera, una nevada tempranera envolvía la casa en un manto de silencio. No soplaba el viento. La nieve caía densa y silenciosa.

—Pero el problema —continuó Sharpe— era encontrar a un hombre con una inteligencia lo bastante grande para comprender y aplicar los descubrimientos e inventos de un genio tan excepcional como el de Tesla. Westinghouse fue ese hombre.

Bajó las hojas de la disertación de Rann.

—Es una extraña verdad —dijo Sharpe— que todo genio tenga que encontrar su complementario, el hombre que sepa comprender y aplicar los descubrimientos del creador. Parece que la creatividad y sus aplicaciones prácticas nunca se dan cita en la misma persona.

Miró con una media sonrisa la cara atenta y entusiasmada de Rann.

—¡Pero qué chico más guapo estás hecho! —dijo suavemente. Las hojas se le escurrieron de las manos y cayeron al suelo—. ¡Me pregunto qué seremos el uno para el otro, tú y yo! ¿Alguna vez sueñas con el amor, Rann?

Rann negó con la cabeza, extasiado, tímido, casi asustado, pero ¿de qué?

Sharpe se agachó y recogió las hojas. Las ordenó con esmero y las dejó en la mesa junto a su butaca. Luego fue al amplio ventanal del final de su estudio y contempló el exterior. Una farola brillaba tenuemente en la nieve casi impenetrable. Bajó la persiana.

—Será mejor que pases la noche conmigo —dijo al tiempo que regresaba a su butaca—. Tu madre se preocupará si tienes que regresar andando con esta nevada. Y yo también. Puedes dormir en mi habitación de invitados. Es donde se instala mi hermano cuando viene a verme.

—Tendré que llamar a mi madre —dijo Rann.

—Desde luego. Hay un teléfono en mi escritorio. Dile que mi criado filipino nos preparará una buena cena.

Volvió a coger las hojas del trabajo y se puso a leerlas por encima, una por una, en apariencia ajeno a la conversación que Rann mantenía con su madre.

—Me ha invitado a quedarme por la nevada. Pero ¿estarás bien, madre?

—Claro que sí —contestó ella, casi con júbilo—. Ha venido Mary Crookes. Llegó hace una hora, había salido a comprar y no ha podido volver a casa con este temporal. Estaba sin aliento cuando llegó a casa. Ya le había pedido que se quedara, de todos modos. De verdad que no es seguro salir solo por la calle con esta nevada. El viento empieza a ser huracanado. Me sentiré más tranquila si te quedas con el doctor Sharpe. Buenas noches, cariño. Hasta mañana.

Rann colgó el auricular.

—Casualmente está en compañía de una amiga; una mujer que vive en las afueras y que había venido al centro a comprar cuando le sorprendió la tormenta de nieve.

—Espléndido —dijo Sharpe, distraído, como si no hubiera oído sus palabras—. He estado mirando otra vez tu exposición. Has hecho un muy buen trabajo, es apasionante de verdad. ¡Ah! Espero serte de utilidad. Estoy completamente convencido de que tienes un talento muy especial, Rann. No te puedo decir con exactitud qué dirección tomará. No conozco cuál es el centro de tus intereses. Eso es lo que caracteriza al creador, sentir un interés eterno e invariable por algo y disponer de la capacidad necesaria para dedicarse por entero a él. Un interés perpetuo, algo que sepas sin asomo de duda que naciste para hacer.

—Antes quiero saberlo todo —dijo Rann, y sorprendió en el semblante de Sharpe una mirada ansiosa y extraña, mitad tímida mitad descarada—. Hay tantas cosas que aún desconozco —añadió.

—Y hay tantas cosas que desconozco de ti —replicó Sharpe. Entonces volvió la cara y pareció quedarse absorto mientras ordenaba las páginas que tenía en las manos—. Por ejemplo, tu padre falleció. Tu madre es una mujer tímida. ¿Cómo vas a saber algo sobre, por ejemplo, el sexo? Te vas a enfrentar a muchas tentaciones, muchacho, siendo como son hoy las mujeres. Todo vale cuando ven a un joven apuesto. Me pregunto si sabes cómo protegerte. Sería desastroso para tu desarrollo si llegas a imaginarte que te enamoras de una muchacha, o de una mujer, incluso, habida cuenta de que es más probable que una inteligencia joven y brillante como la tuya se sienta atraída por mujeres de más edad... Bueno, el caso es que sería un desastre de todos modos. Y eres tan vulnerable, querido, ¡con esta imaginación tan extraordinaria que tienes! Si pudiera salvarte de algo así, siendo simplemente tu amigo...

—No conozco a ninguna chica —dijo Rann sin mayores rodeos—. Y en cuanto a las mujeres mayores... —Sacudió la cabeza. La conversación le parecía de mal gusto.

Sharpe se echó a reír.

—Bueno, házmelo saber si te ocurre, ¡acudiré en tu rescate!

Esa noche se fue a la cama con una cálida sensación de bienestar y de estimulación mental y espiritual. Era la primera vez desde la muerte de su padre que disfrutaba de una velada así. De hecho, quizá nunca había disfrutado de una velada así, porque Sharpe tenía un sentido del humor del que incluso su padre carecía. Además, el profesor había viajado mucho por el mundo, a lugares remotos de la India y de China, a Tailandia e Indonesia, y tenía muchas historias que contar de experiencias amenas o arriesgadas. Había vuelto una y otra vez al tema del amor.

—Esos pueblos antiguos comprenden las artes del amor como nosotros no haremos en miles de años. Somos un pueblo muy tosco, muchacho. Quizá «simple» sea una palabra más amable. En cuanto al sexo, solo tenemos una impresión muy primitiva de su plena expresión como medio de comunicación entre dos personas. Chico más chica igual a sexo; por lo visto, no damos para más. Lo ignoramos todo de la sutil interrelación entre dos mentes, dos personalidades, el arte de la aproximación física y las caricias entre dos personas, con independencia de su sexo. El sexo en sí mismo no es nada. Los animales más viles lo practican. Solo son capaces de ennoblecerlo aquellos que lo entienden a la manera de los asiáticos: el sexo refinado por siglos de experiencia, por poetas y artistas.

Cuando se despidieron antes de ir a dormir, Rann se había

apartado con cierta timidez, no fuera Sharpe a besarlo otra vez en la mejilla. Pero no lo había hecho. Solo le había tendido la mano.

—Buenas noches, querido muchacho. Duerme bien en la enorme y vieja cama que perteneció a mi bisabuelo de Boston. A propósito, encontrarás muy refrescantes las sales de tu cuarto de baño. He puesto un frasco para ti. Yo siempre las uso; es algo que descubrí en París el año pasado. Que tengas dulces sueños, querido muchacho. El desayuno es a las ocho, justo a tiempo para nuestra clase de las nueve, ¡eso si podemos abrirnos paso en la nieve del patio!

Rann se había dado un baño caliente con las sales y había tenido una sensación casi de vergüenza, porque no estaba acostumbrado a los aspectos que hasta entonces había juzgado femeninos de esos placeres, y le había sorprendido la fuerte fragancia agridulce de las sales, que le habían hecho sentirse limpio y estimulado. El jabón también le resultó extraño, pues hacía muchísima espuma, tanta que incluso se enjabonó el pelo. Cuando se sintió plenamente satisfecho del baño caliente y fragante, se secó con una enorme toalla marrón y se puso, no del todo convencido, el pijama de seda blanco que lo esperaba sobre la cama. La seda sobre su piel, la suavidad de las sábanas de lino, las mantas suaves y ligeras, lo sumieron en una sensación placentera. Un fuego de leña ardía bajo la repisa pintada de blanco de la chimenea.

—Le he pedido a mi criado que te encienda la chimenea. Así te dormirás cuando la leña se convierta en brasas —había dicho Sharpe—. Además, el cuarto es muy grande y seguro que se quedará helado con la nevada que está cayendo esta noche...

Ahora, sin embargo, no hacía frío. Apagó la lámpara de la mesilla y contempló cómo el fuego se iba extinguiendo mientras la nieve golpeaba con suavidad las ventanas y se acumulaba en los alféizares. Quería permanecer despierto un buen rato para reflexionar sobre lo que Sharpe había explicado durante la velada. Había sentido que su mundo se ensanchaba, un mundo maravilloso que hasta ese día solo había conocido por los libros. Pero Sharpe había estado en todas partes en persona. Había hollado las calles de los bazares de la India, había vivido en pequeñas posadas en pueblos de Japón, había escalado el monte Fuji y contemplado el interior de su cráter dormido. Más adelante había mirado el interior de un volcán activo y había sentido que la corteza terrestre temblaba bajo sus pies.

—Cinco días después, toda la plataforma donde había estado se resquebrajó y se precipitó en el abismo humeante —le había explicado Sharpe.

Su memoria, siempre presta a figurarse la imagen total de cualquier cosa que su pensamiento convocara, vagaba como en un caleidoscopio por todo el mundo. ¿Por qué se quedaba aquí, en esa pequeña ciudad, un puntito en el mapa, permitiendo que su vida quedara sepultada en libros, cuando la realidad le aguardaba en todo el mundo? ¡Habría tiempo de sobra para los libros cuando estuviera demasiado mayor para andar por el mundo!

—Tienes que saberlo todo —le había dicho Sharpe—. Todo lo que puedas encontrar en los libros será para bien. Los libros son el atajo perfecto hacia el saber total. No lo puedes aprender todo por propia experiencia. Usa la experiencia para poner a prueba lo que hayas aprendido antes en los libros...

Pero ¿por qué no escribía libros a partir de sus experiencias? Se había pasado toda la vida leyendo libros. «No recuerdo cuándo aprendiste a leer», le encantaba decir a su madre con afecto. «Creo que naciste sabiendo leer.»

Escribir libros, ¡eso daría un sentido y una meta a todas las experiencias que pudiera acumular! A los cinco años, había querido aprender a tocar el piano, y ahora lo tocaba bien, pero no era el objetivo de su vida. La composición quizá pudiera serlo, para no limitarse a interpretar las obras de los demás, por extraordinarias que estas fuesen, y de hecho había compuesto música de la misma manera que había escrito poemas. Pero los libros, los libros de verdad, imprimían una forma permanente y duradera al saber adquirido a través de la experiencia y, por consiguiente, podían comunicar. Veía los libros, ya escritos, colocados en una majestuosa hilera sobre un estante, los veía viviendo una vida propia mucho después de que esta hubiera tocado a su fin. Con esta solemne e imponente imagen perfectamente nítida en la cabeza, se sumió en un sueño profundo. Las brasas en el hogar se extinguieron hasta convertirse en cenizas y fuera la nieve siguió cayendo.

Durante la noche lo despertó, con dulzura, una mano que le acariciaba los muslos y se deslizaba, con infinita lentitud, con infinita suavidad, hacia sus genitales. Al principio pensó que era un sueño. Había empezado a tener unos sueños nuevos y extraños, no muy frecuentes, pues su rápido y extraordinario desarrollo físico, sumado a sus lecturas y estudios incesantes, su obsesión por aprenderlo todo con la mayor prontitud posible, habían consumido todas sus energías. Pero despertó repentinamente cuando sintió que su cuerpo respondía a aquellas manos movedizas. Se incorporó de golpe y, a la luz de la chimenea, donde un fuego volvía a arder, se vio cara a cara con Sharpe. Se miraron durante un largo instante. Sharpe sonreía, con los ojos entornados. Estaba envuelto en un batín de raso rojo.

—¡Déjeme en paz! —murmuró Rann entre dientes.

—¿Te asusto, querido muchacho? —preguntó Sharpe con suavidad.

—Que me deje en paz —repitió Rann.

Apartó a Sharpe de un empujón y se cubrió la mitad inferior del cuerpo con la manta.

—Te presento el amor —dijo Sharpe, con dulzura—. Hay muchas clases de amor. Todo amor es bueno. Lo aprendí en la India.

—Me voy a casa —dijo Rann, con gesto grave—. Tenga la bondad de salir de la habitación para que pueda vestirme.

Sharpe se puso de pie.

—No seas absurdo. Hay medio metro de nieve por lo menos.

—Caminaré sobre ella.

—Te estás portando como un niño —dijo Sharpe—. Hemos estado hablando de la experiencia. Toda la noche, hemos estado hablando de la necesidad de la experiencia. Cuando te la ofrezco encarnada en una forma de amor antigua como la misma Grecia, tan vieja como Platón, te asustas. Quieres echar a correr a casa en brazos de tu madre.

—Puede que esté en lo cierto, doctor Sharpe. Puede que me esté portando como un niño. En realidad, no tengo por qué regresar a casa en plena tormenta de nieve. Lo que pasa es que todo esto me ha pillado completamente por sorpresa y no deseo seguir explorando este tema, de modo que lo más conveniente es que me vaya.

Sharpe se sentó en la butaca junto a la chimenea y observó a Rann.

—Te lo digo una vez más, no seas absurdo. Hay por lo menos medio metro de nieve. Has dicho que no quieres seguir explorando el tema, pues no se hable más. Me iré a la cama y te dejaré tranquilo, palabra. Después de todo, tengo mi propio orgullo, ¿sabes?

—No me cabe duda, doctor Sharpe, y tampoco me cabe duda de que puedo confiar en que no me molestará más.

—Puedes darlo por seguro, Rann. Me voy a la cama. Buenas noches, querido muchacho. Lamento por mí, no por ti, que las cosas no puedan ser distintas.

Cuando Donald Sharpe abandonó la habitación, Rann trató de imprimir algún orden a los sucesos de la noche para poder comprender lo que había ocurrido. Fue en vano, porque no acertaba a comprender nada. Estaba muerto de cansancio, sentía que la rabia y la decepción lo atenazaban y, con una mezcla de horror y desconcierto, se echó a llorar en cuanto apagó la luz y se arropó con las mantas hasta los hombros. No había llorado desde la muerte de su padre, pero estas lágrimas eran también de amargura. Lo habían herido, lo habían insultado, lo habían violado, y había perdido el amigo al que se había confiado con todo su corazón y con toda su alma. Más aún (y ello le sorprendió como un nuevo saber sobre sí mismo), su cuerpo, mientras dormía, había respondido físicamente a la estimulación. Estaba enfadado consigo mismo, también. Era obvio que no podía seguir en la universidad. ¿Qué ocurriría si Sharpe intentaba explicarse, disculparse, restablecer alguna especie de lazo con él? A Rann le avergonzaba demasiado la reacción que había tenido como para planteárselo siquiera.

Regresó a casa a primera hora de la mañana.

—Me voy una temporada —le dijo a su madre, procurando hablar con calma.

Su madre lo miró desde el otro lado de la mesa, con sus ojos azules abiertos como platos.

—¿Ahora? ¿A medio trimestre?

Rann permaneció en silencio un buen rato. ¿Y si le contaba lo sucedido la noche anterior? Desestimó hacerlo por el momento. El conflicto que sentía dentro de sí era demasiado agudo. Tenía que reflexionar a fondo toda la relación con Donald Sharpe; la admiración que sentía por él se hallaba en las antípodas de la experiencia de la víspera. ¿Se lo habría contado siquiera a su padre, de haber estado vivo? Un año antes, sí, se lo habría contado. Pero ahora, siendo lo bastante maduro para reconocer que lo ocurrido se debía en gran medida a las numerosas horas que había compartido con Sharpe, pensó que ni siquiera a su padre le habría hablado de aquella experiencia. Se estremecía ante la repugnancia física que le despertaba Sharpe y sabía que se estremecería ante cualquier recuerdo de aquella noche durante toda su vida, pero también quería tener tiempo para comprender por qué un hombre de la inteligencia de Sharpe y, sí, de su bondad, podía rebajarse a un acto tan físico como aquel. Puede que nunca lo comprendiera, pero si no lo lograba, entonces tendría que comprenderse a sí mismo y además por qué, pese a odiar el acto, había descubierto con sorpresa que el responsable no despertaba en él el mismo odio. Pero el impacto, el horror, eran demasiado recientes. Necesitaba tiempo para poner en orden sus sentimientos.

—Sí, ahora —le dijo a su madre.

—¿Adónde irás? —preguntó ella.

Vio que su madre estaba intentando ocultar su consternación, quizás incluso su miedo. El labio inferior le tembló.

—No lo sé —respondió—. Al sur, quizá, para poder respirar al aire libre.

Ella guardó silencio y él supo por qué. Tiempo atrás, había oído a su padre que le decía: «No atosigues al chico con tus preguntas. Cuando esté dispuesto a hablar con nosotros, lo hará.»

Muchas veces le había estado agradecido por ese consejo, y nunca tanto como ese día. Se levantó de la mesa.

—Gracias, madre —dijo con dulzura, y subió a su habitación.

Despertó de madrugada y, acostado en silencio, con los ojos bien abiertos, descubrió que su madre estaba de pie junto a la cama, envuelta en su larga bata de franela blanca. Encendió la lámpara de la mesilla y vio que lo estaba mirando.

—No puedo dormirme —dijo ella, con pesar.

Rann se sentó en la cama.

—¿No te encuentras bien? —preguntó.

—Siento una opresión aquí —respondió ella, al tiempo que cruzaba los brazos sobre el pecho.

—¿Es dolor?

—No es físico. Una tristeza, una soledad. Podría soportar mejor que te vayas si supiera qué es lo que te obliga a hacerlo.

Rann sintió un temor instantáneo.

—¿Qué te hace pensar que ha pasado algo?

—Estás cambiado... Muy cambiado. —Su madre se sentó

en la cama, cerca de él—. Fue un tremendo error que se muriera tu padre y no yo —continuó con el mismo tono. Tenía una voz de niña, muy joven y dulce. Pero su madre no era vieja. Había parido a Rann cuando apenas tenía veintidós años y ahora parecía más joven, con los tirabuzones de un rubio rojizo sueltos alrededor de la cara y sobre los hombros—. Tendría que haber muerto yo —repitió abatida—. No te sirvo de nada. Lo sé. Puedo entender muy bien por qué no me confías lo que te ocurre. Lo más probable es que no supiera cómo ayudarte.

—No es que no quiera confiártelo —protestó él—. Es que no sé cómo hacerlo. Es tan... increíble.

—¿Se trata de una chica, cariño? Porque si es así, yo lo fui no hace mucho y a veces...

—Precisamente. No se trata de una chica.

—¿Se trata de Donald Sharpe?

—¿Cómo lo has sabido?

—Has estado tan cambiado desde que lo conociste, Rannie, tan ensimismado en vuestra amistad. Y yo me alegraba. Es un hombre brillante, todo el mundo lo afirma. Me alegraba de que te diera clases, de que fuera como un hermano mayor para ti, pero... —Se interrumpió y suspiró.

—Pero ¿qué? —preguntó él.

—No lo sé —dijo ella, con un poso de inquietud en la voz y el gesto preocupado, mientras sus ojos escrutaban la cara de su hijo.

Entonces Rann se rindió y le contó todo hasta el último detalle, pese a no estar plenamente convencido. Se sintió impelido a contárselo ahora que estaban solos en la oscuridad de la noche. Se sintió empujado a compartir el peso del recuerdo de la noche anterior, cuando Donald Sharpe se convirtió de repente en un desconocido del que tenía que huir.

—Anoche... —empezó, titubeando, y se interrumpió.

—¿En la casa de Donald Sharpe?

—Sí, estaba en su habitación de invitados. Me había dormido. Habíamos pasado una noche maravillosa conversando sobre la ciencia y el arte y el camino que me gustaría tomar. Nos dio la medianoche sin que nos diéramos cuenta. Entonces me llevó a mi habitación y nos dimos las buenas noches. Vino a ver que todo estaba en orden. Luego se fue. Le había ordenado a su sirviente filipino que me dejase preparado uno de sus pijamas de seda blancos en la cama. Era una cama enorme, con dosel. Después de darme un baño, me puse el pijama. Fue la primera vez que me ponía una prenda de seda directamente sobre la piel, tan suave, tan tersa... Me dormí enseguida. Supongo que llevaba un buen rato durmiendo. La chimenea estaba encendida cuando me metí en la cama. Brillaba mucho cuando apagué la lámpara de la mesilla de noche. También había un volumen de Keats en la mesilla, o eso creo, pero no leí. Me acosté y miré cómo se extinguía el fuego, y me dormí. Al despertar...

Hizo una pausa tan larga que su madre lo animó con dulzura a continuar.

—Al despertar... —Rann volvió a tumbarse sobre la almohada y cerró los ojos—. Me despertó...

—¿Quién, él?

—Alguien... me acariciaba los muslos... y luego... me tocó... ahí. Sentí... una reacción. Pensé que era uno de esos sueños, ¡ya sabes!

—Sí, sí que lo sé —dijo ella, con la voz muy queda.

—No fue un sueño. A la luz de la chimenea, que volvía a arder, pude ver su cara. Sentí sus manos... me obligaban... contra mi voluntad. Me odié. Salté de la cama. Estaba tan enfadado... ¡conmigo mismo, madre! ¿Cómo es posible que el cuerpo reaccione a lo que uno odia y le parece asqueroso y repugnante? Estaba asustado, madre... ¡de mí mismo!

Se lo había dicho, por fin. Lo había puesto en palabras. Nunca más sería un secreto con el que cargar a solas. Permaneció tumbado, con las manos entrelazadas bajo la nuca, y abrió los ojos y encontró la mirada tierna y compasiva de su madre.

—Oh, pobre hombre, pobre —susurró ella.

Se quedó asombrado.

—¿Es de él de quien sientes lástima?

—¿Y quién no podría sentir lástima de él? —replicó ella—. Necesita un amor que nunca podrá encontrar, que nunca podrá encontrar de verdad porque va en contra de la naturaleza humana. Hombre y mujer nos creó Dios, y cuando un hombre desdichado intenta encontrar el amor con otro hombre o con un niño, está condenado a la aflicción. Por mucho que se excuse diciendo que amar y ser amado es lo esencial de la vida, sabe que solo podrá encontrar un amor torcido y desdichado. Es como un perro montando a otro perro. No hay plenitud. ¡Claro que sí! Es por él por quien siento pena, hijo mío. A Dios gracias que no eras un niño pequeño, seducido por un juguete o un cucurucho de helado o cualquier cosa... quizá simplemente el miedo o incluso el placer. A Dios gracias que ya eres bastante mayor.

—Pero yo, madre... ¿cómo es posible que yo... mi... mi cuerpo reaccionara, si lo detestaba? Eso es lo que me asustó.

—No te culpes, hijo mío. No fuiste tú quien reaccionó. El cuerpo tiene sus propios mecanismos. Has aprendido una lección; tu cuerpo tiene una existencia independiente y tu mente, tu voluntad, debe mantener el control, sin cesar, hasta que llegue el momento correcto de que el cuerpo pueda obrar a su antojo. ¡Oh, ojalá tu padre estuviera aquí para explicártelo!

—Ya lo he entendido —susurró él.

—Entonces tienes que perdonar a Donald Sharpe —añadió ella, decidida—. Perdonar es entender.

—Madre, no puedo volver a esa universidad.

—Me figuro que no. Pero tómate un tiempo para pensarlo. Quédate en casa uno o dos días. No puedes precipitarte antes de decidir cuál es el lugar adecuado.

Rann suspiró.

—Con tal de que comprendas que tengo que irme...

—Ya nos pondremos de acuerdo —lo interrumpió ella. Se inclinó sobre él y le dio un beso en la frente—. Ahora ya puedo dormir, y a ti también te conviene hacerlo.

Su madre cerró la puerta con suavidad y Rann se quedó tumbado unos minutos, libre del peso de la rabia, la vergüenza y la culpa que había sentido. Aunque sentía que nunca más querría ver a Donald Sharpe, también tenía un sentimiento de pérdida. Lo echaría de menos a pesar de todo. Entre los dos, se había producido una comunión y Rann había supuesto que duraría para siempre. Ahora tenía un sentimiento de pérdida, de desolación. ¿Tenía amigos? Su madre, naturalmente, pero necesitaba más. Necesitaba amigos.

Tumbado en la cama, solo, recordó una advertencia que su padre le había hecho poco antes de morir. Con su don para visualizar las cosas, hizo memoria. Estaba sentado junto a su padre, que descansaba en el sofá del salón. Su voz era muy débil, pues estaba cerca del final de la vida y ambos lo sabían. Y Rann también sabía que su padre intentaba decirle en ese breve tiempo antes de que la muerte se lo llevara todo lo que le habría costado años decirle, los años que no tendría.

—Serás un solitario, hijo mío. El creador solitario es la fuente de toda creación. Ha concebido las ideas y las obras de arte más importantes de la historia de la humanidad. Los creadores solitarios... tú serás uno de ellos. No te quejes nunca de estar solo. Has nacido para estarlo. Pero el mundo necesita al creador solitario. No lo olvides. La creación de un hombre solo... demuestra que ante todo el individuo es capaz de alcanzar la grandeza. ¡Qué fuente de inspiración!

Tumbado en la cama, sin poder dormir, revisó su vida tal y como la recordaba, una vida breve si la contaba en años, aunque en cierto modo vieja. Había leído muchísimos libros, había tenido muchísimos pensamientos propios, su mente siempre era un hervidero de ideas... y de pronto, con su capacidad para visualizar las cosas, recordó las carpas doradas que había en el estanque bajo un sauce del jardín, y cómo en los primeros días cálidos de primavera, cuando lucía el sol, el agua se agitaba y cobraba vida con destellos dorados cuando los peces salían en tropel del lodo donde se habían cobijado durante el invierno. Aquella, según creía, era la viva imagen de su mente, una constante sucesión de destellos, siempre en movimiento con pensamientos brillantes que se atropellaban en busca de terrenos inexplorados. A menudo, lo dejaba agotado esa mente suya de la que solo podía encontrar descanso durante el sueño, y hasta el sueño era breve, pero profundo. A veces su mente le despertaba con su actividad. Visualizó su cerebro como un ser independiente de sí mismo, una criatura con la que tenía que convivir, un hechizo, pero también una losa. ¿Para qué había nacido él? ¿Cuál era el sentido y el propósito? ¿Por qué era tan distinto de Chris, por poner un ejemplo? No lo había visto desde aquella breve visita poco antes de la muerte de su padre. Habían pasado cerca de dos años, años en los que había estado abriéndose camino en la universidad. Ahora, antes de volver a empezar en otra parte, si es que volvía a empezar, se le ocurrió ir a buscar a Chris, con la curiosidad y el deseo de regresar al pasado, aunque fuera fugazmente. Su mente tomó así una determinación y por fin le dejó conciliar el sueño.

—Hola —dijo Chris, saliendo del taller de la gasolinera—. ¿En qué puedo ayudarlo?

—¿No me reconoces? —preguntó.

Chris lo miró.

—No lo recuerdo.

—¿Acaso he cambiado tanto? Soy Rannie, aunque ahora me llaman Rann.

En la cara de Chris, que se había redondeado con el peso acumulado de los años y la comida, apareció una sonrisa.

—Bueno, que me aspen —dijo lentamente—. En serio, que me aspen. Pero si eres el doble de alto de lo que eras. Pues vaya si has pegado el estirón.

—Como mi padre —dijo Rann—. ¿Te acuerdas de lo alto y delgado que era?

Chris parecía afectado.

—Oye, te juro que me dio mucha pena cuando me enteré. Ven adentro. No tengo mucho trabajo hasta el mediodía, cuando empiezan a entrar los camiones de camino a Nueva York.

Siguió a Chris hacia el taller. Se sentaron.

—Ahora soy el dueño —dijo Chris, intentando aparentar naturalidad.

—Enhorabuena.

—Sí. Fue el año pasado, cuando me casé con Ruthie. ¿Te acuerdas de Ruthie?

¿Cómo no iba a acordarse? Jamás había olvidado la fugaz visión de aquel órgano como un capullo de rosa, que había observado con una ignorancia infantil que apenas había madurado lo bastante para trocarse en curiosidad. Se preguntó si Ruthie se acordaría.

—Claro que me acuerdo. Era muy guapa.

—Sí —dijo Chris, con orgullo, pero fingiendo indiferencia—. Tuve que casarme con ella para alejarla del rebaño. Es guapa, sí que lo es. De hecho —soltó una breve risotada—, era tan rematadamente guapa que nuestro bebé decidió venir un poco antes de tiempo. Tuvimos que adelantar la boda. Eso sí, quería casarme con ella seguro, pero hubo que acelerarlo todo. La gasolinera, este taller... quizás habría tenido que esperar un año o dos. Nuestros padres nos ayudaron. Pero... —Se dio una palmada en las rodillas—. A lo hecho pecho. Viento en popa. Me va bien. No falta trabajo en la ruta de los camiones. —Echó un vistazo a la puerta—. Aquí viene Ruthie, me trae comida caliente. ¿Quieres tomar un bocado conmigo? Siempre hay de sobra. No racanea en nada, mi Ruthie. Es una muchacha buenísima.

Ruthie llegó a la puerta y dudó un instante, cesta en mano.

—No sabía que tenías compañía —dijo.

—Pasa, cariño —dijo Chris—. ¡Adivina quién ha venido!

Ruthie entró y dejó la cesta en la mesa que había al lado de Chris, antes de fijarse en Rann.

—¿Te conozco? —preguntó.

Sí, era tan guapa como siempre, pensó Rann, la cara un poco más rellena, pero casi tan infantil como la recordaba. Sin embargo, su cuerpo era el cuerpo de una mujer preparada para dar a luz. ¡El misterio de la maternidad! Apenas se había parado a pensarlo. Apenas se había parado a pensar en las mujeres; su vida no había sido otra cosa que la vida de su mente.

—Sí, me conoces —dijo él.

Esperaron mientras ella seguía mirándolo. Finalmente, Ruthie negó con la cabeza.

—No recuerdo —dijo.

Rann sintió un alivio instantáneo. No se acordaba de él. Con toda probabilidad había vivido otras experiencias, ninguna tan infantil como aquella de la que Rann guardaba un recuerdo tan vívido.

—¡Es Rannie! —gritó Chris, riéndose del desconcierto de su esposa—. ¿Te acuerdas del pequeño Rannie, de la escuela? ¿El que siempre se sabía todas las respuestas? Pues vaya si eras un sabelotodo, Rann. Siempre haciéndonos quedar como unos tontos. La verdad es que no nos caías muy bien en aquellos tiempos.

—No creo que os cayera mejor ahora —dijo él, con una sorda amargura.

—Bah, eso ya no tiene ninguna importancia —dijo Chris, con amable cordialidad—. Tengo una gasolinera. Tengo una chica. ¿Qué más necesito? Gano una buena pasta.

Ruthie se sentó, sin apartar la mirada de Rann.

—Has cambiado —dijo—. No te habría reconocido ni loca. ¿No eras un poco alfeñique?

—No, ni siquiera era eso —intervino Chris—. Comparado con nosotros era un crío, y extraordinariamente listo, además. Bueno, hay gente para todo. ¿Qué nos has traído? Tocino con alubias... ¡y bastante para dar de comer a un ejército! ¡Toma un poco, Rannie!

Se levantó.

—No, gracias, Chris. Tengo que irme. Me voy de la ciudad...

—¿Adónde vas?

—Primero a Nueva York, a la Universidad de Columbia, quizá. Me falta un curso para terminar. Luego tal vez continúe estudiando para sacarme el doctorado. Aún no lo he decidido.

Chris lo miró boquiabierto.

—Oye, ¿cuántos años tienes?

—Quince.

—¡Quince! —repitió Chris—. ¿Lo has oído, Ruthie? ¡Es solo un niño y dice que quiere ser doctor!

Rann abrió la boca para explicarse y decir «no un doctor en Medicina», pero se lo pensó mejor. ¿Para qué? Esos dos no eran de los suyos.

—Adiós —dijo. Le tendió la mano a Chris y luego a Ruthie—. Me alegro de haber venido antes de marcharme.

Eran cálidos, eran honestos, eran amables, pero no eran de los suyos y se marchó dejándolos atrás para siempre.

—Adondequiera que vayas, hijo —le había suplicado su madre—, intenta ir a ver a mi padre, tu abuelo, en Nueva York. Vive solo en un pequeño apartamento de Brooklyn. No sé por qué, ya no me escribe casi nunca. Cuando regresó a Estados Unidos tras la muerte de mi madre, se instaló en la ciudad que lo vio nacer. Dijo que siempre había querido vivir allí y solo. Me hace sentir mal, pero es un caso único. A veces me pregunto si no te pareces a él.

Rann no le prometió que intentaría localizar a su abuelo. En cualquier caso, a Nueva York sí que fue. Alquiló una habitación en un hotel pequeño y sencillo, pero a sus ojos espantosamente caro, aunque su madre le había dado los ahorros con los que habían planeado viajar a Europa antes de la muerte de su padre.

Era un cuarto largo y estrecho, «autosuficiente», según lo había llamado el propietario, porque en un extremo había una pequeña cocina de gas, una nevera aún más pequeña y una pila con un grifo de agua fría. Al final del oscuro y polvoriento pasillo al que daba el cuarto, había un lavabo comunitario que contenía, junto a la taza, una vieja bañera de cuatro patas. Pero el cuarto en sí era aceptable y la cama estaba limpia. El dueño, un judío viejo y barbado que llevaba un sombrerito negro en la cabeza, estaba orgulloso de la habitación.

—Cuando llega la primavera, puedes ver por la ventana un árbol —le dijo—. Un árbol silvestre, sin duda. No lo plantó nadie y cada año crece más, en una grieta en el cemento.

Esa sería su casa en adelante, pero no sabía por cuánto tiempo. Aún no se había decidido a asistir a la universidad, a pesar de lo que le había dicho a Chris. No era conveniente confiar en los profesores. Viviría solo y aprendería. En alguna parte de esa ciudad interminable habría libros, una biblioteca, un museo, y esas serían las aulas de Rann, además de las calles. En la ciudad había de todo. Todavía no estaba preparado para ir a ver a su abuelo. No se había dado cuenta de lo mucho que necesitaba estar solo y sentirse libre, libre incluso de la escuela y los maestros. La decisión no era tan consciente cuanto instintiva, pero decidió en cualquier caso no volver a la universidad y olvidarse de doctorados y demás títulos. Quería aprender sobre la vida, aprender a partir de la vida. De pronto se dio cuenta de que no sabía nada, nada en absoluto.

No se sentía solo estando a solas, pues durante toda su vida había sido un solitario y ahora no pensaba que estuviera más solo que otras veces. En esos días, como no conocía a nadie en la ciudad y nadie sabía tampoco nada de él, podía dar libre curso a sus pensamientos sin interrupciones. Más que pensar, lo que hacía era dejarse llevar por el asombro. El asombro era su atmósfera, el asombro ante todo lo que veía y oía. Nueva York lo envolvía como el mar envuelve a un pez. Se despertaba temprano, pues la ciudad a primera hora no era la misma que a mediodía, por la tarde, o ya de noche. Las calles estaban limpias, porque durante la madrugada unas grandes máquinas desfilaban fatigosas de una parte a otra de la ciudad, barriendo las calles con unos grandes cepillos insonorizados o disparando chorros de agua que estallaban contra el asfalto convirtiéndose en torrentes que eran engullidos por las alcantarillas. Por la mañana el aire era fresco. Si el viento soplaba desde el mar, el aire era casi puro, pero eso era antes de que la gente tomara las calles, antes de que los grandes camiones entraran a paso lento en la ciudad desde las autovías, llenos de comida y mercancías, y escupiendo por sus remolques un humo denso y fétido, antes de que los coches y los taxis empezaran a competir entre sí por ver quién llegaba antes a un semáforo a punto de ponerse en rojo.

Le gustaba ir temprano al río, que fluía hasta desembocar en el mar. Disfrutaba yendo a las lonjas y viendo a los compradores y los vendedores de toda clase de pescado. Todo era nuevo para él, porque era un chico de tierra adentro, de los pies a la cabeza. Algún día cruzaría en barco el océano Atlántico. Pero de momento la ciudad era lo bastante enorme para satisfacer sus ansias de explorador. Con su cabeza bien entrenada y disciplinada, dividió la ciudad en sus distintas partes, tanto desde el punto de vista de la raza como por el origen nacional de sus vecinos. No todas esas personas hablaban inglés y trataría de averiguar de qué lugar del mundo procedían; los portorriqueños ¿hablaban español? No se sentía herido ni afectado en absoluto, cuando le dedicaban extraños improperios por ser blanco y distinto de ellos. Había comprendido de manera instintiva, con su mente que todo lo visualizaba, por qué le odiaban con total naturalidad. ¿Por qué no iban a hacerlo? Tenían sus razones para odiarlo. Y él estudiaba a los negros con un asombro infinito, cuando los veía caminar por sus calles, y los observaba y escuchaba las cosas que se decían con su extraña manera de pronunciar el inglés, tan extraña que le resultaba más difícil que entender a los portorriqueños, aunque estos hablaran un español impuro. Los negros eran distintos de todos los demás. Lo intuía y lo sabía. Con su bien amueblada y perspicaz cabeza, lo sabía.

Durante aquellas semanas, que iban transformándose en meses a toda velocidad, continuó viviendo solo sin estarlo entre los millones de personas que lo rodeaban. Tenía por costumbre hablar con cualquiera que se cruzara en su camino, haciéndole incontables preguntas, almacenando las respuestas, breves o largas, en los pozos insondables de su memoria, sin pensar ni un momento en el uso que podría dar a todo lo aprendido. Interrogaba, escuchaba, almacenaba y, azuzado por su infinita capacidad para el asombro, continuaba con su vida, sabedor de que solamente había asistido a un momento fugaz en el curso de los muchos años que le aguardaban. Escribía a su madre con frecuencia, pero le explicaba que aún no había tenido tiempo de buscar a su abuelo. Sus reservas de dinero apenas menguaban, porque era una persona frugal y se alimentaba a base de comida barata y sencilla, y además ganaba un poco de dinero de vez en cuando con algún empleo temporal, normalmente en los muelles, cargando y descargando barcos. Aún no se fiaba de nadie y guardaba su dinero en unos pocos billetes grandes, que llevaba escondidos encima o metía bajo la almohada por la noche. Era cordial con los vecinos que se cruzaba, pero siguió sin hacer amigos. No echaba de menos tener amigos, porque nunca los había tenido y sus pensamientos siempre habían estado muy por encima de los que tenían los demás.

Así podría haber seguido el tiempo su curso, de no ser por una experiencia que tuvo una noche, cerca de las doce, que le hizo sentir la necesidad de conocer a alguien que se le pareciera. Había ido a una ópera en el Metropolitan, encaramado en un asiento del gallinero, cerca del techo, desde donde las figuras que se movían en el escenario eran como enanos. Pero la música flotaba y subía, las voces eran magníficas y puras, y a escuchar eso había ido, haciendo cola durante horas antes de poder comprar la entrada. Al término de la ópera, en un sueño de felicidad, había bajado a trompicones por la escalera para volver a fundirse con la multitud que salía por las puertas del teatro. En lugar de tomar el metro, optó por regresar a pie, pues la noche era clara y lucía la luna llena. En una esquina de una calle oscura y medio desierta, esperó a que el semáforo se pusiera en verde. En la acera, reparó en un joven, casi un niño —tan joven era—, delgado, con el pelo oscuro y largo cubriéndole la cara, que se le acercaba.

—Hola —dijo el chico—. ¿Vas a algún lado?

—A mi hostal —respondió.

—No tendrás un cuarto de dólar, ¿no? —preguntó el chico.

Rann metió la mano en el bolsillo derecho, sacó una moneda y se la dio al chico.

—Gracias —dijo el sujeto—. Con eso me compraré algo para comer.

—¿No tienes trabajo? —preguntó Rann.

El chico se echó a reír.

—Llámalo trabajo si quieres —dijo sin darle importancia—. Voy adonde están los clubes nocturnos. Sacaré cinco dólares, quizá diez.

—¿Cómo? Si no trabajas...

—¿En serio que no lo sabes? ¿De dónde has salido?

—Ohio.

—¡No me extraña que no sepas nada! Mira, así es como te las arreglas. Elijo a un tío, un ricachón que ande solo, y le pido diez dólares, cinco si no es tan rico. Me mira como si yo estuviera chiflado, puede que hasta me diga que me aparte de su camino o algo por el estilo. Entonces le digo que si no me da el dinero iré a buscar un policía (siempre lo hago cuando sé que hay un policía a la vuelta de la esquina) y que le contaré que me ha echado los tejos.

—¿Echarte los tejos?

El chico soltó una estentórea carcajada.

—¡Santo Dios, pero si solo eres un crío! ¿No lo sabes? Hay a quien le gustan las chicas, y hay a quien le gustan los chicos. La única diferencia es que es un delito que te gusten los chicos. Así que el tipo sabe que se va a meter en un buen follón, y piensa que antes que meterse en problemas, es mejor darme el dinero.

—¿Te ganas la vida así?

—Pues claro. Es pan comido y no me canso. Haz la prueba y verás.

—Gracias, prefiero trabajar.

—Como prefieras. No es fácil encontrar trabajo. ¿Tienes parientes aquí?

—Sí, mi abuelo.

—Vale. Hasta la vista. He visto a uno.

El chico salió corriendo calle abajo hacia un restaurante del que acababa de salir un hombre bien vestido. El hombre se detuvo, dijo que no con la cabeza y el chico salió corriendo hacia una esquina donde había un policía.

De pronto, Rann tuvo el deseo de conocer a su abuelo. A la mañana siguiente, bien temprano, saldría a buscarlo. No quería permanecer más tiempo solo en esa ciudad salvaje.

Era una dirección de Brooklyn y Rann aún no había estado en ese barrio. No le gustaba coger el metro, prefería caminar, especialmente a primera hora, cuando el aire todavía estaba limpio y en las calles no había casi ni un alma. Solo los enormes camiones llegaban a paso lento desde el campo, transportando sus cargas de pollos, verduras, frutas, huevos y carne. Se paró a dar una vuelta por Wall Street, el angosto centro del corazón financiero de la ciudad. Se demoró un rato mirando entre los barrotes de la verja de un antiguo cementerio situado junto a una vieja iglesia ennegrecida por el humo; también fue a Fraunces Tavern, cuya historia conocía, y se paró a leer el letrero; todavía no había abierto las puertas. Y cuando por fin llegó al puente de Brooklyn, se asomó a contemplar el agua que corría por debajo. Los barcos, las gabarras, seguían su curso. Lo miraba todo asimilándolo siempre, con su habitual asombro, y cada visión se hundía en las profundidades de su mente y su memoria, y aún más hondo, en el subconsciente, para volver a emerger algún día, de algún modo, cuando la necesitara, entera o fragmentada.

Así fue enhebrando una calle tras otra, pues había estudiado bien el mapa antes de salir. No le gustaba preguntar cómo se llegaba a los sitios, le gustaba hacerlo solo y por esa razón había aprendido a memorizar visualmente un mapa para saber en todo momento dónde se encontraba. Así pues, puntualmente, antes de que el sol hubiese alcanzado el cenit, se vio frente a la puerta de un bloque de apartamentos viejo pero limpio. Era una calle tranquila, con árboles a ambos lados que empezaban a pintarse con los primeros colores del otoño.

Entró en el edificio y encontró a un viejo portero con un uniforme gris, dormido en un sillón tapizado con ricos y suaves brocados.

—¿Tendría la bondad de...? —empezó.

El viejo se despertó al instante.

—¿Qué quieres, chico? —preguntó, con una voz temblorosa por la edad.

—Mi abuelo vive aquí; es el doctor James Harcourt.

—¿Te espera? Normalmente no sale de la cama hasta la tarde.

—¿Me haría el favor de decirle que su nieto, Randolph Colfax, ha venido a verle desde Ohio?

El viejo se levantó rígido como una tabla del sillón y fue al interfono de la casa. Regresó al cabo de unos minutos.

—Me ha dicho que aún está desayunando, pero que ya puedes subir. Último piso, a la derecha, la tercera puerta. Te acompaño. Aquí está el ascensor.

Subió hasta el último piso, enfiló el pasillo a la derecha y llamó a la tercera puerta. Había un anticuado picaporte de latón y una pequeña tarjeta grabada en el panel central de la puerta de caoba: JAMES HARCOURT, DOCTOR EN MEDICINA, decía. Entonces la puerta se abrió y vio a su abuelo plantado delante de él, con un pañuelo de lino blanco en la mano.

—Pasa, Randolph —dijo con una voz sorprendentemente grave y fuerte—. Te estaba esperando. Tu madre me escribió anunciándome que vendrías. ¿Ya has desayunado?

—Sí, señor. Me desperté temprano y vine a pie.

—En ese caso toma asiento y llámalo almuerzo. Voy a tomar unos huevos revueltos recién hechos.

Siguió a la alta y muy delgada figura hasta un pequeño comedor. El hombre más anciano que había visto nunca, con una impecable chaqueta blanca sobre unos pantalones negros, entró en la estancia.

—Es mi nieto —dijo su abuelo—. Y Randolph, este es mi fiel sirviente, Sung. Se unió a mí hace unos cuantos años porque estuvo en mi mano... ah... hacerle un pequeño favor. Ahora Sung me cuida muy bien. Huevos, Sung, revueltos, café recién hecho y unas tostadas.

El anciano hizo una profunda reverencia y salió. Aún de pie, Rann encontró los ojos azul eléctrico de su abuelo.

—¿Y por qué has esperado tanto a venir a verme? —quiso saber el anciano—. Toma asiento.

—No lo sé muy bien —respondió Rann—. Creo que —continuó después de pensarlo unos segundos—, creo que quería verlo todo, la ciudad, la gente... en primer lugar para mí mismo, para poder guardar siempre, ¿sabe?, el recuerdo dentro de mí, tal y como son... para mí, quiero decir. Como suele hacerse con las fotografías, ¿sabe?, que uno las guarda sin saber muy bien por qué, pero esa es mi manera de aprender: primero veo, luego me asombro y finalmente conozco.

Su abuelo lo escuchaba con atención.

—Muy sensato —dijo—. Una mente analítica, ¡excelente! En fin, aquí estás. ¿Dónde está tu equipaje?

—En el hotel, señor.

—Tienes que hacerlo traer enseguida. Tenemos que vivir juntos, sin discusión. Me sobra muchísimo espacio, especialmente desde que murió mi esposa. Vivo en su habitación, no la mía. Éramos partidarios de dormir en camas separadas, pero después de que nos dejara me mudé a su habitación; pensé que de este modo sería más sencillo que me visitara, y tal parece ser el caso. No es que venga a verme muy a menudo (es una mujer independiente, siempre lo fue), pero cuando le apetece hacerlo, o comprende que me apetece a mí, acude con toda puntualidad. Lo planeamos así antes de que se marchara.

Rann lo escuchaba con una mezcla de asombro y perplejidad. ¿Su abuela estaba muerta o no? Su abuelo prosiguió:

—Le pediría a Sung que te acompañara a recoger las maletas, Randolph, pero le da miedo ir a Manhattan. Hace diez años, la policía le buscaba porque había desembarcado ilegalmente. Serena, esto es, mi esposa, y yo habíamos salido de compras por la Quinta Avenida. Creo recordar que estábamos buscando una estola de visón blanco que ella quería que le regalara por Navidad ese año y Sung apareció corriendo como alma que lleva el diablo. Era evidente que huía de alguien. No hablaba ni una palabra de inglés, pero por fortuna viví unos años en Pekín, trabajando de investigador en el excelente Hospital Rockefeller que tienen allí. Soy médico, además de demógrafo, y me defiendo en chino, de modo que pude preguntarle qué era lo que le pasaba. No siento la menor simpatía por nuestra política de inmigración con los asiáticos, así que le dije que no temiera, porque lo tomaría a mi servicio. Le di mi abrigo para que cargara con él, me lo llevé enseguida a una tienda de ropa de caballeros y le compré un buen traje negro que le hice ponerse, y cuando la policía entró en la tienda, me puse como un basilisco por entrometerse en los asuntos de mi criado. Vino a casa con nosotros, pero aún le da miedo ir a Manhattan, y tiene toda mi comprensión en este sentido, no porque me dé miedo, sino porque es un agujero de mala muerte.

—Pero, abuelo, no tenía planeado...

—Nunca hagas planes. Limítate a hacer las cosas paso a paso. Siempre podrás seguir tu camino. Pero me complacería conocer a mi nieto, aunque sea por poco tiempo.

¿Cómo iba a negarse? El anciano caballero era encantador. Sung trajo los huevos revueltos con una pincelada de un aderezo delicioso.

—Salsa de soja —le explicó su abuelo.

Siempre tenía hambre y comió con buen apetito, se tomó tres tazas de café con una espesa y dulce crema de leche, se zampó una montaña de tostadas untadas con mantequilla y confitura inglesa, y en menos de una hora se hallaba de camino al hotel; «en un taxi», le había dicho su abuelo, metiéndole un billete en el bolsillo del abrigo. «Se me da muy mal tener que esperar.»

Tardó casi dos horas en regresar con las maletas, porque el tráfico era más denso y las calles, absurdamente estrechas para una ciudad tan enorme, estaban atestadas de toda clase de vehículos. Pero por fin había llegado, emocionado ante la aventura que suponía tener un abuelo a quien no conocía; no una aventura permanente, claro está, porque nada lo era, salvo aquello que almacenaba en su subconsciente más profundo, pero sí una novedad, alguien distinto de cualquier persona que hubiera conocido. ¿Por qué no le había contado su madre que su abuelo había vivido en China, y además en Pekín, una ciudad sobre la que había leído intuyendo su magia? Y ¿qué significaba toda aquella historia sobre la mujer de su abuelo? ¿Era su abuela? ¡Serena! Recordaba haber oído ese nombre en casa. «Un nombre de mujer precioso», pensó. Y con todo su ser invadido de asombro volvía a encontrarse en la casa y Sung se llevó sus maletas para abrirlas y su abuelo le acompañó al gran ventanal de la habitación que en adelante sería suya.

—Esta es la única habitación desde la que se ve la Estatua de la Libertad —dijo su abuelo—. Serena no la quiso por esta razón. Decía que no podía discutir con esa gran mujer de piedra. «Ajá, la libertad», así solía hablar, Serena, quiero decir. Siempre se enredaba en los problemas de los demás. Bastaba leer el periódico para que saliera disparada a Washington para unirse a una protesta o cualquier cosa por el estilo... ¡Ellis Island! Iba allí todos los días, intentando ayudar a cualquier infeliz. De modo que me quedé con esta habitación. Por cierto, no era tu abuela. La madre de tu madre fue mi primera esposa, una mujer dulce, amable, quizás ignorante. Nunca estuve seguro de si sabía mucho o poco sobre las cosas. ¡Mi pobre Sarah! También murió, pero nunca viene a visitarme, aunque ahora esté solo... ¡Será Serena quien se encarga de que no lo haga!

Soltó una sonora carcajada y de pronto volvió a adoptar un gesto grave.

—Naturalmente, ahora que estás aquí, es posible que Serena ceda un poco. Hablaré con ella... No, no lo haré. No sirve de nada disgustar a tu verdadero amor.

—Mi madre nunca me habló de su esposa, señor —murmuró Rann, sin saber muy bien qué decir.

—Oh, claro que no —dijo su abuelo alegremente—. ¿Por qué iba a hacerlo? Tenemos vidas independientes. En fin, chico, ahora tendrás que distraerte por tu cuenta, un rato. Siempre duermo una horita antes de la cena, que es a las siete. ¿Ves esas estanterías de libros? A juzgar por lo que me escribe tu madre, seguro que sabrás distraerte.

Su abuelo salió de la habitación y Rann se acercó a las estanterías. Vio una biografía de Henry James, la cogió y empezó a leer.

—Supongo —dijo su abuelo alegremente durante la cena— que te debo una explicación sobre Serena. Para serte sincero, tu madre no sabe nada de ella. Cuando murió su madre, mi primera esposa, Sarah, yo estaba en Pekín. Sarah no había querido acompañarme a China. Creía que era un país de infieles, en lugar de verlo como lo que era, el más antiguo y civilizado del mundo. De modo que me fui solo. Tu madre tenía entonces tres años. Sarah regresó con su familia. De hecho, nunca más volvimos a vivir bajo el mismo techo, aunque no nos separamos legalmente, pero como te decía, ella murió mientras yo estaba en Pekín. Cuando regresé de China, era un hombre muy distinto del atrevido jovencito que había sido al marcharme, convencido de que tenía tantas cosas que enseñar a los chinos. En realidad, fueron ellos los que me enseñaron a mí.

—¿Cuánto tiempo estuvo allí? —preguntó.

—Fui con la idea de quedarme un año y pasé siete —respondió su abuelo—. Cuando volví a casa, me instalé aquí. Tenía un trabajo en una fundación privada, de un hombre de Wall Street que estaba muy interesado en las estadísticas sobre la población mundial. Mi oficina estaba allí, justo al otro lado del puente, en la planta cuarenta y cuatro de un rascacielos. Allí conocí a Serena; de hecho era la hija de aquel hombre, una criatura brillante, hermosa y tozuda. Ella fue la primera en enamorarse. Yo no había pensado en el amor. Me sentía avergonzado, era mucho más joven que yo. Fui a contárselo al padre. Él se rio y la envió a la Sorbona un par de años. Un día, de pronto, regresó y la vi plantada frente a mi escritorio. «Bueno, aquí estoy», me dijo. «Y sigo siendo la misma.» —Su abuelo volvió a soltar esa carcajada sonora y vieja—. «Bueno», le dije yo, «tendré que tomarte en serio». Y fue lo que hice, con el resultado de que me casé con ella a su debido tiempo o, por decirlo mejor, se casó ella conmigo.

—Mi madre nunca me lo contó —dijo Rann.

—No, claro que no, porque nunca vio a Serena —repuso su abuelo—. Tu madre siguió viviendo con una tía suya y yo iba a verla un par de veces al año, mientras fue haciéndose mayor, pero Serena creía que lo mejor para ella era no ver a mi hija. Siempre decía que no había que permitir que las emociones se mezclaran nunca. Pero la pequeña Sue supo en todo momento dónde vivía yo y que podía contar conmigo en caso de necesidad. Sin embargo, no le pedí que te trajera a vivir conmigo cuando murió tu padre. Pensé que Serena se sentiría confundida, incluso tras su muerte. No estaba seguro de que Serena viniera a verme de vez en cuando. No creo que le importe que estés aquí... Pero dos mujeres...

Su abuelo negó con la cabeza sin tenerlas todas consigo. Reinó el silencio y ninguno de los dos se atrevió a romperlo durante varios minutos. Por fin Rann habló, vencido por la curiosidad.

—¿Quiere decir usted que ella, Serena, su esposa, realmente viene a verlo... ahora?

El anciano, que estaba dando cuenta tranquilamente de un helado, se secó los labios con un enorme y anticuado pañuelo de lino blanco antes de hablar.

—Claro que sí, hijo mío —contestó alegremente—. Por supuesto, nunca sé en qué momento vendrá, como nunca supe en qué momento de la noche entraría en mi habitación cuando estaba viva. Y en los primeros cuatro años después de su muerte no vino ni una sola vez. Supongo que lleva cierto tiempo acostumbrarse después de la conmoción de la muerte. Tiene que ser una conmoción morirse, como lo es nacer. Lleva tiempo... pide tiempo. El helado estaba delicioso, Sung. Creo que voy a repetir.

Su abuelo comía de muy buena gana y con gran placer. Parecía estar tan cuerdo, tan sano, tan lleno de vida a pesar de la edad, que a Rann le parecía inconcebible que tuviera la mente trastornada. De hecho, estaba seguro de que no era el caso. Así pues, el anciano debía de tener unas experiencias desconocidas para la gente corriente. Pero el caso es que Rann tampoco era como la gente corriente y su sentido del asombro no le dejaba descansar.

—Lo que me propongo averiguar ahora —prosiguió su

abuelo—, dentro de los estrictos dominios de la parapsicología, es cómo consigue hacerlo, o cómo lo hago yo. Lo más probable es que se trate de una combinación de las dos cosas, aunque en mi caso sea más bien accidental. Pero a su debido tiempo, a medida que vaya estudiándolo, descubriré la técnica adecuada. Soy un hombre de ciencia, Randolph. Lo aprendí en China. No sé si conoces mi obra. Todo empezó cuando me interesé por el corazón como el centro de la vida.

—Me temo que no la conozco, señor.

—No me sorprende. Mi primera esposa era una mujer buena y entrañable, igual que tu madre, pero aun siendo inteligente tenía un pensamiento más bien vulgar. Nunca pude conocer a tu madre, mi hija, lo bastante bien como para hablar de mis investigaciones con ella. Pero tú tienes una mente privilegiada. Lo advertí desde el instante mismo que entraste por la puerta.

Rann se sentía traspuesto, inspirado, empujado por su sentido del asombro, por su insaciable curiosidad.

—¿Cómo lo supo, abuelo?

Su abuelo apartó el plato del que había comido con tanto disfrute y Sung se lo llevó y desapareció. Se quedaron solos.

—Voy a decirte algo que no le he confiado a nadie desde la muerte de Serena —respondió el anciano—. Nací con una extraña habilidad. Serena también la tenía hasta cierto punto y podíamos hablarlo con toda franqueza, como hacíamos con todo lo demás. Puede que tú tengas parte de la misma habilidad, aunque lo más seguro es que halle expresión de una forma distinta. Quizá quieras contármelo. En mi caso se expresaba a través del color.

—¿El color, abuelo?

—Sí, no utilizo la palabra «aura», pues forma parte de la jerga de médiums e impostores que se ganan la vida con misticismos fraudulentos y majaderías por el estilo. Yo soy científico, con una formación en medicina que luego completé aprendiendo electrónica. Comprendo, hasta cierto punto, cómo interactúan las ondas eléctricas. Todos formamos parte de esa interacción.

Si se da la combinación de fuerzas adecuada, el resultado que se obtiene, la cristalización, por así decir, es un hombre. O un perro, o un pez o un insecto, o cualquier otra manifestación. Cuando «morimos», según lo llamamos, la combinación simplemente abandona una forma para tomar otra. «Cambio» es la palabra. El universo se halla en constante movimiento y nosotros formamos parte de dicho movimiento. Nada se destruye, solo cambia. El cambio, que no es sino lo que damos en llamar muerte, me interesa sobremanera a mi edad, naturalmente. Dudo de que sea capaz de hallar la explicación real hasta que padezca el cambio en mi propia persona, lo cual no sucederá en breve, porque heredé longevidad y buena salud... igual que la heredaste tú, a través de mí.

¡Oh, su mente insistente! Estaba un poco avergonzado de ella.

—Pero ¿el color, abuelo?

—Ah, sí. ¡No lo había olvidado, hijo mío! Nunca olvido nada, como tú. Tenía que darte la introducción. Pues bien, durante toda mi vida, he visto color alrededor de las criaturas vivas y con mayor intensidad, como es natural, alrededor de las concentraciones que damos en llamar seres humanos.

—¿Ve color alrededor de mí?

—Oh, muy intenso.

—¿Qué color, abuelo?

—Más de uno. —El anciano hizo una pausa—. Predomina el verde, por lo que veo en tu emanación, un verde vivo, vital, que significa que la fuerza vital dentro de ti es muy fuerte. Este verde se degrada en un azul muy potente... ¡No hay nada pálido en ti! Y el azul a su vez se trueca en amarillo. El amarillo denota inteligencia y el azul, integridad. No tendrás una vida fácil. Todo lo que hay en ti, tus sentimientos, tu firmeza, tu idealismo, se da con mucha fuerza. Sufrirás en todos los aspectos. Pero ya lo sabes, eres un creador.

—¿Creador de qué, abuelo? Siento dentro de mí la presión de crear, pero ¿qué?

Había hablado con ardor, hincando los codos en el mantel blanco, apartando los cubiertos y los platos de porcelana, olvidándose de todo salvo de lo que le estaba contando su abuelo.

—¡Aún es pronto, chico! —dijo su abuelo con gravedad—. ¡Muy, muy pronto! Tienes talento, pero el talento es un medio, una herramienta a la que hay que dar uso. Debes encontrar tu material y es algo que solo podrás descubrir mediante el saber, aprendiendo para saber. Cuando hayas aprendido bastante, cuando ya sepas bastante, entonces tu talento te guiará, ¡qué digo!, te obligará, te empujará, te fustigará. ¡Así que tómatelo con calma, hijo mío! Tienes que ver mundo, mirar, escuchar. ¡Pero no te eches a perder nunca! Usa tu cuerpo como haces con tu mente. Ponlo en forma; tu cuerpo es el valioso continente de tu inestimable talento. Mantén tu cuerpo limpio y libre de enfermedades.

Sus ojos se encontraron, los del abuelo, azul eléctrico, los suyos, oscuros y de una mirada vívida y penetrante. Su abuelo soltó un suspiro profundo y tembloroso.

—¡Serena! —murmuró—. ¿Has visto quién ha venido a casa?

Entonces se levantaron en silencio y fueron a la biblioteca, donde Rann tomó asiento, aún mudo y absorto en sus pensamientos, mientras su abuelo tocaba un organillo situado al final de la habitación. Era Bach, una música ordenada, coordinada, de una belleza científica, un todo formado de partes controladas. El control, pensó. Era la clave de la vida. Control de uno mismo, del tiempo, de la voluntad.

Fue, quizás, una semana más tarde. Durante esos siete días apenas había visto a su abuelo. Todas las mañanas, después del desayuno, su abuelo le decía expeditivamente que tenía trabajo que hacer, de modo que Rann podía pasear a su antojo hasta la hora de la comida.

—Paseando nunca se pierde el tiempo, hijo mío —le dijo—.

Pasear equivale a asombrarse y el asombro es el primer paso hacia la creación.

Esa noche, tras la cena, habían ido como de costumbre a la biblioteca a conversar, leer, escuchar música o incluso jugar una partida de ajedrez. Sobre una mesa de ajedrez hecha en Corea, su abuelo tenía siempre colocadas unas piezas extraordinarias talladas en mármol blanco y negro. Su abuelo era un jugador de ajedrez fortísimo y aunque su padre le había enseñado a jugar aún no había ganado ni una sola partida al anciano.

—Podría dejarte ganar, para evitarte una posible desilusión con el juego, hijo mío —le había dicho su abuelo—, pero por respeto a tu intelecto, no lo haré. A su debido tiempo me superarás, puesto que aprendes de tus errores, según he observado, y lo haces todas las veces. Te enseñas a ti mismo y esa es la auténtica forma de aprender.

Esa noche, sin embargo, no habría partida de ajedrez, según parecía. Era una noche fría, con el cielo encapotado y los primeros copos de nieve caían tras las ventanas. Sung entró y corrió las largas cortinas de terciopelo, encendió la chimenea y volvió a salir. Su abuelo abrió un pequeño estuche de cuero y sacó una lupa. «Una lupa magnífica que compré en París, hace años», observó. Luego abrió una caja de plata.

—A fin de darte una prueba, si la necesitas, de las visitas de Serena —dijo su abuelo—, he tomado estas fotografías de ella. Las he tomado en el curso de sus visitas. Montaba una cámara en mi habitación y tomaba una serie de fotografías mientras ella se hallaba en el proceso de materializarse. Aquí están las fotografías. Estúdialas de una en una, con detenimiento, por favor. Si mi semblante te parece extraño es porque me estaba concentrando en la nada. De ordinario, es lo que llamamos «trance». En la India aprendí a ingresar en la nada. No me gusta dicha condición, porque me pierdo a mí mismo. Pero sé que Serena no puede comunicarse conmigo de otra forma. Me atrevería a decir que otras personas podrían comunicarse conmigo si me tomara la molestia de obligarlas a hacerlo. Pero no lo hago.

A su debido tiempo, estaré en el mismo lugar que ellas. A Serena, sin embargo, la necesito de vez en cuando.

Tomó las fotografías, de una en una, de la mano delgada y vieja de su abuelo. La primera mostraba al anciano sentado a sus anchas en un sillón. La segunda mostraba un tenue atisbo de niebla que descendía detrás del sillón. A medida que pasaban las imágenes, la niebla se iba haciendo más densa y definida, hasta que en su centro fue apareciendo con mayor nitidez el rostro vivo de una hermosa mujer.

Su cuerpo seguía siendo de niebla, pero los ojos, los rasgos, estaban iluminados.

—¿La ves? —exclamó su abuelo, triunfante—. Tiene el mismo aspecto que en su momento de máxima belleza, en plena salud y madurez, antes de que la enfermedad y la vejez la atacaran.

—¿Ella le habla, abuelo?

—No la oigo como te oigo a ti, pero soy consciente de que existe una comunicación, sí. No puedo explicártelo. Es una consciencia. No puedo decirte si tú oirías una voz, de aparecer ella aquí en este momento. No sé si aparecería en este caso. Creo, más bien, que requiere cierto esfuerzo por su parte, como lo requiere por la mía, el que podamos cruzar las fronteras.

El anciano hablaba con toda naturalidad, con un tal grado de aceptación y fe, que Rann no le planteó ninguna pregunta más.

—Gracias, abuelo —dijo.

Su abuelo guardó con mimo las fotografías en el mismo orden dentro de la caja. Entonces le dijo suavemente, con una voz cariñosa y llena de amor:

—Hijo mío, ha llegado la hora de que prosigas tu viaje. No tengo ningún derecho a retenerte en esta casa vieja, habitada por un viejo y el espíritu de una mujer que vive en el más allá. Ha sido una gran alegría tenerte aquí. Tienes que regresar muchas veces. Si muero antes de tiempo, antes de que vuelvas, he hecho planes para que Sung mantenga la casa en buen estado hasta que vengas. Si morimos los dos, conservaremos la casa igualmente. En cada una de las capitales de los países que visites, encontrarás dinero en depósito a tu disposición. Tienes que ponerte en marcha y encontrar el centro de tu interés. Eres un creador, pero debes encontrar tu interés para luego consagrarte al mismo, y no al acto creativo. El simple deseo de crear no alcanza para hacerlo. Debes encontrar un interés que te trascienda, un amor, quizá, y entonces la fuerza creativa te hará arder.

—Lo entiendo, abuelo —dijo con serenidad—. Gracias por dejarme marchar. Me ha liberado, incluso de mí mismo.

Estaba a bordo de un barco que surcaba el océano Atlántico, rumbo al este, por una ruta sinuosa y parsimoniosa que concluía en China, la misma que su abuelo había utilizado años atrás. Podría haber viajado en avión en unas pocas horas, pero Rann quería saber más, ver más, mucho más, antes de desembarcar en aquel antiquísimo país que tanto había significado y seguía significando para su abuelo. De modo que se decantó por una aproximación lenta, con el objetivo de ver los países del viejo continente y disponer así de un contraste con el que juzgar los países de Asia, y también porque quería dedicar un tiempo a conocer el mar. Había vivido en tierra firme, en un estado del interior, antes de llegar a Nueva York, y a pesar de que con frecuencia había ido al puerto a contemplar los grandes barcos levar el ancla, nunca había separado los pies del suelo. Ahora estaba en un transatlántico, había mala mar, el cielo estaba gris. Tenía un camarote pequeño para él solo y había pocos pasajeros, porque viajaba fuera de temporada.

Quizá porque viajaba en temporada baja y porque había pocos pasajeros, tuvo la ocasión de conocer al capitán, al primer oficial y a algunos de los hombres de la tripulación. Los marinos eran distintos de los hombres de tierra firme. Dejaba que el asombro le embargara mientras los observaba; escuchaba los sencillos relatos de sus aventuras, sencillos por el modo en que se expresaban, pero a veces muy expresivos cuando referían la experiencia de verse perdido en alta mar. ¡Perdido en alta mar! Su imaginación, siempre presta, dibujó los botes salvavidas dolorosamente ínfimos a merced de las olas del océano sin límites, del hermoso y cruel océano. Y, sin embargo, terminó amando el mar y descubrió en la proa su lugar favorito sobre el barco, y en ese punto permanecía largas horas, acodado en el robusto pasamanos de caoba que remataba la barandilla, que todos los días era enlustrado por orden del capitán. Allí estaba, como el mascarón tallado de la juventud, contemplando el vértice afilado de la proa partir las aguas en dos enormes olas coronadas de blanco. Miraba y sentía, almacenando las visiones del mar brillante y voluble, el cielo púrpura, las olas blancas, imprimiendo para siempre en su memoria la límpida silueta del barco, el roce del fresco viento salado en su tez y en su pelo, mirando y sintiendo. Daba cuenta de prodigiosos almuerzos de comida sencilla y sustanciosa, de noche no soñaba cuando dormía, dejándose reconfortar por el ascenso y descenso de la nave, y a la mañana se despertaba a un nuevo día, con el deseo de que ese viaje jamás tocara a su fin, para desear después lo contrario, porque había mucho que ver más allá del horizonte.

Fue en el tercer día cuando vio a la mujer. Era la primera vez que aparecía, hasta entonces su sitio a la mesa del capitán había permanecido vacío. No había sabido de su existencia. Tal vez había estado mareada y se había quedado en su camarote. Habían tenido mala mar hasta el tercer día, con fuertes vientos, pese a que el sol había lucido sin asomo de nubes en el cielo; quizás aquellos vientos eran los flecos de una galerna lejana. Pero la nave avanzaba sin dificultad, ¿su diseño era tan estrecho para permitir una mayor velocidad, quizá? En cualquier caso, el lugar de la mujer a la mesa del capitán había quedado vacío. De pronto, apareció ella en la amplia puerta del salón comedor, y allí estaba, mirando a su alrededor con cierta vacilación. Lucía para la cena un vestido de noche verde, de manga larga pero de cuello abierto, que le caía largo y estrecho hasta los pies, perfectamente ajustado a su esbelta figura. Hasta los zapatos eran verdes. En lo alto de su esbelta figura, llevaba el cabello recogido en un gran moño en la nuca, un pelo bermejo y brillante, que relucía a la luz de las lámparas como un yelmo de oro. Jamás había visto a un ser humano tan hermoso y se quedó mirándola. Pero todos hicieron lo mismo. Se hizo un silencio entre los pasajeros. Y ella los miró con gesto serio, desde la profundidad de sus ojos oscuros, tan pardos que eran casi negros.

El capitán se puso de pie y apartó la silla de la mesa.

—Tome asiento, lady Mary. Qué alegría verla. La hemos esperado estos tres días.

El capitán era escocés y pronunciaba las erres con fuerza. Ella le dedicó un asomo de sonrisa y caminó despacio hacia la mesa. Y, de pronto, cuando pasó junto a la mesa de Rann, el barco dio una gran sacudida, al verse golpeado por una enorme ola, la séptima ola de una séptima ola, según le había contado el segundo de a bordo, y la mujer habría caído de no haberse levantado Rann para sujetarla entre sus brazos y ayudarla a recobrar el equilibrio.

—Gracias —dijo ella en una voz clara y suave.

No le soltó el brazo hasta llegar a su silla. Él volvió entonces a su mesa, con la sola conciencia de su cuerpo esbelto bajo el vestido verde de raso. «Pero no es muy joven», pensó, procurando no mirarla, aunque la observaba por el rabillo del ojo. Ella le ofrecía el perfil, un encantador perfil, demasiado fuerte, tal vez, para considerarlo bello en el sentido estricto de la palabra, pero de algún modo muy hermoso. Y si bien no era joven, tampoco era vieja; ¿tal vez treinta, treinta y cinco años? Pero eran muchos años, el doble que él, aunque no fuera lo bastante mayor, de hecho, para ser su madre. Rann no podía imaginarla como su madre. Lady Mary, la había llamado el capitán, lo cual significaba que era inglesa y quizás incluso que vivía en un castillo. Pero era poco probable que le prestara atención a un chico. Y tampoco se trataba de que él quisiera su atención. Era demasiado joven para todo menos para ver, pues él lo veía todo, el brillo de su maquillaje y su ágil elegancia. Estaba escuchando algo que le contaba el capitán, con una media sonrisa en los labios. También comía, con evidente apetito, lo que le sorprendió en cierto modo porque era una mujer muy delgada.

La gente volvió a hablar, habituada ya a su presencia, pero Rann apenas escuchaba, aunque siempre lo hacía, y como hablaba poco almacenaba de manera inconsciente el sonido de aquellas voces, las cambiantes expresiones de sus rostros, sus posturas, los modales a la mesa, detalles todos de la vida que, por mucho que parecieran inservibles en sí mismos, no podía dejar de acumular porque esa era su forma de vivir.

Habría olvidado a lady Mary, tal vez, como un fragmento más de la vida a bordo, de ese pequeño mundo enclaustrado, confinado entre el cielo y el mar, de no ser porque al día siguiente, en una ventosa y radiante mañana, mientras permanecía en su sitio habitual a la proa del barco, sintió una mano en su brazo y, al volverse, la vio a su lado, abotonada del cuello a las rodillas, enfundada en un chubasquero gris plateado.

—Me has quitado el sitio, chico —le dijo al oído—. Siempre que viajo en barco, mi sitio está en la proa.

Rann estaba tan sorprendido que dio un paso atrás y le pisó el pie. Ella hizo una mueca y luego se rio.

—Qué pies más grandes, muchacho —gritó ella, contra el viento.

—Lo... siento... lo siento mucho —tartamudeó él, pero ella solo se reía y, deslizando su mano bajo el codo de Rann, lo atrajo hacia sí.

—Seguro que cabemos los dos —dijo ella, y no dejó que se moviera de su lado, con la mano todavía en su brazo y el pelo brillante ondeando al viento, lejos de su cara.

Y se quedó allí, junto a ella, con el fuerte viento del oeste empujándola hacia su cuerpo, y juntos, pero completamente separados y en un silencio absoluto, contemplaron el mar. Debió de pasar una hora antes de que alguno de los dos se moviera o hablara, pero aun así era consciente de ella de una manera nueva y extraña, tímida sin ser tímida. Al cabo, ella se apartó, soltándole el brazo.

—Voy abajo —dijo ella—. Debo escribir unas cartas. Odio escribir cartas, ¿y tú?

—Solo tengo a mi madre y a mi abuelo, y no les he escrito —dijo él.

—Ah, pero debes y tienes que hacerlo —le dijo ella—. Deja tus cartas en la estafeta del barco y las enviarán no bien toquemos tierra. Te daré unos sellos ingleses.

La mujer asintió con la cabeza y se volvió, dejándolo solo en la proa, con una sensación extraña de soledad y una cierta inquietud. No quería quedarse solo allí. Realmente, no se le había ocurrido escribir a su madre y a su abuelo antes de desembarcar en Inglaterra. Allí, habría mucho más que contar; Londres, por ejemplo. Pero ahora sintió que ella tenía razón, debía escribirles. Así podrían expedir las cartas mucho antes. Bajó a cubierta y encontró un rincón tranquilo en el salón comedor, donde escribió dos cartas, ambas sorprendentemente largas. Encontró un cierto placer en intentar poner negro sobre blanco algunas de las vistas del mar, el cielo y la nave. Sobre lady Mary, no escribió ni una sola palabra, pues no sabía, en efecto, qué podía decir de ella. Si hacía que destacase entre los demás pasajeros, ¿qué pensarían su madre y su abuelo? Y, en ese caso, ¿por qué motivo iba a mencionar a esa mujer que casi era lo bastante mayor para ser su madre? Aunque quizá no lo suficiente...

—Dime, ¿adónde irás cuando lleguemos a Inglaterra? —le preguntó ella, de sopetón.

Era el último día a bordo. A la mañana siguiente, antes del mediodía, desembarcarían en Southampton. Allí tomaría el tren para Londres. Su abuelo le había dado unas indicaciones precisas.

—A Londres. Mi abuelo me dio el nombre de un sitio, un hotel pequeño, muy limpio —le dijo.

—Es raro verte solo —dijo ella.

—Mi padre y mi madre iban a venir también —le contó—, pero él se murió. Entonces ella pensó que mi padre habría querido que hiciera el viaje de todos modos. Soy... un poco joven para ir a la universidad, como puede ver.

—¿Cuántos años tienes? —preguntó ella, con su bonito y argentado acento inglés.

—Dieciséis —dijo él, a regañadientes, medio avergonzado por ser tan joven.

—¡Dieciséis! Oh... ¡no me lo puedo creer! —exclamó.

Él asintió y ella se quedó mirándolo.

—Pero eres tan... ¡eres altísimo, enorme! Te había echado veinte, como mínimo. De todos modos, en Estados Unidos los hombres siempre parecen tan jóvenes... Sí, veinte... puede que veintidós. ¡Madre de Dios, si eres una *criatura*! ¡No puedes rondar por el mundo solo! ¿Cuál es el destino final de tu viaje?

—China —dijo sencillamente.

Ella balbuceó y luego soltó una alegre carcajada.

—¡China! ¡Qué disparate! Y ¿por qué China?

—Mi abuelo vivió allí siete años y dice que es el pueblo más sabio y civilizado de la Tierra.

—Pero tú no hablas chino, ¿verdad?

—Aprendo idiomas con mucha facilidad.

—¿Qué idiomas sabes hablar? —quiso saber ella.

—Además de inglés, francés, alemán, italiano y un poco de español. Iba a matricularme este año. Lo habría hecho antes, pero mi padre decía que las literaturas de las otras lenguas eran más importantes. Además, puede que algún día viaje a España. Y allí me resultará muy fácil aprenderlo. Por supuesto, eso sin contar el latín, aunque a un nivel bastante básico.

Ella le dirigió una mirada curiosa y penetrante, de ojos muy oscuros.

—Mírame —dijo ella, con toda decisión—. Ni hablar de ir

a Londres e instalarte en un hotelito. Tú te vienes conmigo. Vivo en las afueras de Londres y aprenderás a conocer Inglaterra desde allí.

—Pero...

—No hay peros que valgan. Harás lo que yo te diga. Vivo completamente sola desde que mi marido murió en la guerra. Era sir Moresby Seaton. Me alegrará la vida tener a alguien joven en casa. No aguanto a los parientes. Quién sabe, quizás incluso me vaya a China contigo. Fui a Estados Unidos y eso es casi igual de raro. Además, viajé completamente sola y me lo pasé en grande. Son unos parlanchines en Estados Unidos, ¿no te parece? ¡Al contrario que tú! Tú eres un muchacho callado.

—Me gusta escuchar —dijo él—, y mirar.

—Pero es un castillo muy viejo —continuó ella— y tiene toda una historia en la familia de mi marido. Él era el último descendiente masculino por línea directa y por desdicha no tuvimos hijos. Culpa suya o mía, quién sabe, o qué importa ya. Era un hombre muy chapado a la antigua, tradicional quizá sea una palabra más exacta, porque le gustaba practicar deportes, la caza, por ejemplo, y todo ese tipo de cosas, pero creía que si uno no tenía hijos, había que conformarse y vivir sin ellos. De modo que cuando yo muera el castillo pasará a manos de un sobrino, un buen chico, veinte años mayor que tú, casado y con tres niños, así que siempre habrá un Seaton en el castillo, y eso es todo lo que importa. Por extraño que parezca, ahora me alegro de no haber tenido hijos. Puedo ser yo misma, sin estar dividida. Los niños dividen en dos a las mujeres. Una nunca vuelve a estar del todo entera después de la división. Siempre hay algo que se ha perdido. Y no volveré a casarme, ¡nunca! He tomado una firme decisión al respecto. No es por sentimentalismo, tampoco, sino porque he descubierto que me gusta estar sola. No creo en el amor de una vida, aunque la verdad es que estaba terriblemente enamorada de mi marido. Oh, sí, el mío fue un matrimonio feliz, bastante feliz, a decir verdad.

—¿Entonces por qué...? —empezó a decir él, pero ella lo interrumpió con la suave inflexibilidad que la caracterizaba.

—¿Por qué te invito al castillo? Es una pregunta que no sé responder. Eres alguien en ti mismo, aunque solo seas un niño, de momento. No sé quién eres. No pareces muy estadounidense. Eres alguien muy... singular. Sé que no me vas a molestar. Dispondrás de total libertad de movimientos. Y yo también. Lo entenderás. Tengo la extraña sensación de que eres capaz de comprender cualquier cosa. Hay algo en ti... no lo sé... algo antiguo y sabio... y discreto. ¡Es muy raro! Supongo que eres lo que en la India llaman un alma vieja. Fuimos a la India una vez, mi marido y yo. De hecho, fue nuestro viaje de novios. Queríamos ver el Taj Mahal juntos, bajo la luz de la luna... banal, ¿no te parece? Pero me alegra que lo hiciéramos. No lo olvidaré jamás. Y entonces empezó a interesarnos mucho el país. No hay ningún otro país, estoy convencida de ello, donde uno sienta que la gente nace vieja y sabia y... con entendimiento. Tú posees ese mismo entendimiento.

Rann se rio.

—¡Y sin embargo ni siquiera entiendo a qué se refiere con esa palabra!

—Eres joven, también —añadió ella—. Y no naciste en la India. Naciste en un país muy nuevo, joven y atrevido, ¡y mucho me temo que fue un grave error!

Ella se echó a reír y los dos volvieron a quedar callados, y por largo rato, pero sintiéndose completamente cómodos, a pesar del silencio. Aquello desconcertaba a Rann. Se sentía cómodo con ella, como si la conociera desde siempre. Y en cambio era una desconocida, y tenía una vida radicalmente distinta de la suya. Rann sentía una emoción y esa emoción iba más allá de la novedad de estar en un país desconocido.

Anochecía cuando pasaron por un pueblecito y Rann vio en lontananza, a unos cuantos kilómetros a campo abierto, unas colinas ondulantes, la silueta de un muro almenado y, por encima del muro, el tejado y las torrecillas del castillo.

—Lo construyó Guillermo el Conquistador —le explicó ella—, y durante quinientos años fue sede real. Después se lo entregaron a un ancestro de mi marido en recompensa por alguna hazaña en el campo del honor. Y los Seaton han vivido aquí hasta hoy, y supongo que debido a la generosidad de mi marido... Insistió en que conservara el derecho de vivir aquí hasta el fin de mis días, si así lo deseaba, aunque me atrevo a decir que algún día tal vez desearé vivir en otro lugar... quizás en compañía de alguien, aunque sin casarme, o sola, si aún sigue gustándome la soledad.

Cada vez estaban más cerca y, de pronto, todas las luces del castillo se encendieron con un destello y quedó brillantemente perfilado sobre el cielo crepuscular.

—Es muy hermoso —murmuró ella, en parte para sí misma—. Siempre olvido lo hermoso que es hasta que regreso después de haber pasado un tiempo fuera. Hasta hoy, siempre había vuelto sola. Es muy agradable tener alguien que me acompañe, lo cual no deja de sorprenderme, en cierto modo, porque siempre he querido regresar sola tras la muerte de Moresby; Morey, lo llamaba yo.

—Me siento muy afortunado —dijo él—. Esto es mucho mejor que moverme solo por Londres, aunque también esté acostumbrado a la soledad, porque en casa soy hijo único y siempre he sido mucho más joven que mis compañeros de clase.

—¿Qué hicieron contigo en la escuela? —preguntó ella con curiosidad—. ¡Seguro que eras un pigmeo brillantísimo entre gigantes grandotes y estúpidos!

Rann reflexionó por un instante.

—Creo que no les caía bien —dijo finalmente.

Ella se echó a reír.

—¿Cómo ibas a caerles bien? ¡Te odiaban! ¡La gente vulgar siempre odia a los pocos privilegiados que tienen mollera! ¿Te molestaba?

—No tenía tiempo para pensar en ello —dijo él—. Siempre estaba ocupadísimo: haciendo cosas, leyendo sobre algún tema... hablando con mi padre.

—Tu padre lo significaba todo para ti, ¿no...?

—Sí.

—Y se murió.

—Sí.

—¿Y no has tenido a nadie más?

Rann dudó un momento, antes de responder.

—Sí... un profesor. Un hombre brillantísimo... Pero...

—¿Ya no sois amigos?

Tenía una manera de ser dulce e insistente. Rann se debatía entre el deseo de hablarle de Donald Sharpe y el deseo de no hacerlo. Había puesto todo su empeño en olvidarlo y, ahora, expresarlo con palabras haría que todo volviera a ser real. Esa amistad, ese afecto, lo llamara como lo llamase, le había llegado muy hondo. Eran tantas las cosas que le habían gustado de Donald Sharpe, tantas las cosas que había amado en él. Entre ambos, se había dado una comprensión como no la había vuelto a encontrar desde entonces. Debía evitar recordarlo.

—No, ya no somos amigos —respondió Rann, con brusquedad.

Y antes de que ella pudiera preguntarle por qué, estaban cruzando el puente sobre el foso, las puertas se abrieron de par en par y accedieron al castillo.

—Bienvenido a mi hogar —dijo lady Mary.

Estaban en el jardín, la mañana de su primer día en Inglaterra. La noche anterior, tras cenar temprano, ella le dio las buenas noches casi con frialdad y un criado le mostró su habitación, le llenó la bañera, le abrió la cama y le preparó el pijama. Sus maletas ya habían sido abiertas y sus tres trajes colgaban en el armario del vestidor. Esto último lo descubrió cuando el criado se retiró tras preguntarle a qué hora deseaba que lo despertaran.

—¿A qué hora es el desayuno? —había preguntado Rann.

—Su señoría desayuna en sus habitaciones, señor —había respondido el hombre.

Era un hombre bajo, de unos veinte años a lo sumo, con la cara redonda, la nariz chata, el pelo rubio y la barba mal afeitada. Había algo cómico en su solemnidad, y Rann se había reído.

—¿Qué me recomienda usted? —le preguntó—. Tenga en cuenta que soy un simple estadounidense. —Ocultó su sonrisa con una mano y carraspeó un poco.

—Debo decirle, señor, que el desayuno estará listo a partir de las ocho media. Se sirve en la sala del desayuno, justo enfrente de la terraza de levante.

—Allí estaré —había respondido Rann—, a las ocho y media.

Durmió sin desvelarse ni una sola vez hasta las ocho, momento en el que le asaltaron unas ansias de comer monstruosas. Miró por la ventana y vio una cálida y soleada mañana pese a la estación del año. Y después de un desayuno bien copioso, con bacon, huevos fritos, riñones asados, y muchas tostadas con mermelada, y muchas tazas de café con densa crema de leche, vio a lady Mary en el jardín, su delgada figura vestida con mucha elegancia en un traje de pantalón azul, y su cabello radiante al sol de la mañana.

Rann abandonó la mesa de inmediato para reunirse con ella y, sin más preámbulos, ella le dijo:

—¡Mira qué pieza de artesanía más exquisita!

Sujetaba un delgado bastón de bambú con un mango de marfil tallado que empleó para señalar una telaraña. Rann nunca había visto una tan grande. La araña, hilando, había atrapado unas ramas de acebo y el rocío colgaba en gotas de plata sobre la delicada urdimbre.

—Hermoso —dijo él—, y observe cómo las gotas de rocío cambian de tamaño; son grandes en la periferia e infinitesimalmente pequeñas según se acercan al centro.

La arañita negra se hallaba en el centro exacto de su obra y descansaba inmóvil y vigilante.

—Pero ¿cómo es posible que esta criatura minúscula sepa tejer su red con perfección matemática? Los círculos cada vez más grandes, los ángulos exactos...

—Lo tiene todo incorporado en su sistema nervioso —contestó él—, es una especie de computadora con patas.

Ella rio y, al fijar la mirada en esos ojos oscuros y risueños, Rann vio un poso de admiración.

—¿Y cómo sabes eso? —preguntó ella.

—Koestler —dijo él por toda respuesta—. Página treinta y ocho, si no recuerdo mal. El acto creativo. Es un libro maravilloso.

—¿Hay algo que no hayas leído, joven monstruito?

—Eso espero. Ardo en deseos de entrar en la biblioteca del castillo.

—Ah, esos libracos viejos. ¡No los ha leído nadie en generaciones! Los libros de Morey están arriba, en sus habitaciones. Continúa hablándome de la araña. Parece un mal bicho, ahí sentado, fingiendo que está dormido, mientras aguarda la llegada de una pobrecilla mosca indefensa.

—Bueno, supongo que en cierto modo es un mal bicho —convino él—. Pero, una vez más, lo es por naturaleza. Y ha realizado un trabajo primoroso. ¿Ve que ha fijado la telaraña por doce puntos distintos? No siempre son tantos, dependerá de cuántos estime necesarios. Pero el diseño siempre es el mismo. El centro de la telaraña siempre es el centro de gravedad desde su punto de vista y la intersección de los hilos siempre se produce según los mismos ángulos y...

—Oh, déjalo ya —gritó ella—, hay un insecto atrapado en ese extremo. ¡Oh, libéralo, Rannie!

Rann arrancó una ramita y, procurando no romper la telaraña, trató de liberar delicadamente al insecto, que forcejeaba por su vida —se trataba de una polilla diminuta—, pero el insecto estaba demasiado angustiado.

—No puedo —dijo—. Voy a romper la telaraña.

—Pues rómpela —repuso ella—. ¡Oh, mira ese ser despreciable! Ha acudido corriendo y está abrazándola con sus horrendas patitas. ¡Oh, no puedo verlo!

De pronto, levantó su bastón y lo descargó contra la telaraña, destrozándola. Araña y polilla cayeron entre las hojas de un matorral, y ella se marchó.

—No voy a permitir que me eche a perder la mañana —añadió con decisión.

—Claro que no —dijo él—. La araña solo estaba actuando de conformidad con las normas que tiene incorporadas. Koestler señala que existe un «código de normas, sean innatas o adquiridas», aunque su función dependerá del ambiente.

—¡Oh, cállate! —gritó ella, lanzándole una mirada—. ¡No quiero oír una palabra más sobre ese tal Koestler! ¿Y quién es él, de todos modos?

Rann se sintió confundido, casi dolido, pero se negó a doblegarse ante ella.

—Es un escritor grandísimo —dijo con tranquilidad, y se quedó tanto rato callado que, de pronto, ella le sonrió con gesto lisonjero.

—Perdóname —dijo—. Sé que no puedes evitarlo.

—¿Evitar qué? —preguntó él.

—Oh, ser lo que eres, un cerebrito, y todo lo demás. Pero eres muy, muy hermoso, también. Sí, lo eres, Rann... ¡No te sonrojes! ¿Por qué no voy a poder decir que es hermoso mirarte? ¿Por qué tienes que ser bello, aparte de todo lo demás? Si no fueras un ser humano tan bondadoso y amable, te odiaría por tenerlo todo, ¡incluyendo ese pelo rizado! ¡Y rubio para colmo! ¿Por qué razón ibas a tener tú el color de pelo que siempre soñé para mí? ¿Y los ojos azules, no aguados, sino de un azul marino? ¡Creo que sí te odio!

Ahora reían los dos y de pronto ella arrojó el bastón y le agarró la mano.

—Vamos a correr —gritó—. ¡Me encanta correr por la mañana!

Y, muy sorprendido, se vio corriendo por el césped, sintiendo la mano de ella en la suya propia, y los dos reían sin parar mientras corrían.

Se estaba demorando mucho más de lo debido en Inglaterra y se daba perfecta cuenta de ello. Al cabo de una semana —¿o fueron dos?—, cuando comentó que quería continuar su periplo y viajar a Francia, ella exclamó:

—¡Pero si aún no has visto nada! Te sientas ahí, en la vieja biblioteca, leyendo esos libros viejos. Ni siquiera has subido a la biblioteca de Morey.

Era verdad. Ella le había acompañado a las estancias del piso de arriba, bastante modernas en su decoración, pero de pronto, con la brusquedad que la caracterizaba, le había dejado solo. Rann se había quedado un rato para leer los títulos de los anaqueles, todos sobre barcos, armas y la historia de guerras y viajes, y luego se había parado a contemplar el retrato de un hombre joven. Era un cuadro a tamaño natural, obra de un pintor moderno como pudo comprobar por la técnica pictórica, y tenía un marco liso de oro: sir Moresby Seaton, un hombre aún joven, de complexión muy robusta, moreno, fuerte y sonriente, con unas mejillas rubicundas y una mirada vivaz. En efecto, el retrato era tan vívido que, al mirarlo, sintió una presencia en la habitación que le incomodó. Los ojos eran insistentes, inquisitivos. «¿Por qué estás aquí?» Casi le pareció oír la pregunta suspendida en el aire. ¿Por qué, realmente? Rann había abandonado la habitación sin responder a la pregunta y, tras descender por la escalinata curva, se encaminó a la vieja biblioteca, donde no había otra presencia que la suya propia, y se puso a evocar la vida contenida en los libros.

—No verás Inglaterra si solo la buscas en los libros —le decía lady Mary—, de modo que te voy a sacar a pasear. Iremos a Escocia antes de que comiencen las nieves, y luego a los montes Cotswolds (hay unas casas de piedra encantadoras en los Cotswolds), y luego tal vez pasemos uno o dos días en Irlanda... la verde Irlanda, donde siempre puedo sentirme yo misma más que en ninguna otra parte en el mundo. Tengo una pizca de Irlanda en la sangre a través de mi abuela. Los O'Hare conservan un par de castillos en Irlanda.

Y, dócil como siempre a sus exigentes, caprichosas y encantadoras maneras, los dos emprendieron aquel viaje, con Coates al volante, y Rann absorbió los paisajes y las novedades, maravillándose ante la enorme variedad contenida en aquella región tan reducida, siempre ceñida por el mar. Pero él encontraba asombro en todas partes y se pasó horas enteras absorto, mientras almacenaba impresiones de caras y lugares, de aldeas y ciudades, de la extraña ciudad de Dublín, y ella le acusó de haber olvidado que no estaba solo.

—Para esto podría haberme quedado en casa —gritó un día, enojada, pero sin dejar de reír.

—Claro que no, lady Mary —había protestado él. Estaban en una catedral antigua y Rann había estado contemplando absorto un librito que el vendedor le había facilitado, en el que se contaba la historia de un caballero confinado en un ataúd de latón, en una cripta de esa misma catedral, con una imagen del caballero, también de latón, colocada sobre el ataúd. Rann dejó el libro sobre la imagen—. Claro que no, lady Mary —había vuelto a protestar, y estaba a punto de explicarse cuando ella le interrumpió.

—¿Y no crees que podrías tutearme y llamarme Mary de una vez, después de todo el tiempo que hace que nos conocemos?

—Siempre pienso en usted como lady Mary —respondió Rann con toda inocencia, tanta, de hecho, que ella tuvo un ataque de risa.

—¿Por qué se ríe? —preguntó él, con gesto serio.

Ella no hizo sino reírse aún más y Rann se quedó desconcertado, pero como también quería conocer el final de la historia del caballero muerto, cogió el libro y ella se marchó a otra parte.

Así, hermosos, se sucedieron los días hasta que regresaron al castillo, salvándose por los pelos de la primera ventisca del año. Y le maravilló que quedara tanta vida en los jardines, que aún florecieran los crisantemos tardíos, aunque su fin estuviera tan cerca, y volvió a acomodarse a la vieja vida en el castillo con facilidad, pero no del todo, porque sabía que tenía que retomar el viaje, pues en ese ambiente antiguo e idílico se respiraba un peligroso encanto.

Y ahí estaba ella, frente a él, en la vieja biblioteca, ese día de primeros de diciembre. Anochecía y un fuego de carbón ardía en la chimenea. Ella se había cambiado para la noche y llevaba una larga falda negra de terciopelo con un corpiño escarlata y un collar de perlas al cuello.

—Y sigues leyendo —lo regañó—. ¡Y además sin encender las luces! ¿Qué libro es hoy?

—Darwin, sus viajes...

Rann había estado muy lejos, tanto que ella pudo ver lo lejos que había viajado, y lentamente se le acercó hasta situarse ante él, y con ligereza le puso las manos sobre las mejillas.

—¿Me has visto alguna vez? —preguntó, y, apartándose de él, encendió las luces, todas las luces, de suerte que, repentinamente, todo lo que había fuera quedó sumido en la oscuridad y lo que había dentro resplandeció.

—Claro que sí —respondió él—. Eres hermosa.

Levantó la vista, sonriendo, y de pronto ella se agachó y Rann sintió la presión de sus labios sobre la boca, primero ligera, pero enseguida más intensa.

—¿Ahora me ves mejor? —preguntó ella, y se apartó un poco.

Rann no podía hablar. Sintió que le ardían las mejillas, sintió en el pecho el latido fuerte y rápido de su corazón.

—¿Nunca te ha besado una mujer? —preguntó ella, con dulzura.

—No —contestó él, casi en un susurro.

—Pues ya lo ha hecho —dijo ella—. Has aprendido algo

nuevo en Inglaterra, algo sobre lo que reflexionar, ¡siempre estás reflexionando! Bueno, ¿te ha gustado?

Hablaba con tal rotundidad, con la voz risueña, casi burlona, que Rann solo acertó a menear la cabeza.

—No lo sé.

—¿No lo sabes o no lo quieres saber?

Rann no respondió, pues sencillamente no podía hacerlo. Se sentía atrapado en una maraña de sensaciones, repelido pero también hechizado. Sin embargo, el hechizo se hallaba en su propio seno. No era ella quien lo hechizaba. De un modo extraño, Rann quería que ella volviera a besarlo.

—Te has quedado pasmado —dijo ella—. No ha sido nada, solo un juego. Ven a cenar.

Ella le ayudó a levantarse de la butaca tendiéndole la mano y luego caminaron juntos hacia el comedor. En el camino, su mano no se separó del brazo de Rann.

No podía olvidarlo. Esa noche, mientras estaban sentados uno al lado del otro en un pequeño sofá curvo, frente a los últimos rescoldos del fuego, Rann no podía olvidar la cálida y dulce presión que había sentido sobre su boca. Habían estado charlando, no sin interrupciones, desgranando comentarios inconexos, en una conversación a medias, mientras ella tenía apoyada la cabeza en el alto respaldo del sofá y hablaba de su infancia, de Berlín y de París, de las colinas de Italia, coronadas por pequeñas ciudades antiguas, y él estaba sentado vuelto hacia ella, escuchándola, pero no del todo, recordando el beso. De pronto, en un largo momento de silencio, Rann se sintió espoleado por ese hechizo que arraigaba cada vez más en su cuerpo, se sintió espoleado por el pulso acelerado de su corazón, se inclinó hacia ella y, muy sorprendido, la besó en la boca. De inmediato, ella le echó los brazos al cuello. Rann sintió que su mano le bajaba la cabeza para que sus labios quedaran fuertemente unidos, unidos hasta que sintió que le faltaba el aire. Entonces, ella apartó despacio las manos y las posó sobre sus hombros.

—¡Qué rápido aprendes! Oh, querido, ¿crees que soy mala? Pero alguna mujer tendrá que enseñarte, querido, y ¿por qué no voy a ser yo esa mujer? ¿Eh, Rann? ¿Por qué no yo? Eres un hombre, tu cuerpo es el cuerpo de un hombre, tan alto, tan fuerte. ¿No... te has dado cuenta? ¿O es que tenías la cabeza tan llena de libros que...?

Rann no respondió. Apenas había oído sus palabras. En vez de ello, la estaba besando de nuevo, con locura. Apasionadamente. Besaba sus mejillas, su cuello, el surco de sus senos, donde su vestido escotado desvelaba la forma de sus pechos. Y cuando la besó allí, ella se abrió un botón primero y luego otro, y en una transparencia de fragante encaje vio sus senos, redondos y firmes, sus dos pequeños senos, con sus puntas rosadas. Rann los contempló, fascinado, tímido, y el fragor de su sangre arreció hasta ser tempestad, concentrado en su centro rampante.

—Pobrecillo —susurró ella—. ¿Por qué no? Claro que sí... claro que sí...

Y entregado a sus sabias manos, Rann la buscó y la encontró y con grandes descargas en ese cálido abrigo se sintió libre y se conoció.

Cuando finalmente se separaron después de que ella le diera un beso de buenas noches tan suave ahora como el de un niño, cuando se dio un baño y se puso ropa limpia, sintiendo su cuerpo santificado, cuando se tumbó solo en la cama, el júbilo que sentía era enteramente propio. No pensaba en ella, no pensaba siquiera en el amor.

—Soy un hombre —dijo en voz alta en la oscuridad de la noche—. Soy un hombre... Soy un hombre...

Y cuando se durmió, tuvo un sueño tan dulce como nunca lo había tenido, el más dulce y más profundo.

Despertó por la mañana y permaneció tumbado en la cama largo rato, evocando lo que le había ocurrido. Así pues, ese era él, una persona nueva, y ella también lo era, una mujer. Nunca más la volvería a ver de la misma manera, como tampoco se vería a sí mismo como antes. Se habían conocido en un mundo nuevo. Había traspuesto un umbral. Era una realidad completamente desconocida.

Rann se sintió cohibido cuando la vio bajar a desayunar con un traje de chaqueta verde que iluminaba el vívido color de su pelo y de sus ojos. Para su sorpresa, seguía siendo la misma, quizás un poco más callada, pues le dedicó una sonrisa en vez de un saludo. Cuando el mayordomo abandonó la habitación, ella ocultó un bostezo con su fina y blanca mano en la que brillaron sus sortijas de esmeraldas y de diamantes.

—¡Qué bien he dormido! —dijo ella—. Aunque la verdad es que soy una dormilona, pero es que esta noche ni siquiera he soñado. He dormido y ya está. ¿Y tú?

—He dormido muy bien, gracias.

Ahora se mostraba formal porque se sentía cohibido. No sabía qué decirle. ¿Había que decir algo? ¿Y cómo serían las cosas en adelante? Quizás era necesario que se fuera. ¿Cuál era el siguiente paso? Ella le doblaba la edad, pero no parecía tener más de veinte años. Nunca la había visto tan joven, tan lozana. Ella sonreía, con una mirada pícara.

—Tienes diez años más que ayer —dijo—. No lo puedo explicar, pero es así. Y yo soy diez años más joven. Claro está que sí puedo explicarlo, pero no lo haré. Dejaré que seas tú mismo quien lo descubra. No me conoces... Tampoco te conoces a ti mismo. Te has pasado la vida estudiando todas las cosas salvo a ti mismo.

—Soy... más de una persona —dijo él, envarado, sin mirarla.

—Claro que sí —convino ella, con alegría—. Eres un número desconocido de personas. Pero quería confirmar lo que sospechaba: que eres también todo un hombre. Ahora ya lo sé.

—Su voz se convirtió casi en un susurro—. Estuviste maravilloso, Rann... instintivamente maravilloso. El día que te conocí supe de inmediato que eras un genio. He conocido a varios genios... y no pocos, precisamente. Lo que no sabía era si también eras... algo más... algo que te convertiría en una persona completa. Pues bien, lo eres. Y ese algo mejora, si cabe, tu genio.

—No lo entiendo.

—No espero que lo entiendas. Es algo que llegará despacio. Pero algún día, a su debido tiempo, te conocerás del todo. Ahora es el momento de aprender.

Se estaban mirando a los ojos; los de Rann se sentían atraídos a los de ella por su mirada firme y honesta.

—¿Confiarás en mí? —preguntó.

—Sí —respondió él.

Rann confió en ella y descubrió que no tenía ningún reparo en obedecerla. Le sorprendía y a veces le asustaba comprobar que, en todo momento, estaba dispuesto a obedecer sus roces más ligeros. Si ella se apoyaba detrás de su butaca y ponía la mejilla junto a la suya, Rann se giraba al instante, apasionadamente, en busca de su boca. Un roce, un movimiento, daba paso al siguiente hasta que se descubrían en brazos el uno del otro. Procuraban tener cuidado con los criados y, por ello, disfrutaban de sus horas nocturnas juntos. Cuando en la casa reinaba el silencio y los criados dormían en sus lejanas dependencias, iban en busca de la habitación del otro, a hurtadillas, las primeras noches siendo ella quien iba en busca de él, pero enseguida fue él quien comenzó a ir a la habitación de ella, que lo prefería así, y cuando Rann descubrió sus preferencias, no dejó de hacerlo. Se quedaba tumbado en la cama, despierto, le roía la impaciencia, la excitación, hasta que el reloj del vestíbulo daba la una de la mañana. Entonces, se levantaba, se ponía el batín y, descalzo, caminaba sobre las gruesas alfombras del vestíbulo camino de las habitaciones de ella. A veces, la encontraba sentada delante del fuego, envuelta sin remilgos en una bata de seda, que cubría su cuerpo desnudo, y pronto, muy pronto, aprendió a despojarla de la bata, primero, con manos tímidas, temblorosas, pero al cabo de unas pocas noches con arrojo, rápido, para desvelar su blanca belleza. Nunca se cansaba de mirarla, al menos hasta que ya no podía esperar más, y entonces, tumbado en la cama y contemplándola de nuevo, con la cabeza apoyada en una mano, y la otra libre para tocar, sentir, examinar.

—¿Alguna vez habías visto de verdad a una mujer? —le preguntó una noche con una sonrisa.

—Sí, una vez —respondió él—. Cuando era un niño pequeño, el primer día de colegio. Volvíamos juntos a casa y ella quiso verme, ver... mi... mi pene, quiero decir. Mi padre me lo había explicado; un pene es un plantador de semillas, me dijo. Y entonces ella se ofreció a enseñarme lo suyo, y lo hizo. Y lo único que vi fue una especie de flor que sostenía un puntito rosa. Éramos tan ignorantes, e inocentes, como era de esperar, porque solo éramos unos críos. Pero nos vio una mujer y, con la peor de las intenciones, se lo contó a la madre de Ruthie y en el colegio colocaron su pupitre lejos del mío. No entendí por qué.

—¿Tus padres se enfadaron?

—¿Los míos? Qué va... Supieron entender la curiosidad de un niño.

—Que luego crece y se convierte en la curiosidad de un adulto, ¿no es así?

—Sí, pero entonces no lo sabía. Te estoy muy agradecido. Podía haber sido tan... espantoso. En cambio es... es hermoso... contigo. Precisamente porque tú también lo eres.

—¿Qué será de nosotros, Rann?

—¿A qué te refieres?

—Esto no puede durar eternamente, ya lo sabes.

Rann no se había parado a pensarlo. ¿Durar eternamente?

—¿Tú quieres que sea así? —preguntó.

—Tal vez... si tuvieras diez años más, por lo menos. Pero no los tienes.

—Creo que no he estado pensando. Por primera vez en toda mi vida, he estado sintiendo, solo sintiendo. No, supongo que no puede durar eternamente. ¿No me estarás pidiendo que te deje? Porque no puedo...

Era verdad. Rann no podía imaginarse abandonando a ese precioso cuerpo de mujer. Había llegado a necesitarla como un hombre necesita beber. Su carne clamaba por ella. Y Rann respondía visceralmente, con todo el cuerpo. Aguardaba con impaciencia la llegada de la noche. Si se internaban en la soledad del frondoso bosque que rodeaba el castillo, no era capaz de esperar la noche. Rann era insaciable. Cuando quedaba saciado, en una hora volvía a estar hambriento. No se reconocía, ahora. Había sumado otra persona a su ser. ¿Dónde estaba ese chico estudioso y amante de los libros? Rara vez visitaba la biblioteca. Cuanto más la conocía, más la deseaba; no su mente, no su risa, ni siquiera su compañía, sino solamente su cuerpo.

—¿Los hombres son todos como yo? —preguntó una vez, a las tres de la mañana.

—Nadie es como tú —contestó ella. Parecía blanca a la luz de la lámpara, exhausta y, sin embargo, con una extraña y dulce belleza.

—Pero lo digo en serio —insistió, impaciente—. Soy como un hombre que nunca se cansa de beber, y bebe, bebe sin parar, y te dejo agotada.

—Pero, como te amo, me encanta.

—¿Significa eso que todas las mujeres son como tú?

—No lo sé. Las mujeres no se conocen bien, no en lo que respecta a los hombres.

—¿Y yo siempre seré así? —preguntó.

—No —respondió ella, con un punto de tristeza—. Quizá solo conmigo. Con las experiencias siempre pasa lo mismo; son todas irrepetibles.

Rann meditó aquellas palabras, tumbado de espaldas, mientras contemplaba sin verlas las sombras que pululaban en el techo. Había una sabiduría en ellas que no supo captar inmediatamente. Al cabo de un momento, se volvió y la besó con brusquedad. Luego se levantó, se puso el batín y regresó a su habitación, siendo consciente de que la tranquila mirada de ella le acompañaba hasta que la puerta se cerró interponiéndose entre ambos.

Lentamente, el invierno había hecho acto de presencia sobre el paisaje. Rann estaba acostumbrado a los abruptos cambios de tiempo de su país y apenas notó la apacible aproximación de un frío más fresco que frío. El otoño había sido bonancible, las flores brotaron tarde, los árboles mudaron de color poco a poco y las primeras tormentas de nieve no fueron sino unas ligereas neviscas que perfilaron las siluetas del paisaje, los tejados de las casas del pueblo, las pausadas elevaciones de las colinas, las líneas de los troncos y las ramas de los árboles, nevadas que no tenían la violencia de las ventiscas.

Era consciente de los cambios no tanto en el mundo que lo rodeaba como en sí mismo. Aquellos días leía muy poco. Los libros, en lugar de ser fuente de descubrimientos, le hacían perder la paciencia; en vez de disfrutar de las largas horas mudas en la biblioteca, se preguntaba sin cesar dónde estaría ella. Huelga decir que era imposible concentrarse si estaba con él en la biblioteca pero, si no lo estaba, concentrarse era aún más imposible si cabe. O si le decía que iba a estar una o varias horas fuera de casa, pues ella no renunció a su independencia, entonces el tiempo se le hacía interminable y estaba demasiado inquieto para leer. En vez de ello, salía a caminar por los campos o los páramos, mirando sin cesar su reloj, sincronizando su regreso con el de ella.

Sin embargo, la suya no era una relación racional. Pocas veces hablaban y nunca demasiado tiempo; por caprichosa, divertida y hasta brillante que fuera su conversación, se dio cuenta de que no la escuchaba y pocas veces respondía a sus palabras. En vez de ello, su ser entero estaba concentrado en la inevitable reunión de sus cuerpos, inevitable pero sin horario convenido, de modo que Rann nunca sabía, cuando la rodeaba con sus brazos, si ella le permitiría seguir o si sencillamente le daría un dulce beso para luego retirarse. Ella le incitaba, le atormentaba, le hacía más feliz de lo que cabía imaginar, lo arrojaba en brazos de la ira o la desesperación. Él no la comprendía, pero tampoco quería comprenderla como persona. Solo quería conocer si le apetecía. Aquel día, aquella noche, ¿lo recibiría o lo rechazaría? Tampoco es que pudiera llamarlo rechazo. Era demasiado cariñosa, demasiado gentil, quizá, para rechazarlo. Incluso cuando se retiraba, lo hacía después de regalarle un beso, una caricia, un gesto de consuelo.

—Pero ¿por qué? —preguntaba él.

—Es que... hoy no me apetece —contestaba en ocasiones.

O:

—Te quiero, te quiero siempre, pero esta noche te quiero sosegadamente.

Si Rann se enfurruñaba, y le sorprendió descubrir que podía enfurruñarse, ella se reía de él. Y cuando ella se reía, Rann se iba y la dejaba sola, y ella nunca lo seguía. Ella nunca mencionaba la diferencia de edad, pero a veces podía hacerle sentir, aunque siempre de forma sutil, con su acostumbrada jovialidad, que en efecto era mucho mayor que él, mucho más sabia o al menos más entendida, y que cabía la posibilidad de que terminara cansándose de Rann.

Celebraron la Navidad con una cena de ganso asado y un intercambio de pequeños regalos, y saludaron el año nuevo desde la cama con un blanco dosel de raso, brindando los dos y tomando cada cual lo que el otro podía ofrecerle hasta que el amanecer rayó el horizonte y Rann se deslizó discretamente de vuelta a sus habitaciones, procurando no llamar la atención de los domésticos, que ya estaban trajinando. Rann pensó en el año que se abría, un año más en su joven vida, y también en lo que sabía que debía hacer. Más allá de los muros del castillo, más allá incluso de lady Mary, aún existía el mundo, esperando que lo descubriera, pero ¿qué descubrimiento podía ser más dulce, más completo, más integral que el descubrimiento que había hecho de sí mismo entre las viejas paredes de aquel castillo, bajo la autoridad amable pero sabia de esa hermosa mujer? Preguntas que quedarían sin respuesta, así lo sabía, hasta que él mismo se pusiera en camino para buscarlas. Pero las respuestas no iban a cambiar, ¿no? Las verdades eternas seguirían siendo inmutables hasta que él las encontrara, y aún era joven. Había tiempo, tiempo de sobra, para hacer todo lo que deseaba hacer, y para esto también.

El invierno pasó y mudó en primavera, los días iban cayendo uno encima de otro, sus contornos borrosos, y en sus pensamientos de vigilia, y a menudo también en sus sueños, solo habitaba la contemplación de lady Mary y la espera del momento en que los dos volverían a reunirse en la vieja y enorme cama, mientras los criados dormían, ignorantes de todo, en sus camas en una sección remotísima del castillo.

Fue al día siguiente de su decimoséptimo cumpleaños cuando Rann, por fin, volvió en sí. Con todo, el retorno no fue inmediato. Dos incidentes lo hicieron obligado. El primero fue una extensa carta de su madre. Ella no le escribía demasiado y sus cartas no solían ser muy largas.

«Tu vida es tan plena», le escribía, «que me da la impresión de que no hay nada aquí que pueda interesarte. Sin embargo, a veces me pregunto, cariño, si acaso no te estarás limitando demasiado en la vida que ahora llevas. Sé que el castillo debe de ser muy interesante, con su maravillosa biblioteca, y no me preocupa el aspecto académico de tu educación, pues tu padre siempre me decía que utilizarías los libros para educarte solo, siempre y cuando tuvieras bastantes, como parece que es el caso. Pero el mundo está hecho de personas aparte de libros y, si bien no espero que te despierten demasiado interés las personas de tu edad, no por ello dejan de ser personas. No querría ser desconsiderada con lady Mary, pues ella ha sido y sigue siendo muy considerada contigo, pero a veces no me queda más remedio que preguntarme si se siente sola y, en cierto modo, se aprovecha de ti para aliviar su soledad, cuando tal vez le conviniera más, cariño, encontrar, ella también, la compañía de personas de su edad. No digo que se esté aprovechando de ti, por supuesto, o en caso de ser así estoy segura de que no lo hace a propósito.»

Le escribía desde otro mundo. La pequeña ciudad universitaria en Estados Unidos ya no era su hogar. Ahora Rann pertenecía a un mundo distinto, no un mundo geográfico, sino uno de emociones y sensaciones, que tenía su centro en su propia persona. ¿Lady Mary se estaba aprovechando de él? Más bien lo contrario: era él quien se aprovechaba de ella para explorarse a sí mismo. Nunca había soñado siquiera las profundidades de las sensaciones, físicas y emotivas de las que era capaz su cuerpo. Su cuerpo... jamás se lo había figurado como un ente independiente de sí mismo. Ahora se le ocurrió pensar que, en efecto, su cuerpo sí era independiente, que cada parte del mismo lo era y que todas ellas tenían su función: sus piernas, sus pies, los medios para moverse y cambiar de lugar; sus manos, sus herramientas; sus órganos internos, parte de la maquinaria que nutría y hacía posible la vida de su cerebro; y ahora el centro de su ser, ¡su sexo! Y, sin embargo, pese a que cada parte cumplía mecánicamente con su deber, había algo en ellas que trascendía la idea de mecanismo. Trasladaban la conciencia de la forma, la sensación del roce sobre la piel, del perfume y el sonido que quedaban registrados en alguna parte de su ser, disfrutando de ellos o rechazándolos; una parte emocional, independiente de las sensaciones corporales e incluso de su cerebro, algo que era pura emoción. El núcleo de su ser eran las emociones, tan volátiles que podían transmitirle el goce más poderoso o arrojarlo en brazos de la decepción e incluso del desespero. El punto neurálgico de esa emoción era, en aquel momento, su pene en sus aspectos más funcionales. Pero cuando se transformó en lo que su padre dio en llamar un «plantador de semillas», devino el dador de un placer tan inexplicable que Rann no acertaba a describirlo, aunque trató de hacerlo con palabras, y no pocas veces.

El lento ascender, la alegría que crece,
vena y pulso que se llenan hasta que
el deseo, desbordado en toda su magnitud,
rompe, como rompe la ola sobre el mar.
Entonces, yo soy tú, Amor, y tú eres yo.

Rann no estaba satisfecho con las palabras. Más aún, creía que no expresaban la verdad. Por un breve instante, sí, él y ella eran uno, y en ese instante pensaba en el amor. Pero solo duraba un momento. Cuando terminaba, y era inevitable que terminara, volvían a estar separados, él y ella. Su pene, encogiéndose, era simbólico de todo su ser. Él se encogía ante ella y se alejaba. Había dado lo que tenía que dar. Y ella también había dado lo que tenía que dar. ¿Y qué era eso sino un espasmo instantáneo de dicha? Nada, salvo quizás un alivio, que también duraba solo unos momentos, unas pocas horas, a lo sumo, pues el deseo regresaba una vez más, siempre, inevitable y tal vez más fuerte que la vez anterior.

—Aprovecha al máximo la edad que tienes, joven amante mío —le había dicho un día, casi taciturna.

—¿Por qué dices eso? —le había preguntado.

—Porque ni siquiera el deseo dura —había contestado ella—. Se convierte en un hábito y entonces... bueno, no es más que un hábito. Por eso me gusta que mis amantes sean jóvenes.

—¿Amantes? —había preguntado él.

—¿Acaso no eres mi amante? —dijo ella entre risas.

Rann reflexionó sobre esas palabras y ella esperó sin dejar de mirarla a la cara con una sonrisa burlona.

—No estoy seguro de saber qué es el amor —dijo a la postre.

Ella abrió los ojos como platos.

—¡Pues entonces lo imitas de maravilla!

—No —dijo él, pensando todavía—, no es una imitación, porque no te amo realmente. En cierto modo, es más como si me amara a mí mismo, o como si amara la ocasión que me brindas de amarme a mí mismo. Quizás eso es lo que yo te doy también.

Pues lady Mary lo había convertido en un intercambio justo. Le había enseñado a intercambiar dicha, un intercambio que Rann no había entendido al principio hasta que ella le desveló los secretos de su cuerpo y se los entregó, hasta que él comprendió las satisfacciones de la reciprocidad. Ah, sí, ella le había enseñado muchísimas cosas. Pero ahora, cuando terminaban, siempre pensaba que ya no quedaba nada que aprender. Regresaban a lo que habían sido antes, dos seres independientes, él y ella. ¿El amor no era más que eso? ¿Acaso la separación entre seres humanos era inevitable y eterna? Entonces ¿para qué servía el amor si no era más que una interminable repetición física? ¿No había nada más?

—¿Qué estás pensando? —preguntó ella.

Él la miró. Estaban en la habitación de ella, después de todo, bien entrada la madrugada. Ella estaba tendida en la cama blanca, bajo el blanco dosel de raso, a su lado, desnuda.

—¿Qué significa esto para ti? —preguntó a modo de respuesta.

Ella levantó los brazos y atrajo hacia sus cálidos pechos la cabeza de Rann.

—Me mantiene joven —dijo.

Era una afirmación sencilla y con sencillez la había dicho, acompañándola de su encantadora sonrisa. En aquel momento, no le había dado más importancia. Pero se despertó antes del amanecer, solo en su habitación. El claro de luna lo había desvelado y, como si aquella fría luz hubiera iluminado su mente, se le reveló la plena enormidad de aquellas palabras. Su madre tenía razón. Se estaba aprovechando de él. Meditó sobre esa verdad. Lady Mary necesitaba el cuerpo de un hombre para estimular y satisfacer sus propias necesidades. Rann era joven, físicamente se hallaba en el flamante apogeo de su virilidad sexual. El poderoso empuje de Rann en el angosto canal de su cuerpo la excitaba, exaltaba y satisfacía. Para ella, no era más que una herramienta para la satisfacción. Lo usaba de la misma manera que se usa una máquina y él, ¿acaso no era más que una máquina? ¿No era también espíritu?

Sin embargo, habría que ser solo una máquina, si eso es lo que ella quería. ¿Acaso él reclamaba más de ella? No obstante, estaba molesto a su modo. Nunca habría prestado el uso de su cuerpo, del que estaba orgulloso, cuando no, incluso, algo envanecido, a una simple Ruthie, por no hablar de aceptar las extrañas caricias de Donald Sharpe. Rann no amaba a lady Mary, pero su belleza lo cautivaba; su belleza y sus orígenes. En cierto modo, suponía Rann, era una especie de amor. Pero ¿existía algo duradero, o siquiera valioso, para él en aquel amor? Aun así, tal vez fuese más de lo que ella sentía por él. Ella solo se había referido a sí misma, y solo pensando en sí misma, de modo que Rann, en ese momento de soledad, se sintió envilecido y, por tanto, disgustado. No permitiría que se aprovecharan de él. No permitiría que se aprovecharan de su cuerpo. Era dueño de su cuerpo, el único dueño. Y entonces tomó una decisión. Había llegado la hora de seguir su camino. Más allá del castillo, aún le esperaba el mundo entero. Era el mundo que le correspondía. Toda la gente era su gente. Ninguna mujer sería su sola mujer, ningún hombre sería su solo amigo. Seguiría por su propia senda, ignoraba con qué destino, pero adelante. Su mundo le aguardaba lejos de aquel castillo.

Después de todo, la despedida fue fácil. Había temido el momento, aunque solo un poco, pues era una persona resuelta, aunque también de buen corazón, por lo que ese temor ante lo inevitable había existido en parte. Ella había sido amable, a su particular, inglesa y displicente manera, y Rann no estaba seguro de que se sintiese de algún modo unida a él. Aunque pudiera sustituirlo por otra persona, y sin duda lo haría a su debido tiempo, aún estaban tenuemente unidos por cierta ternura indefinible. Rann la sentía en sí mismo. Era una mujer encantadora en su indiferencia, delicada incluso en los momentos de pasión; no, delicada no era la palabra adecuada. Lady Mary podía abandonarse, pero siempre lo hacía con placer, si es que las palabras no eran demasiado contradictorias. Era una mujer incapaz de ofender. Su propia franqueza jamás resultaba ofensiva. La claridad con que expresaba su deseo era pura.

Se había preguntado cuándo sería el momento adecuado para la despedida. Ahora que lo había decidido, estaba impaciente por poner el punto final. Una noche, la tercera después de haber tomado la decisión, había hecho las maletas. Había evitado acercarse a su habitación y ella tenía una sensibilidad tan fina que también se había mostrado indiferente ante él. A la vista de aquella indiferencia suya, tan estudiada y elegante, Rann supo que lady Mary se estaba preparando para la inevitable separación. A la mañana siguiente, con las maletas hechas y recién terminado el desayuno, aunque se habían demorado a la mesa que les habían servido fuera, en la terraza, pues era una perfecta mañana de comienzos de primavera, Rann empezó a hablar, no de sopetón, sino como si hubieran hablado ya de su marcha.

—Nunca te estaré lo bastante agradecido —dijo él.

—¿Cuándo te vas? —preguntó ella.

—Hoy —dijo él.

—¿Y adónde? —preguntó ella. Tomó un sorbito de café y no le miró.

—Primero a Londres y luego a Francia. Después viajaré al sur, por Italia, quizás incluso a la India. No me voy a quedar en ningún sitio, como me he quedado aquí.

—Ah, te gustará la India —dijo ella, casi con indiferencia. Seguía sin dirigirle la mirada.

—¿Qué encontraré allí? —preguntó.

—Lo que estés buscando, sea lo que sea —dijo ella. Tocó la campana y acudió el mayordomo.

»Prepare de inmediato un coche para llevar al señor Colfax a la estación. Tomará el tren de Londres.

—Sí, madame —dijo el mayordomo antes de marcharse.

¡Señor Colfax! Nunca antes le había llamado de ese modo. Rann la miró, con las cejas enarcadas en señal de pregunta.

—¿No te vas? —dijo ella.

—Sí —respondió él—. Pero...

Ella se puso de pie.

—No te estoy echando. Lo que pasa es que una vez aprendí que cuando algo ha terminado, lo mejor es darlo por terminado enseguida.

—Sí —coincidió él.

Rann también se puso de pie y se quedaron frente a frente; él era más alto que ella. Lejos, en la rosaleda, donde el agua jugaba en la fuente, un pájaro cantó tres notas claras, una cadencia, y luego se detuvo de golpe.

—Oh, Rann —susurró ella.

Y de pronto advirtió que estaba triste. Pero ¿qué podía decir él aparte de tartamudear su agradecimiento?

—Te doy las gracias... Te doy las gracias de corazón...

Ella no lo oyó. Estaba hablando consigo misma.

—Lo daría todo por tener tu edad, daría todo lo que he tenido, lo haría, lo haría, ¡claro que lo haría!

Entonces le rodeó con los brazos y lo estrechó, pero luego lo empujó lejos de ella.

—Bajo al pueblo a comprar. Cuando regrese, te habrás marchado.

Rann se quedó mirándola mientras ella se alejaba con ese paso ligero y rápido que era tan suyo. Lady Mary no volvió la cabeza y Rann supo en ese instante que se había separado de él para siempre, y se vio regresando a su propio ser, libre como quizá no lo había sido nunca en su vida.

Cuando llegó a Londres, tomó un taxi hasta el hotelito del que le había hablado su abuelo.

—Le esperábamos mucho antes, señor Colfax —dijo el recepcionista—. Su abuelo nos había hecho saber que su llegada se iba a producir hace unos meses. Hay una carta aquí de un bufete de abogados, pero nada más.

—He estado hospedándome en casa de una persona con quien hice amistad en el barco que me trajo a Inglaterra —dijo a modo de explicación—. Ahora pasaré unos días aquí y luego viajaré a París.

—Muy bien, señor. Su habitación está preparada.

En la carta del despacho de abogados londinense que representaba a su abuelo se le informaba de unos fondos que este había puesto a su disposición. Rann, por teléfono, les dijo que no iba a necesitar el dinero en Londres, pero ellos insistieron en que anotara las señas del bufete en París, adonde le transferirían el depósito. Rann dio unos cuantos paseos por Londres y vio que no era muy distinto de Nueva York y de otras ciudades que había visitado, y resolvió que cuanto antes viajara a París, tanto mejor. Había oído que París era una ciudad con alma, incomparable a cualquier otra ciudad del mundo.

París se hallaba en plena canícula de agosto. Era una ciudad hermosa y enseguida cayó rendido a sus encantos, en parte porque era difícil de comprender y, en consecuencia, resultaba fascinante. En junio, la ciudad se había aparecido como una muchacha de la misma edad que Rann. De hecho, estaba invadida de muchachas. Eran una novedad para él y le tenían fascinado, pero aún le fascinaba más la belleza de la ciudad en sí misma, su historia, que le llevó a las bibliotecas; sus cuadros, que le llevaron a recorrer las salas del Louvre durante semanas; su esplendor, que le llevó a Versalles y las catedrales. Pero ahora había días en que se contentaba con callejear y sentarse de vez en cuando en alguno de los cafés al aire libre, aunque a veces se aventuraba a pie hasta el Bois de Boulogne, para tumbarse en el viejo suelo francés y descansar rendido a su fuerza. Rann imaginaba, o sentía, las emanaciones de aquella tierra, como en efecto las había sentido también en Inglaterra. No pocas veces, cuando estaba sola con él y habían salido sencillamente a disfrutar del buen tiempo, o cuando quería mostrarle un pueblecito antiguo, o abrir la cesta del picnic, o cualquier otra excusa, según sospechaba ahora, lady Mary había detenido el cochecito que solía conducir ella misma en algún paraje perdido, protegido por setos verdes, y, tras declarar que se sentía cansada, había extendido una manta del coche, que normalmente estaba doblada en el asiento de atrás, y ahí mismo, entre los setos y bajo el cálido resplandor de la primavera incipiente, le había incitado a hacer el amor. ¡Hacer el amor! Le desagradaba aquella expresión. ¿Acaso uno podía hacer el amor? Había una coacción escondida en la palabra «hacer». Ahora, tan lejos de ella, tumbado sin compañía bajo los árboles de aquel bosque francés, Rann admitió para sí que su respuesta, cuando ella lo estimulaba físicamente, era demasiado rápida. No había impedido que su ser se doblegara, no tanto a ella como a sí mismo. Cargaba en su fuero interno su propia tentación incesante y, en consecuencia, tenía que culparse a sí mismo. Pero ¿era necesario culparse por su naturaleza viril? No, respondió su razón, puesto que no era responsable de lo que hicieran las partes que lo componían. Su responsabilidad solo residía en la elección de qué parte de sí mismo sería dueña de su destino. Rann sabía bien que en su vida había muchas más cosas que el mero goce de su ser físico. Todavía no había absorbido el mundo que le correspondía. O, en todo caso, él mismo no era más que un mundo pequeño, independiente, que, por mucho que estuviera compuesto de varias partes, no dejaba de estar inmerso en un mundo de otros mundos, y su imperecedera capacidad para la curiosidad y el asombro —la poderosa fuerza interior que lo impelía a todas sus aventuras— lo hacía participar de todos los demás mundos. El saber era su anhelo más profundo y ahora, en particular, el saber relativo a las personas, saber cómo pensaban, eran y obraban.

Y cuando estuviera saciado de ese saber, si algún día ocurría tal cosa, ¿qué uso le daría?

Tumbado en la cálida tierra francesa, con la mejilla apoyada contra el verde musgo, reflexionó sobre aquella pregunta y le añadió su eterno por qué. ¿Por qué era como era? ¿De qué pasta estaba hecho? Sin ufanarse, aceptaba el hecho indiscutible de su superioridad, su autoconfianza. Sabía que eligiera lo que eligiera hacer, lo haría maravillosamente bien. La fama no entraba en sus pensamientos; de hecho, le traía sin cuidado. Su necesidad de vivir libre, de aprender a su modo, a su propio ritmo, era ahora su deseo supremo. Cómo iba a expresar ese saber adquirido por sus propios medios, lo ignoraba aún. Pero habría una forma de hacerlo, y esa forma le esperaba, y él la sabría encontrar.

Se puso boca arriba, con la cabeza apoyada en las manos enlazadas, y contempló el cielo azul moteado de hojas y esperó mientras una decisión iba tomando cuerpo, invencible, en su ser. No la había tomado solamente con la cabeza. La decisión se había formado a través de todo su ser. Nunca más iría a la escuela, ni a la universidad, ¡nunca más! No había nadie que pudiera enseñarle lo que él quería saber. De los libros siempre aprendería, pues las personas, las más grandes, daban lo mejor de sí mismas en los libros. Los libros eran un destilado de las personas. Pero sus profesores los encontraría entre la gente, y la gente no habitaba en las aulas. La gente estaba por todas partes.

¡Una decisión! Lo había decidido. Reconoció que era irrevocable y una profunda sensación de paz embargó su ser, tan real como si hubiera tomado un elixir, un vino, como si hubiera comido un pedacito de pan consagrado. Cualquier cosa que le deparase el futuro sería buena. Todo era vida. Todo era saber. Se levantó del suelo de un salto. Se sacudió las hojas del pelo y con un pañuelo se secó la humedad que el musgo le había dejado en la mejilla. Luego regresó caminando a la ciudad.

Desde ese día, destinó su tiempo a aquella forma nueva de aprender. Él, que había pasado toda su vida hasta donde alcanzaba su recuerdo entre libros, aún leía por una cuestión de hábito y necesidad. Por la tarde, cuando hacía bueno, iba a los puestos de libros de la orilla izquierda del Sena y se le iban las horas allí, hojeándolos, buscando cosas, saboreando un libro tras otro para volver, al cabo, con los brazos cargados de libros a la amplia buhardilla que, en cierto modo, se había convertido en su propio hogar. Pues finalmente había comprendido que, en la medida en que las personas eran su tema de estudio, sus profesores, los objetos en virtud de los cuales podía satisfacer su incesante asombro por la vida misma, su propio ser entre los demás seres, dondequiera que viviese, allí estaría su hogar. Era como si hubiese alcanzado un lugar que había estado buscando toda la vida, un lugar donde conocerse en primer término a sí mismo, el lugar donde debía estar y hacer lo que debía hacer. Ahora podía satisfacer sus ansias de saber, su eterna sensación de asombro incesante ante la vida, ante sus razones y sus propósitos, pues ahora había encontrado a sus profesores, y tales profesores estaban dondequiera que él estuviera. Una alegría nueva y deliciosa inundó todo su ser. No se sentía coaccionado a nada. Se sentía entera y auténticamente libre.

Así pues, en aquella mañana de agosto, una mañana soleada y calurosa, en una jornada de calma en la ciudad, pues era el mes de las vacaciones y muchos parisinos habían viajado al mar o a los centros turísticos de la provincia, se demoró en los puestos de libros y entabló conversación con una anciana mustia que estaba quitando el polvo de su puesto. La había visto ya varias veces, siempre había respondido a sus cordiales saludos, a sus joviales comentarios, a sus pillas y sugerentes observaciones sobre ciertos libros que podían ser del gusto de un joven, sobre un libro en particular, aquella mañana, que según dijo podía ser del interés de un estadounidense.

—¿Y por qué especialmente para un estadounidense? —preguntó él.

Se defendía perfectamente en francés. Lejos quedaba ya la etapa en que se había visto obligado a traducir mentalmente del francés al inglés antes de poder contestar.

La anciana estaba más que dispuesta a conversar. Era su primer cliente del día, pues agosto era un mal mes para el negocio.

—Ah, los americanos —exclamó—. Tan jóvenes, tan llenos de sexo... ¡Siempre el sexo! Yo, me acuerdo... Ah, sí, claro que me acuerdo... Mi marido era todo un hombre en ese aspecto... Pero los americanos son tan jóvenes, ni siquiera peinar canas significa vejez cuando se trata del sexo... Los hombres... Las mujeres... Se lo digo yo... —La anciana meneó la testa cana y enmarañada y se rio a carcajadas. Luego suspiró—. ¡Ay! ¡Los franceses! Pronto nos van a cerrar el país. ¿Es porque somos pobres? Muy pronto tendremos que pensar cómo ganarnos una barra de pan o una botella de vino tinto. Desde que nacemos hasta que morimos... Míreme a mí, vieja como un cangrejo viejo, y sin embargo aquí estoy, llueva o luzca el sol, ¿o no? Ah, verdaderamente...

—¿No tiene hijos? —preguntó él.

Lo preguntó distraídamente, porque tenía los ojos clavados en un libro que había en otro puesto, pero aun así desató todo su interés. La anciana se dio un golpe en el pecho.

—Tengo el mejor hijo que hay sobre la faz de la Tierra —declaró—. Está casado con una costurera, una jovencita muy buena. Trabajan los dos. Tienen dos niños. La madre de ella cuida de los niños durante el día. Pero yo... yo... estoy orgullosa de tener trabajo. Tienen dos piezas, bueno, digamos tres. Mi hijo es listo. Ha levantado una pequeña pared y su suegra duerme detrás. Su esposa sale a trabajar muy temprano; mi hijo también. Es vigilante en una fábrica. Cenamos todos juntos. Pero yo soy independiente, ¿lo comprende? Dos noches de las siete que tiene la semana compro la comida y preparo la cena. Me reciben con los brazos abiertos, claro que sí. Aún soy bienvenida.

—¿No lo será siempre?

Ella negó con la cabeza.

—Una no le pide demasiado a la vida. Le rezo al buen Dios para que se apiade de mí cuando me llegue la hora. Si lo hace, me iré durmiendo, después de una jornada de trabajo. Ah, sí, eso sería la felicidad, quedarme dormida en la cama... tengo una buena cama. La salvé. Cuando nos casamos, mi marido me dijo: «Por lo menos tengamos una buena cama.» Y así lo hicimos. Y la he conservado. Allí, te lo ruego, Dios, deja que muera en paz allí. La cama donde conocí el amor, donde nacieron mis hijos, donde murió mi marido... —Se enjugó los ojos vidriosos con los flecos de una bufanda negra que tenía enrollada al cuello.

—¿Tuvo más hijos?

—Una niña que murió en el parto...

Rann le puso la mano en el hombro, olvidándose del libro.

—No llore... ¡No lo soporto porque no sé cómo consolarla!

Ella levantó la cara y le sonrió entre lágrimas.

—Hace mucho pensé que se me habían acabado las lágrimas. Pero es que ahora nadie me hace esta clase de preguntas... Solo el precio del libro, ¡e intentar que les haga un descuento!

—Pero para mí usted es un ser humano —dijo él, y le sonrió, dejando las monedas para el libro en su mano vieja y seca, antes de marcharse.

Esa noche no salió a la calle como solía hacer siempre para dar sus largos paseos. En vez de ello, se sentó en la baja repisa de la ventana y paseó la mirada por la ciudad hasta que el crepúsculo mudó en noche y las esferas eléctricas empezaron a brillar hasta el horizonte. No paraba de pensar en la vieja. Era una vida. Por pobre que fuese, era una vida humana: nacimiento, infancia, una mujer y un hombre unidos en matrimonio, hijos, la niña muerta, el niño vivo. La muerte que partía la vida por la mitad, y ahora ¿qué era la vida para aquel ser humano aparte del trabajo? Aparte del trabajo, y, sin embargo, seguía siendo vida, levantarse por la mañana para un nuevo día, ¡la vida misma!

Rann se levantó y encendió la lamparita de la mesa y, como si algo lo empujara a ello, se puso a escribir la historia de la vieja. No era más que un jirón de historia, un jirón de vida, pero escribirla tal y como la recordaba, tal y como la había sentido, le trajo una nueva forma de alivio, no físico, como el que sentía después de un orgasmo con lady Mary, sino profundo, muy profundo, un alivio que le resultaba tan desconocido que no trató de desentrañarlo o explicarlo. En lugar de eso, se tumbó en la cama y enseguida concilió el sueño.

Era una mañana calurosa de comienzos de septiembre. La gente regresaba a la ciudad. Rann se sentó a una pequeña mesa redonda bajo el toldo de un café que daba a la calle. Ya era tarde, demasiado pronto para comer, pero tenía hambre. Estaba creciendo, aún crecía, ya superaba de largo el metro ochenta y estaba en los huesos. Tenía la piel tersa y clara y, aunque siempre había llevado corto su pelo castaño rojizo, ahora que el nuevo estilo había llegado y aquellos hombres, al menos los más jóvenes, estaban empezando a dejarse el pelo más largo, Rann hizo lo propio. Se lo lavaba a diario, pues estar limpio era una de sus pasiones, y además no tenía mucho tiempo para otras cosas. Si las mujeres le echaban algo más que una simple mirada, él no era consciente de ello. Si sus ojos se encontraban con los de una mujer, recibía la mirada con una expresión tan ensimismada que la mujer seguía caminando sin que él se percatara de lo ocurrido. Lo sabía todo sobre las mujeres, o eso era lo que creía. ¿Acaso lady Mary no era una mujer? No la había olvidado, pero había quedado relegada a su pasado. Pero, a su vez, cuando uno pasaba por una experiencia, esta quedaba siempre relegada al pasado. Rann vivía intensamente en el presente, vivía los días según venían, sin planificar o preparar nada. Siempre estaba sumido en sus pensamientos. ¿Sobre qué pensaba? Sobre lo que había aprendido durante el día, sencillamente por haberlo vivido; la gente que había visto ir y venir, la gente con la que había conversado o no había querido conversar para poder dedicarse a estudiar sus rostros, sus manos, su comportamiento. Almacenaba aquellas personas en su memoria y lo hacía de manera inconsciente. Arraigaban en él. Aunque iban y venían, las personas que había recopilado permanecían con él. Pensaba en ellas con una mezcla de asombro y duda. Les hacía preguntas si parecían dispuestas a contestarle, como solía ocurrir, pues gran parte de la gente que encontraba estaba preocupada por sus propias vidas y Rann tenía interés en saber, un interés que aún no podía comprender. Esos desconocidos, ¿por qué razón quería él saber de dónde venían y adónde iban, lo que hacían y pensaban, cualquier pizca de información que estuvieran dispuestos a ofrecerle?

Nunca preguntaba cómo se llamaban. No le interesaba conocer sus nombres.

Eran seres humanos y con eso le bastaba. Constituía una indagación infinita, un incesante asombro. Entretanto, sentía escaso interés por sí mismo, aparte de acumular saber sobre los seres humanos.

Aquel día brillaba el sol, las calles estaban concurridas como no se habían visto en las semanas anteriores. Su mirada se desplazaba ágilmente de un rostro a otro, hasta que una muchacha pasó junto a él y sus ojos se encontraron. Esta vez Rann sí sonrió. Ella vaciló y finalmente se detuvo y preguntó:

—¿Le está guardando la silla a un amigo?

Las mesas se estaban llenando y la pregunta no podía ser más natural. Era una muchacha de aspecto inusual, una oriental, o al menos en parte. Sus ojos negros eran rasgados, alargados.

—No, *mademoiselle* —contestó él—. Tome asiento, por favor.

Ella se sentó y se quitó unos guantes blancos y cortos. Eso también era inusual; la mayoría de las chicas ya no llevaban guantes, ni siquiera en París. Ella estudió la carta. Él la miraba con la abierta curiosidad que le caracterizaba, preguntándose si le apetecería conversar. Su cara ovalada era interesante por ser diferente de la típica cara de chica guapa. Los rasgos eran delicados, la nariz recta, y tenía el puente algo hundido, la tez era de color crema y muy tersa. Sus manos, cuando se quitó los guantes, eran largas y finas. Cuando la muchacha hizo el pedido, se percató de la mirada tranquila de Rann y le obsequió con una tenue y fugaz sonrisa, antes de apartar la vista.

—Disculpe —dijo—, pero usted no es francesa, *mademoiselle*, ¿no?

—Soy ciudadana francesa —respondió ella—, pero mi padre es chino. Es decir, nació en China, donde reside la familia de su padre... es decir, los que queden con vida.

Ella se interrumpió para reflexionar y luego continuó, frunciendo ligeramente las cejas.

—Supongo que incluso los muertos siguen ahí, pero no sabemos dónde están. No, por descontado, en los cementerios de mi familia, pues fueron... pues murieron... de maneras inusuales.

La muchacha tomó un sorbo de la copa de vino que le habían servido. Rann estudió su cara, una cara pensativa y abstracta, que no estaba pensando en él, sino, ciertamente, en algo que estaba lejísimos y que no guardaba la menor relación con Rann. Se sintió abrumado por la curiosidad teñida de asombro que lo caracterizaba.

—China —repitió—. No la conozco, pero mi abuelo estuvo allí, hace mucho tiempo, y me contó muchas cosas.

—¿Su abuelo es... estadounidense?

—¿Cómo lo ha sabido?

—Su francés es perfecto, pero casi demasiado, para un francés... ¿Lo entiende?

Rann se rio al verla reír.

—¿Es un cumplido o no?

—Tómeselo como mejor le plazca —dijo ella—. El caso es que los dos somos, en parte, extranjeros y venimos de dos partes opuestas del mundo. Pero usted me aventaja, creo. Ha vivido en el país de sus ancestros. Nunca he estado en China. Hablo la lengua, pero me temo que no muy bien, aunque mi padre ha intentado enseñarme. Pero mi madre, que era de Estados Unidos, hablaba más conmigo cuando era pequeña que mi padre, de modo que también sé inglés. ¿Prefiere que conversemos en inglés?

—¿Tendría la bondad?

Ella dudó.

—Me siento más cómoda en francés. Además, mi madre pasó mucho tiempo aquí, en París, y también dominaba el francés, incluso lo hablaba conmigo a veces. Ay, nunca aprendió el chino. Tenía prejuicios. Nunca lo entendí. Pero mi padre me enseñó chino después... ¡Bueno! Tengo pocas oportunidades de hablar en inglés. Pero también lo hablo. ¡Conversemos en inglés, y así practico! No tengo ningún amigo que hable inglés.

—¿A qué se dedica su padre? —le preguntó Rann en inglés.

Ella le respondió en la misma lengua, un pelín despacio, pero con precisión.

—Es un coleccionista y marchante de obras de arte orientales, pero, naturalmente, su especialidad es el arte chino. Por desgracia, ahora no resulta fácil sacar piezas de arte de China. Pero conoce a la gente adecuada en Hong Kong.

—¿Ha estado en Hong Kong?

—Oh, sí... viajo con mi padre. Naturalmente, como es chino, habría deseado que fuera un chico. Cuando vio que no lo era, aun siendo chino de los pies a la cabeza, hizo de tripas corazón. Pero yo también lo he intentado.

—Ha intentado...

—Ocupar el lugar de un hijo.

—Muy difícil, diría yo... ¡cuando una hija es tan hermosa como lo es usted!

Ella sonrió pero no respondió a aquel comentario evidentemente banal.

Rann atisbó en ella algo de su propio distanciamiento y se quedó callado. Ahora le tocaba a ella hacer las preguntas si sentía curiosidad por él, es decir, si estaba interesada en él. Se preguntó cuántos años tendría y resolvió ocultar su propia edad. Rann, atendiendo a los años que había cumplido, era inquietantemente joven. ¡Tantas veces había deseado mentir acerca de su edad y decir que tenía veintidós o veintitrés años! Pero nunca fue capaz de mentir. La honestidad era irrenunciable, pero siempre le quedaba la posibilidad de callar. Rann la observó mientras ella tomaba sorbos de su copa de vino y, con gesto meditabundo, contemplaba a la gente que había a su alrededor.

Ahora volvía a mirarlo.

—¿Es su primera visita a la ciudad?

—Sí.

—Y viene de...

—Pasé todo el invierno en Inglaterra.

—Tiene un ligero acento inglés, ¡pero usted, de inglés, no tiene nada!

Él se rio.

—¡Es usted muy avispada! No, como le decía, soy de Estados Unidos... nacido en el mismo corazón del país.

—¿Y dónde está ese corazón?

—En el Medio Oeste, si hablamos en términos geográficos.

—¿Ha venido a estudiar?

—Supongo que se podría decir así.

Ella enarcó sus finas cejas.

—¡Es usted muy misterioso!

Rann dedicó una sonrisa a aquellos ojos serios, negros, enmarcados en unas largas y rectas pestañas.

—¿Lo soy? Pero a usted tampoco le falta misterio, medio americana, medio china, y por si fuera poco con un dominio perfecto del francés, salvo un ligerísimo acento... un acento que no soy capaz de situar.

Ella se encogió de hombros.

—Es mi acento. A los chinos se nos dan muy bien los idiomas, a diferencia de los japoneses, que tienen la lengua muy torpe. También hablo alemán, italiano y español. Soy capaz de entender otros idiomas... Aquí en Europa, vivimos todos tan cerca.

—¿Se considera usted china?

—Siendo hija de mi padre, por supuesto que soy china. Pero...

Una vez más, ese ligero encogerse de hombros. Rann apoyó los codos en la mesa para examinar más de cerca su cara exquisita.

—Pero ¿cómo se siente usted, en su fuero interno?

De manera inconsciente, había caído de nuevo en su vieja costumbre de hacer preguntas. Pero, realmente, ¿cómo debía sentirse uno siendo hijo de naciones y pueblos tan diversos, hablando tantas lenguas como si fueran su lengua materna?

—¡Sí que le gusta preguntar! —exclamó ella entre risas. Acto seguido se puso seria. La preciosa boca se cerró; sus ojos adoptaron una expresión pensativa y apartó la mirada de él—. Cómo me siento en mi fuero interno... —murmuró, como si se lo estuviera preguntando a sí misma—. Supongo que siento que soy de todas partes y de ninguna.

—Eso significa que es única. Es un nuevo tipo de persona —aseveró Rann.

Ella negó con la cabeza.

—¿Cómo puede decir tal cosa alguien de Estados Unidos? ¿O es que allí no son un poco de todas partes? Le he oído decir a mi padre que los estadounidenses son las personas más difíciles de comprender. Cuando le pregunté por qué, me respondió que era así porque están muy mezclados y tienen sus raíces en todos los países del mundo. Eso es lo que dice mi padre. ¿Es verdad?

Rann reflexionó sin apartar la mirada de los ojos de la muchacha.

—Desde un punto de vista histórico, así es. Desde un punto de vista individual, no. Cada uno de nosotros tiene su hogar, además de en la familia, en su región, en su estado y, en el conglomerado, la nación. Somos un pueblo nuevo, pero tenemos nuestro propio país.

—¡Qué inteligente es usted! —exclamó ella—. ¡Es muy agradable conversar con un hombre inteligente!

Rann volvía a reírse de ella.

—¿Los hombres no le parecen inteligentes?

Ella le obsequió con su característico y mínimo encogimiento de hombros, que resultaba muy bonito, muy francés.

—¡Por lo general, no! Los hombres tienen por costumbre hacer comentarios sobre la cara de una, etcétera. ¡Siempre pensando en el aspecto físico!

—¿Y luego?

—¿Luego? Oh, pues preguntarte adónde te diriges, por ejemplo, o dónde vives, o si te tomarás una copa con ellos, y todo eso. ¡Siempre igual! Pero usted, aunque seamos unos desconocidos, aunque no haga ni quince minutos que nos hemos encontrado, me ha regalado unas ideas razonables. Ahora conozco mejor a la gente de Estados Unidos. Gracias, *monsieur*...

La muchacha hablaba muy en serio, y Rann se dio cuenta. Y quizá pudiera haber pensado en ella en términos sexuales, con esa cara preciosa y esas manos largas y finas que movía con una elegancia inconsciente, solo que lady Mary le había ayudado a poner el sexo en su sitio. Ella no le había dado más que sexo y, al hacerlo, lo había convertido en algo externo, que no guardaba relación alguna con los demás aspectos de la vida, un acto meramente físico. Ella le había saturado hasta que Rann pudo descubrir por sí mismo que el sexo no le bastaba. Siendo un varón sano, conocía las limitaciones del sexo. Había otros muchos aspectos en la vida del animal humano y eso era lo que debía explorar. Su curiosidad iba mucho más allá del sexo y, en este sentido, lady Mary le había hecho un muy buen servicio. No la odiaba, pero intuía que nunca volvería con ella y dudaba incluso de si la volvería a ver algún día. Entretanto, en París, tenía ante sí una nueva y hermosa criatura femenina, a la que no había buscado, sino encontrado como uno encuentra por casualidad una joya.

—Y usted —le estaba diciendo ella—, dígame quién es y por qué ha venido aquí de verdad. Me parece que me gustaría tenerlo de amigo y no encuentro muchos.

¿Cómo iba a poder explicárselo? Y, sin embargo, deseaba muchísimo poder hacerlo. Era la primera vez en su vida que deseaba realmente explicarse a alguien. En realidad, ni siquiera había hecho el esfuerzo de explicarse a sí mismo. Impulsado por la duda, el asombro y el ansia insaciable de conocer todas las cosas, ¡había omitido darse explicaciones incluso a sí mismo!

—No sabría qué decirle —comenzó lentamente—. No he tenido tiempo de pensar mucho en mí mismo. En todos los lugares que he estado, al menos hasta ahora, casi siempre he estado solo. Los otros siempre eran mucho más grandes, mucho mayores. —Se interrumpió un momento para considerar cómo había sido en el pasado—. Mayores en lo que respecta a los años —se corrigió—. Siempre he sido mucho más maduro de lo que me correspondía.

Ella lo miró pensativa.

—Entonces tiene un alma vieja. En el país de mi padre, entendemos de estas cosas. ¿Le apetece conocer a mi padre? Creo que usted le gustaría. Normalmente no le gustan los hombres jóvenes, y menos todavía si son de Estados Unidos.

—Entonces ¿por qué yo?

—Es distinto de los demás. Usted mismo lo ha reconocido, prácticamente. Ni siquiera su inglés es norteamericano.

Volvió a pensar en los muchos meses que había pasado con lady Mary. ¿Era posible que le hubiera dejado la marca de su idioma en la lengua? Aun así, ¿por qué razón iba a hablarle de ella a aquella muchacha? No quería pensar en lady Mary.

—Me encantaría conocer a su padre —dijo.

—Entonces, en marcha. Mi padre se estará preguntando dónde estoy. Cuando le vea, lo entenderá. ¡Por lo menos, se olvidará de preguntarme por qué he llegado tarde!

La casa era enorme. Se hallaba a las afueras de París, en la linde de un bosque, una arboleda cultivada según pudo comprobar, pues los árboles se alzaban perfectamente alineados, con una masa de matorrales creciendo a sus pies.

—A mi padre le encantan los jardines —explicó ella—. No las flores, solo los árboles, las piedras y el agua. Las flores son para los jarrones y las macetas de la casa. Es un hombre muy chapado a la antigua... muy formal, ya sabe. Se dará cuenta cuando lo conozca. Aun así, es muy sociable con la gente; no con todo el mundo, por supuesto, solo con las personas especiales.

Enfiló con habilidad el camino de entrada en su pequeño Mercedes y aparcó delante de la casa. Una amplia escalinata de mármol conducía a la puerta principal, que se abrió, según le pareció a Rann, de manera automática, hasta que vio la esbelta figura enfundada en una túnica negra de un criado chino.

—Mi padre se trajo a París a los criados —dijo ella—. Naturalmente, eso fue antes de que yo naciera. Los hijos de los criados nacieron aquí y algunos de ellos aún sirven en nuestra casa. Otros ayudan a mi padre en el negocio. No se fía de los blancos.

—Pero ¿su madre es estadounidense?

—No se lo he contado —dijo, casi como quien no quiere la cosa—. Nos abandonó cuando yo tenía seis años. Se fue con un americano, el hijo de un hombre muy rico, más joven que ella. Luego al cabo de unos cuantos años, se divorciaron a instancias de él, y mi madre le pidió a mi padre que la dejara regresar. Él se negó.

—¿Y usted? —preguntó contra su propia voluntad, porque ¿con qué derecho podía indagar sobre su vida íntima? Pero la vieja e insistente exigencia de saber, de saberlo todo sobre la vida y las personas, le empujó a hacerlo. La exigencia no era simple curiosidad. Era una necesidad de pasar de las acciones a las reacciones, y con estas llegar a una conclusión definitiva. Necesitaba conocer el final de la historia.

—No la he vuelto a ver desde que se fue. No la he perdonado, supongo, por habernos abandonado, y mi padre ha cubierto todas mis necesidades y le guardo una lealtad total. Para mí, es como si hubiera muerto, y en realidad, por lo que sé de ella, es como si lo estuviera.

Estaban en el último de los varios escalones que conducían a la terraza de mármol frente a la gran puerta, que les esperaba abierta de par en par. Ella se detuvo un instante y contemplaron los jardines bien diseñados por los que habían cruzado.

—¿Y bien? —preguntó él sin piedad.

—Mi padre me dijo que podía ir con ella, si así lo deseaba, pero que, si lo hacía, debía saber que no podría volver a verlo nunca más. De modo que me quedé.

—Porque...

—Siempre supe que era más china que cualquier otra cosa... porque eso es lo que quiero ser, supongo. Venga conmigo, ¡entremos!

Accedieron a un amplio vestíbulo con una gran escalinata al frente que se bifurcaba en su mitad superior en dos ramales a izquierda y derecha. Rann vio ahora un hombre alto y delgado con una larga túnica china de raso plateado que descendía por la derecha y enfilaba la escalinata principal.

—¡Stephanie! —exclamó el hombre, y luego siguieron unas palabras en chino.

Rann oyó aquella lengua desconocida, un melifluo fluir de vocales, según le pareció, y miró al apuesto y cano caballero chino que las pronunciaba y se fijó en sus manos fuertes y bellas. Entonces, se dio cuenta de que había oído el nombre de la muchacha y en ese mismo instante ella se volvió hacia él y, riendo, le dijo:

—Quiero presentarle a mi padre, ¡y no sé cómo se llama!

—¡Y yo acabo de oír su nombre por primera vez! —dijo él, riéndose.

Entonces se dirigió a su padre.

—Señor, me llamo Randolph Colfax; Rann, para los amigos. Debo advertirle que soy estadounidense, pues su hija dice que no le gustamos, pero mi abuelo estuvo en China durante su juventud y me enseñó a admirar a su pueblo. Y así su hija y yo nos conocimos hoy, y ella me habló de usted y ha tenido la gran amabilidad de... —En este punto, Rann se volvió con un gesto de impotencia hacia ella—. ¿Cómo fue?

—Creo que es distinto de los demás, de alguna manera, padre.

El francés volvía a ser la lengua de comunicación y el padre le respondió en dicho idioma, en un francés poco natural y con acento.

—¿Y lo has invitado sin saber siquiera cómo se llama?

—Él tampoco sabe cómo me llamo yo —replicó ella, y volvió a echarse a reír mientras volvía a dirigirse a Rann—. ¡Qué boba soy! ¡Eres tan educado que no preguntas nada! —añadió, tuteándolo—. Soy Stephanie Kung. Te preguntarás por qué Stephanie y no Michelle u otro nombre por el estilo, pero, como ya sabes, se suponía que tenía que ser un chico y que me llamaría Stephen.

—¡Silencio! —ordenó su padre.

Ella se calló, miró a su padre y luego continuó.

—Bien, como puedes ver, fui una decepción para mi padre y me lo hizo pagar con este nombre tan largo.

—¡Cállate, pequeña mía! Y ¿por qué estamos aquí en el vestíbulo, en lugar de pasar a la biblioteca? Además, se hace tarde. Será mejor que nos preparemos para la cena. Usted, señor, ¿pasará la noche con nosotros?

—Oh, sí —intervino ella—. Rann Colfax, te llamas, ¿no? ¡Quédate a dormir! ¡Tendremos una muy grata conversación, los tres!

Rann estaba cautivado, hechizado, se sintió como si lo llevaran a un país distinto, un país desconocido y quizá largo tiempo anhelado.

—Es demasiado bonito para ser cierto —dijo—. Y me quedaré, naturalmente, al menos a cenar. Pero no he traído nada, no tengo ropa para cambiarme. Tendré que regresar al hotel a recoger mis cosas.

—Eso es muy fácil de solucionar —dijo el señor Kung—. Tengo ropa, trajes. No somos muy diferentes en estatura y peso. Puedo suponer que podremos disfrutar de esta velada sin tener que pensar en los detalles, y mañana mi coche puede llevarlo a recoger sus maletas.

El señor Kung se volvió entonces hacia el criado que esperaba y le dijo unas palabras en chino, para luego dirigirse una vez más a Rann.

—Este hombre lo acompañará a la habitación de invitados y le llevará cualquier cosa que necesite. En una hora, volverá a buscarle para conducirlo al comedor.

—Gracias, señor —dijo Rann, y supo que estaba entrando ciertamente en un mundo distinto.

El tiempo había transcurrido, los días habían devenido semanas, y ahora meses. Al igual que se había hospedado sin la menor conciencia del paso del tiempo en el castillo inglés, ahora vivía en ese viejo *château* francés en las afueras de París. Dondequiera que encontrara vida, Rann se quedaba, ignorante del paso del tiempo, y se sentía bienvenido. Mientras se sintiera bienvenido, Rann se quedaba, y sin embargo aquella actitud suya no era consciente y, quizá, ni siquiera era sincera. Mientras aprendiera, mientras pudiera satisfacer su insaciable asombro ante el mundo, la gente y todo en general, allí se quedaba.

Estaban sentados en la biblioteca del señor Kung, donde solían pasar las noches. Las ventanas estaban abiertas y dejaban entrar la suave brisa del anochecer. La ciudad casi estaba muda en la distancia, sus múltiples voces no eran más que un murmullo. Era finales de otoño, pero hacía un tiempo seco y cálido, que auguraba otro invierno templado en Europa. A excepción de las ventanas, lo único que se veía en las paredes eran libros. Había unas pocas mesitas repartidas por doquier con valiosísimas estatuas de jade y jarrones o lámparas, objetos de los que el señor Kung no podía separarse a menos que encontrara algo que le gustara aún más, en cuyo caso el artículo rechazado iba a parar a su enorme tienda en la Rue de la Paix —un auténtico museo— y era sustituido por el nuevo y privilegiado objeto hasta que, a su vez, aparecía un objeto aún más querido. Era un proceso de selección infinito y solo las obras de arte más selectas se quedaban en la casa. Rann había advertido que los sutiles cambios se producían sin interrupción y Stephanie le había explicado el proceso.

—Señor Kung —le preguntó Rann—, ¿cómo despertó en usted este interés tan profundo por el arte?

—Ah, el arte es el sueño del hombre libre —repuso el señor Kung—, y la vida de un hombre empieza y concluye con su trabajo, es decir, si se trata de un artista. Cada una de estas obras representa lo mejor de la vida de un hombre hasta el momento de su creación, pues un artista siempre pugna por mejorar y cada vez que crece deja tras de sí un trocito de sí mismo, la obra. Si uno, en una generación muy posterior a la del artista, las colecciona con mimo, entonces podrá conocer al artista y seguir su desarrollo como si ambos hubieran sido contemporáneos. El artista nunca puede escapar de su obra y, si es bueno, con ella deja su sello en el futuro.

—Ojalá supiera dónde empezará mi obra —dijo Rann—. Siempre lo estoy pensando. Me preparo para mi obra sin saber en qué consistirá. Mientras tanto, hago preguntas; no puedo evadirme de la necesidad de conocer... ¡de conocerlo todo!

Stephanie se rio. Estaba acurrucada en la butaca bajo la ventana abierta que daba al jardín de rocas.

—Es verdad, nueve de cada diez cosas que dices son preguntas.

Aquellos días había empezado a darle clases de chino, so pretexto de que enseñar el idioma la ayudaría a mejorar sus propias capacidades. Era la lengua más profunda y fascinante que Rann hubiera conocido hasta la fecha, y también la más difícil, tal vez porque era la más difícil de hablar y de escribir. Vio que la mejor manera de aprenderla era a través, principalmente, de la escritura, y esbozaba con el pincel los variados diseños de los caracteres, y cada pincelada tenía su trazo y su significado únicos. Toda palabra escrita era una obra de arte en sí misma, una imagen de su significado, un signo de su sonido, y trasladaba en sí, a través de la vista y el sonido, una sensación. «Casa», por ejemplo, era solamente un edificio, con paredes y un tejado, al que podía darse cualquier uso. Pero si en esa construcción residían personas, «casa» se convertía en otra palabra, con un trazo distinto, y con un sonido y significado también distintos. Se convertía en «hogar». Por tanto, cada carácter escrito constituía una obra de arte, pintada con cuidado y precisión, y cada pincelada se disponía en un riguroso orden.

Aquella noche de invierno, después de cenar, mientras estaba hablando de su aprendizaje de la lengua china, la conversación había derivado una vez más, y con toda naturalidad, hacia el tema del arte, un tema que siempre suscitaba la atención y el pensamiento reflexivo del señor Kung, puesto que la obra de su vida consistía en la acumulación y difusión de objetos de arte. También era un negocio lucrativo, pero, de algún modo, Rann era incapaz de relacionar las ideas de negocio y dinero con la imagen que se hacía del señor Kung. No pocas veces había visitado la tienda y había presenciado cómo el señor Kung declinaba vender una pieza predilecta a un cliente que estaba más que dispuesto a pagar su precio.

—No está en venta —decía el señor Kung, con gesto digno, en tales ocasiones.

—Pero ¿por qué...?

—Me la reservo sin dar más explicaciones —decía el señor Kung.

—Mi padre —le había contado un día Stephanie, estando solos— no venderá un objeto hermoso que le haya cautivado el alma a menos que el comprador también tenga el alma adecuada para el objeto.

Más tarde, esa misma noche, mientras después de cenar disfrutaban de la calidez de la lumbre en la biblioteca, el señor

Kung sostuvo una pieza redonda de jade valiosísima, de un verde suave totalmente puro, que hizo rodar con los dedos sobre la palma de la mano. Pocas veces se sentaba en su silla de brazos Windsor, fabricada en China, sin tener una pieza de jade en la palma derecha, haciéndola rodar despacio pero sin parar. A veces era una bola de jade blanco, o una roja. Dependía del color de la túnica de raso que llevara puesta. Esa noche volvía a llevar la túnica gris plateada, que era su color favorito y el que más a menudo vestía.

—¿Por qué tengo esta pieza de jade en la mano? —había repetido el señor Kung cuando Rann le planteó la pregunta—. Por más de un motivo. El jade es frío, siempre es frío al tacto. Y hacerlo girar es un hábito que tengo. Me alivia de cualquier tensión que pueda sentir. Me da paz. Además, en particular, me sirve para conservar la elasticidad de los dedos. Es una especie de juego inconsciente. Pero es algo más que eso. Tengo belleza en la mano. En el arte, siempre hay algo más profundo que el juego. El artista lo sabe. Tal vez su arte sea una especie de juego, una efusión del espíritu, pero es más que eso, es una revelación de la naturaleza humana, que va cambiando con el curso del tiempo. Por eso resulta tan necesario conocer la edad de un objeto hermoso, para así poder conocer el creador y lo que, a través de él, se desvela acerca de los tiempos que vivió; los tiempos y, por ende, las personas. Si amaban la belleza, entonces eran civilizados. El arte tiene que cumplir más que un propósito funcional. Podemos juzgar la edad cultural de un pueblo por su arquitectura, por su literatura, así como por su contenido, y por su pintura, pues la pintura retrata la mente humana de su tiempo.

El señor Kung hablaba despacio, en tono reflexivo, pensando según hablaba, con una voz dulce y amable que se recortaba nítidamente en el silencio de la sala. Sus dos oyentes no intervenían. Stephanie estaba sentada en silencio con la cabeza vuelta hacia la ventana; los focos del jardín creaban un efecto espectacular sobre los árboles y las rocas. Rann seguía su mirada pero no miraba nada y nada veía, pues estaba sumido en una nueva y extraña conciencia, una percepción del sentido de la belleza que era más profunda que cualquiera que hubiera conocido antes. El arte —lo veía ahora en su plenitud— podía expresarse de muchas distintas maneras, concretarse a través de muchas facetas expresivas, pero también en la vida, en la vida sin más. La vida en esa casa estaba basada en el amor y la comprensión de la belleza del arte y del arte de la vida.

De pronto comprendió que el arte podía ser un incentivo vital, una llamada al trabajo y, al mismo tiempo, una fuente de dicha. Pero ¿no había ahí una contradicción? Se lo planteó al señor Kung.

—Señor, ¿el propósito del arte es disfrutar de la belleza o es, en cambio, proporcionar una suerte de trabajo, por placentero que sea, al artista?

El señor Kung respondió enseguida, como si ya se hubiera hecho a sí mismo esa pregunta muchas veces.

—Las dos cosas. El arte es tanto una labor como un placer para el creador. Es una compulsión y es una descarga, una fuente de dicha y una exigencia. Es tanto masculino en su agresividad frente a la vida, como femenino en cómo lo recibe la vida. Es un destino para quien es creador. Es un encargo de los cielos si uno tiene el talento. No condena a nadie. Retrata. ¿Y qué es lo que retrata? La verdad más profunda, y, al hacerlo, alcanza la belleza.

La voz pausada, tranquila, rica en dulces tonalidades, conmovió a Rann. Algo cristalizó en él, una forma, un deseo, tan nítido que casi podía llamarlo un propósito. Su horizonte de posibilidades asumió límites. En aquel momento, aún no se había dicho a sí mismo que se convertiría en tal o cual tipo de persona. Había tomado cada día, cada experiencia, cada revelación de conocimientos nuevos, a través de los libros, de las personas o por efecto de sus propios descubrimientos, como algo que se agotaba en sí mismo. El impacto nunca era consecuencia de su voluntad. Sencillamente lo recibía y trataba de sacarle el máximo provecho. Antes de que pudiera salir del pozo de silencio en el que se había sumido, el señor Kung habló.

—Estoy cansado, hijos míos. Debo dejaros.

Golpeó un pequeño gong de metal que había en la mesa junto a la que estaba sentado. La puerta se abrió, un criado chino entró y, al acercarse al señor Kung, le tendió el brazo. Con la mano puesta sobre el brazo que le ofrecían, el señor Kung sonrió a los dos jóvenes, se puso de pie y salió de la biblioteca.

Volvieron a sentarse. Stephanie eligió ahora un escabel ante los últimos rescoldos de la lumbre. No habló y él tampoco. ¿Cómo iba a hablar cuando se sentía tan aturdido por dentro, con tantas preguntas agolpándose en su seno? El arte, sí, pero ¿qué arte? ¿Cómo descubrir su propio talento, si es que tenía alguno? Nunca le había hablado a nadie desde lo más profundo de su ser. Siempre había ocupado el sitio del oyente, del aprendiz. Con lady Mary, nunca habían necesitado que la conversación derivara más allá de lo estrictamente banal. Su comunicación era siempre física, sin que fueran necesarias las palabras, cada cual absorto a su particular manera. Además, no sabía si quería hablar con alguien. ¿Qué había en él que mereciera ya expresarse con palabras? Quería crear... ¿qué? Algo que fuese bello, algo que tuviese sentido, algo que pudiera atenuar la terrible presión interior a la que lo sometía su necesidad. ¿Cómo iba a expresar eso en palabras? ¿Y ella lo entendería? No habían hablado nunca de sus sentimientos, de sus pensamientos, de sus deseos más profundos...

—Voy a contarte algo muy extraño —dijo ella. Su voz tenía un cariz irreal.

—¿Sí?

—Mi padre jamás me había dejado sola con un hombre. Ni siquiera con un chico. Me pregunto por qué me deja sola contigo.

—Espero... que sea porque confía en mí.

—Oh, hay ahí algo mucho más importante —dijo ella con aplomo.

Alzó la cabeza para echarse hacia atrás el cabello liso y negro, y lo miró.

—¿Por qué lo piensas? —preguntó él.

—Está tramando algo —dijo ella—. No sé de qué se trata, pero está tramando algo. Se ha mostrado muy distinto desde que entraste en esta casa. Lo conozco. Está muy cambiado.

—¿En qué sentido?

—No tiene la actitud arrogante de siempre. Oh, nunca ha sido una persona soberbia, ¿sabes?, siempre ha sido pausado, absorto en sus colecciones de arte, pero arrogante. Me veía obligada a contarle todo lo que hacía, adónde iba... Siempre se las ingeniaba para tenerme ocupada con un montón de cosas que había que hacer... Disponía de muy poco tiempo libre, para mí sola, porque ya era demasiado mayor para que me pusiera una institutriz. Siempre me ha vigilado o se ha preocupado de que otras personas me tuvieran vigilada.

—¿Cómo puedes soportarlo? —preguntó Rann.

—Lo entiendo —dijo ella por toda respuesta.

Stephanie estaba contemplando la lumbre y el pelo volvía a esconderle el semblante. Rann solo podía ver su encantador perfil. Hasta ese momento, nunca lo había examinado con detenimiento, pero ahora se fijó en cada detalle, no porque fuera el perfil de Stephanie, sino porque era hermoso. Desde que se instaló en aquella casa, se había despertado una conciencia en su seno. Una conciencia de la belleza. Había más cosas que conocer aparte del saber. También estaba la belleza. Su conciencia volvió a enardecerse para devenir en ansia de crear una belleza que tuviera su propio sello. Pero una vez más, ¿cómo hacerlo? Y ¿por qué?

Por pura necesidad, Rann exclamó:

—¡Stephanie!

Ella no levantó la vista.

—¿Qué?

—¿Crees que me conoces? ¡Solo un poco!

Ella sacudió su larga melena negra.

—No.

—¿Por qué no? —rogó.

—Porque nunca he conocido a nadie como tú —dijo ella al tiempo que levantaba la cabeza y lo miraba a los ojos.

—¿Soy tan... complicado?

—Sí... porque tu saber ya lo abarca todo.

—Salvo a mí mismo.

—¿No sabes lo que quieres hacer?

—Y tú, ¿lo sabes?

—Por supuesto. Quiero ayudar a mi padre en el negocio, pero por encima de todo quiero aprender a ser independiente.

—¡Seguro que te vas a casar!

—Nunca he visto a nadie con quien quiera casarme.

—Hay tiempo... ¡Solo tienes los mismos años que yo!

—¿Tú quieres casarte?

—¡No!

—Entonces ya somos dos. Y ahora ya puedo contarte sin peligro lo que mi padre quiere y por qué motivo se desentiende cuando comentas la posibilidad de marcharte. Supongo que lo has notado, ¿no?

—Sí, pero aún no he querido irme... ¡no realmente! Aprendo muchísimo de él, ¡y además tiene todos estos libros! No he necesitado que me tienten demasiado para quedarme. ¿No lo has notado?

—Mi padre tiene sus propios medios para conseguir que la gente haga lo que él quiere. Lo hace con amabilidad, pero sin desmayo.

—Y entonces ¿qué es lo que quiere?

—Quiere que nos casemos, por supuesto.

Rann quedó atónito.

—Pero ¿por qué?

—Para así tener un hijo, ¡estúpido!

—¡Pero pensaba que no le gustaban los estadounidenses!

—Le gustas.

—¿No preferiría un chino?

—Sabe que no me voy a casar con un chino, ¡jamás!

—¿No?

—¡No!

—¿Por qué?

—Porque no soy lo bastante china para eso. Y, sin embargo, lo soy demasiado para casarme con un francés, o con cualquier hombre blanco. De modo que... no me voy a casar.

—¿Él lo sabe?

—No, y no es necesario que lo sepa. Sería como negarle un hijo para siempre. Quiere que me case con un hombre que acepte adoptar el apellido de la familia y perpetuarlo. Es lo legal, la costumbre, en la China que conoció. Para él, no existe otra China.

Rann se quedó callado, tratando de poner en orden sus sentimientos. Atónito, algo alarmado, y luego más tranquilo porque ninguno de los dos quería casarse, y sin embargo en cierto modo fascinado —no, esa palabra era demasiado fuerte—, en cierto modo espoleado, en un sentido que se debía a las enseñanzas de lady Mary...

—¡Bien! —exclamó él, de pronto, y, reconociendo en sí mismo los síntomas de lady Mary, se puso de pie—. Al menos nos entendemos; seremos buenos amigos, ¿no? Me gustas muchísimo, más que cualquier otra chica que haya conocido, aunque en cierto modo eres la única chica que he conocido en toda mi vida.

—Y tú eres el único hombre, es decir, el único joven, que he conocido. Alguien que vive con nosotros, en casa, es decir...

—De modo que continuaremos siendo solo amigos —decidió él.

Pero entonces recordó la confesión anterior y volvió a sentarse.

—Como no me conoces realmente —dijo—, pero sí conoces a otras personas y eres sabia por todos los años que has pasado en compañía de tu padre, ¿cómo me imaginas, en principio, quiero decir, quizás en un futuro... en un futuro muy lejano?

Ella volvió a mirarlo, pues estaba abstraído en la contemplación de los rescoldos del fuego. Ahora, mirándolo con una particular clarividencia, respondió a su pregunta con una pasmosa seguridad.

—Oh, como un escritor, por supuesto. Sí, seguro, desde nuestro primer encuentro. De hecho, ¿sabes?, eso fue lo que pensé que eras, al verte sentado en esa mesita, mirando a todo el mundo como si fuera la primera vez que veías a gente.

—¡Un escritor! No es la primera vez que me lo dicen y, desde luego, le he dado muchas vueltas, pero nunca he llegado a concretar una decisión. ¡Y tú lo sabías desde el primer día!

—¡Oh, sí, por supuesto!

De pronto, una punzada de duda hizo que Rann recobrara la compostura.

—¡Podrías estar equivocada!

—Tengo razón. Ya lo verás.

Pero Rann no podía darlo por seguro, así, de una vez.

—Bueno —dijo él, despacio—. Tendré que pensarlo. Tendré que darle muchas vueltas, muchísimas vueltas. Ya lo había pensado, claro, como te he dicho, pero solo como una posibilidad más entre muchas. Pero verte tan convencida... Bueno, en cierto modo resulta inquietante. Casi como si fuera una obligación...

—¡Tú me lo has preguntado!

—Y no te culpo... ¡pero verte hablar así de mí!

—Siempre soy directa. Supongo que es mi parte estadounidense.

—Eres mucho más estadounidense de lo que crees. Hay un mundo de distancia entre tú y tu padre.

—Me doy cuenta de ello. ¡A veces demasiado! *Él* no lo ve.

—Porque es completamente chino.

Se quedaron entonces callados, tanto tiempo que, al final, Rann se puso de pie.

—Me has dado mucho en que pensar. Me despido. Buenas noches, Stephanie.

—Buenas noches, Rann.

Él se agachó un poco y, sorprendido por un repentino impulso, besó la coronilla de su pelo oscuro. Nunca había hecho nada parecido. Pero ella no se movió. Tal vez ni siquiera se dio cuenta de lo que él había hecho.

Era, sin embargo, una decisión en estado embrionario. Yacía en la cama en vela, pensando en primer lugar en los planes que tal vez el señor Kung tenía para él, y luego, durante horas, pensando emocionado en que quizás, en efecto, se convertiría en un escritor. Había escrito muchas piezas breves, en verso y prosa, pero normalmente sobre las preguntas que se hacía. Veía sus textos como preguntas, no como literatura, y sencillamente ponerlas por escrito le ayudaba a clarificar las respuestas en su mente, si no podía encontrarlas en los libros o en otras personas. El problema residía en que las personas, incluso las mejores, realmente tenían unos conocimientos muy escasos, y libros había tantos que había perdido mucho tiempo buscando y hojeando en ellos. Y cuando estaba solo, a menudo las preguntas lo asaltaban siguiendo un patrón rítmico, especialmente si se encontraba solo al aire libre. Se acordó de esa mañana de otoño en el castillo, cuando, incapaz de conciliar el sueño y excitado por la noche anterior, se había levantado al alba y había salido al jardín cubierto de rocío al mismo tiempo que el sol amanecía. Allí, tendida entre los rosales, había visto una compleja telaraña que brillaba con las gotitas del rocío, y cada gota era un diamante al sol, y en el centro de la obra, su creadora, una arañita negra, y las preguntas brotaron rimadas de su mente:

Red diamantina de rocío plateado.
¿La belleza es tu semblante malvado?
¿Ángel? ¿Demonio? ¿Qué eres?
¿Uno? ¿O acaso ambos?

Y en ese instante lo había interrumpido lady Mary. Estaba de su habitual humor matutino, distante e incluso fría. Había sido desconcertante al principio, ver primero la aterradora calidez de su pasión física y luego, cuando quedaba satisfecha hasta la extenuación, su gélida reticencia. Nadie sabía, aparte de Rann, que en su esbelta y enhiesta constitución habitaban dos seres tan distintos. Había aprendido a aceptar los dos, aquel que se precipitaba sobre su cuerpo con un total abandono y aquel otro, distante y digno a la manera convencional, casi tradicional, de los ingleses. Había aprendido muchísimo de lady Mary. Ahora, a la luz de lo que Stephanie le había dicho aquella noche, todo parecía inútil. Volvió a pensarlo con una sensación de dominio revelador. Sí, lo podía hacer. Podía ser un escritor, consagrarse al arte de la escritura. «La vida de un hombre empieza en su trabajo», había dicho el señor Kung. Entonces se debía a eso que todavía sintiera que su vida no había empezado; hasta ese día no había elegido la que sería su obra. Pero ¿la había elegido de verdad? ¿Podía uno elegir el camino de su vida tan deprisa?

Sin responder a sus propias preguntas, Rann se quedó dormido antes de que rayara el alba.

—Para ver París —le estaba diciendo Stephanie—, hay que caminar, caminar y volver a caminar, a menos que estés sentado junto a una mesita en una acera cualquiera, tomándote un pastís y mirando la gente que pasa, pues París también está en sus gentes. Desde luego, no iremos a pie a todas partes, no, por ejemplo, a Montmartre. Hay un funicular, o incluso un metro, aunque detesto viajar bajo tierra. Es siniestro.

—¿No voy a volver a visitar el Louvre? —preguntó.

Seguían siendo las mismas personas que habían sido antes de esa conversación bien entrada la noche, en la biblioteca, de la que ya se habían cumplido cuatro noches más. Sin embargo, no había olvidado ni por un momento de vigilia lo que ella le había dicho, aunque ninguno de los dos lo había vuelto a mencionar. Y sutilmente Rann había cambiado su actitud con el señor Kung. Ya no se arrodillaba metafóricamente a sus pies de manera tan evidente. En lugar de ello, cogía libros para leerlos en su habitación o salía a pasear. El día anterior, el señor Kung lo había visto en uno de sus paseos y esa misma mañana, antes de que Rann saliera de la casa, había llamado a Stephanie.

—Hija mía —le dijo en tono reprobador—, ¿por qué permites que tu joven amigo merodee por las calles solo? ¡Acompáñalo hoy!

—Me gustaría hacerlo, papá —dijo Stephanie—. ¿Y a ti, Rann?

Intercambiaron sonrisas cómplices.

—Me encantaría —repuso Rann, con un entusiasmo sincero.

—Arreglado, entonces —dijo el señor Kung, satisfecho, tras lo cual partió.

—¡Nunca te acompañaré al Louvre! —le estaba diciendo Stephanie ahora.

—¿Por qué? —preguntó él—. He pasado semanas enteras allí y apenas he rascado la superficie de todo lo que hay que ver.

—Precisamente por eso —respondió Stephanie—. Es demasiado grande.

Rann se sintió inclinado a discutir, porque tenía la impresión de que no había pasado bastante tiempo en el Louvre y, además, no le asustaba que algo fuera grande. En muchos aspectos, Stephanie era muy francesa. Era delicada cuando se trataba de abordar las cosas. ¿O quizá se trataba de un rasgo típicamente chino? Rann no lo sabía. En cualquier caso, era una chica delicada en sus gustos. No le gustaba abusar de las cosas.

—Entonces —continuó él—, ¿cómo voy a ver los tesoros de París?

—De uno en uno, ¿te parece bien? —dijo Stephanie, intentando persuadirle. Y entonces se puso a deshojar los dedos de la mano izquierda con su índice derecho—. Te llevaré a ver los tesoros medievales de Cluny; al museo de Arts et Métiers, porque te interesa la ciencia; al museo Carnavalet, para que veas todo lo que allí se guarda sobre París. Y con respecto al arte, lo primero será llevarte al Jeu de Paume. Allí tienen los impresionistas, por supuesto. Y no conozco experiencia más satisfactoria que las colecciones de mi padre en lo que respecta al arte oriental. ¡Pero no! Seré generosa contigo, te llevaré al Guimet.

—Y a Versalles —apuntó Rann.

Stephanie se cubrió la cara con sus delicadas manos.

—¡Oh, por favor! Vayamos mejor a Chartres, es mucho más bonito, y luego ¡a Ruán! Pero también quiero llevarte a la Mouffe.

—¿Qué es la Mouffe? —preguntó él, pues nunca había oído hablar de tal sitio.

—Un mercado antiguo precioso, tiene siglos de antigüedad, se ve una gente, unas caras, todos discutiendo sobre los precios, a grito pelado... ¡es divertidísimo! Podríamos comprar un poco de pan y de queso y luego ir al Jardin des Plantes y ver la fuente.

Se pusieron en marcha con la alegría de una mañana radiante y de su propia juventud. Rann se sentía libre a su lado, a gusto y más feliz que nunca. Desde esa noche en la biblioteca cuando Stephanie le había dicho que no quería casarse, se había sentido muy a gusto con ella. La independencia de Stephanie, su deseo de vivir plenamente libre de lazos matrimoniales y hombres, también le hacía sentirse libre a él. Los meses con lady Mary, una atadura que al principio había sido emocionante pero que había terminando repeliéndole, habían teñido de sombras su ser, le habían cargado con un saber secreto que ahora se disipaba bajo la luz de ese radiante día de verano y seguiría haciéndolo en los días venideros.

Rann sabía, por supuesto, que esa vida no podía ser infinita. Si los días se sucedían sin ninguna dificultad, ello se debía exclusivamente a que cada día aprendía muchísimo. Stephanie conocía muchos lugares, muchas personas de todas clases, personas entre las que se movía sin intimar y, sin embargo, con conocimiento de sus historias y peculiaridades personales, las cuales le contaba sin excepción de manera tan vívida y sin ahorrarse ningún detalle que Rann tenía la impresión de que las conocía personalmente, y ello a pesar de que Stephanie pocas veces se las presentaba por su nombre. Rann absorbía la información y la completaba con los detalles más variopintos.

—Monsieur Lelong —le anunció Stephanie— es un excelente profesor en la escuela a la que fui de niña. Por desgracia, padecía de una gravísima halitosis como consecuencia de un trastorno hepático, pero era la encarnación de la bondad.

Estaban a punto de pasar junto a un hombre bilioso, alto y demasiado enjuto que vestía un traje negro desastrado. Ella lo saludó con la mayor amabilidad.

—*Bonjour, monsieur* Lelong! *Comment allez-vous?*

Unos breves minutos de intercambio rápido y, al cabo, Stephanie permitió que el señor siguiera su camino mientras le describía a Rann la historia de aquel francés entrado en años con todo lujo de detalles, su amor no correspondido por una profesora mucho más joven que se había casado con otro hombre y...

Rann se rio.

—Eres tú quien debería escribir libros, Stephanie, ¡no yo!

—Ah, nunca tendría la paciencia necesaria —le dijo—. Pero tú..., tú tienes que conocer a la gente. Tienes que conocer a toda clase de personas, no solo lo que les ha ocurrido, sino también por qué son como son.

Cada día era, en efecto, un día más de aprendizaje y Rann podría haberlo aceptado sin planear ponerle término, pero una noche el señor Kung le pidió que le acompañara a su tienda a la mañana siguiente. Allí, en su oficina, quería comentarle algo. Rann, naturalmente, había estado ya muchas veces en la enorme tienda del señor Kung, un museo, en realidad, que contenía todos los tipos imaginables de obras de arte. Stephanie le había llevado allí cada vez que llegaba un envío de algún país asiático, y Rann había aprendido la historia de un país tras otro, de un siglo tras otro. Aprendió los distintos atributos del jade y el topacio, del marfil, los rubís y las esmeraldas. Sin embargo, nunca había visto el despacho privado del señor Kung, situado en la trastienda de aquellas salas colmadas de tesoros.

—¿Yo también debo ir, padre? —preguntó Stephanie.

—No, no es necesario —respondió el señor Kung.

Estaban a punto de dar por concluida la noche. El invierno había terminado, la ciudad volvía a estar atestada y ya despuntaba la primavera. Stephanie y Rann habían asistido al estreno de una obra de teatro y, al volver a casa, habían encontrado al señor Kung esperándoles en la biblioteca, donde, lupa en mano, había estado examinando un largo rollo con la imagen de un paisaje chino. Cuando entraron, dejó el rollo y la lupa a un lado y, tras invitarle a acudir a la tienda, subió enseguida por la escalera camino de sus habitaciones.

Lo miraron desde el pie de la escalera y el rostro de Stephanie adoptó una expresión de tristeza.

—¿Has visto la debilidad de su andar? —le susurró—. Lleva todo el invierno con la salud delicada. Sí, pero nunca se queja. Me pregunto qué querrá decirte mañana.

Stephanie le miró con ojos tristes, pero habló decidida.

—Te pida lo que te pida, Rann, no tienes por qué hacerlo a menos que le convenga a tu vida. ¡Tienes un genio del que cuidar!

—Toma asiento, por favor —le pidió el señor Kung con cordialidad.

Rann se sentó en la silla que le había indicado el señor Kung con un gesto lánguido de su larga y fina mano. Era una silla china, sin brazos y con el respaldo recto, de madera oscura lacada. La parte de atrás estaba decorada con un paisaje de mármol. El señor Kung le habló del mármol inserto en la silla, un mármol especial de la provincia de Yunnan, en la China meridional, que cuando se tallaba transversalmente en losas finísimas, estaba tan veteado que las manchas oscuras parecían componer un paisaje y a veces incluso una marina. El despacho era chino hasta el último detalle. De las paredes colgaban rollos y altas plantas en macetas que adornaban los rincones.

La silla que el señor Kung le había asignado se hallaba a la izquierda de la mesa cuadrada que ocupaba el centro de la pared negra posterior de la estancia. El señor Kung, siendo el mayor de los dos, se sentó a la derecha, en la otra silla. Un criado chino que vestía una larga túnica azul entró silenciosamente con una tetera y dos cuencos de té tapados. Dispuso la bandeja en una mesa accesoria, destapó los cuencos, sirvió el té, los volvió a cubrir y, utilizando ambas manos, puso un cuenco frente al señor Kung y el otro ante su invitado. Entonces, en silencio, abandonó la estancia.

—Bebe —dijo el señor Kung y, después de levantar el cuenco y apartar la tapa, sorbió el té caliente y volvió a taparlo—. Mi hija me ha contado que te ha llevado a ver muchos sitios —añadió.

—Lo hemos pasado maravillosamente bien juntos —respondió Rann, y esperó.

El señor Kung guardó silencio unos cuantos minutos, como si estuviera meditando, y de pronto empezó a hablar de nuevo.

—Soy chino. Procedo de una familia muy antigua y venerable. Somos mandarines. Desconozco cuántos de mis hermanos siguen con vida. Tampoco sé dónde, a excepción de mi hermano pequeño, que huyó a Hong Kong. Ahora vive allí con un nombre falso y trabaja para mí. Yo vine a París hace muchos años, pero antes de que pudiera terminar los estudios el gobierno de mi país cambió. Aun con eso, habría podido regresar, si no fuera porque mis venerables padres fueron de los primeros en perder la vida. Éramos terratenientes y mis padres perdieron la vida a manos de sus propios aparceros, que eran unos campesinos sedientos de tierra. Huérfano de padres, me vi obligado a hacer mi propia vida. No tenía la posibilidad de volver a mi país y contraer matrimonio con la mujer a la que mis padres me habían prometido cuando éramos unos niños. Sus padres, y ella misma, seguramente fueron asesinados también. Por tanto, hice mi propia vida. Tuve una americana, ¿cómo se dice?, una *amie*. ¿Me entiendes?

Rann asintió y el señor Kung prosiguió.

—Tendría que haberlo pensado mejor, pero quiso que me casara con ella porque estaba embarazada, y así lo hice. Yo quería formar una familia. Tenía que cumplir el deber de perpetuar mi familia. Un hijo habría sido chino, aunque tuviera sangre extranjera. Habría llevado mi nombre. De modo que me casé. Luego resultó que había estado embarazada pero había perdido el primer hijo porque tuvo un aborto. Siempre pensé que se lo había provocado ella misma y en su momento me enfadé muchísimo. Cuando se quedó embarazada la segunda vez, un año después, me ocupé personalmente de los detalles relativos a su cuidado. Mi hija fue ese segundo hijo. Luego, al cabo de un tiempo, la madre, esa mujer, se enamoró de un norteamericano, un artista, que ni siquiera era bueno, de hecho. Me dejó cuando la niña apenas tenía seis años. Pero ha sido una hija muy buena, muy inteligente. ¿También te parece inteligente?

—Muy inteligente —repuso Rann.

—¿Y... bonita? —preguntó el señor Kung.

—Y bonita —convino Rann.

El señor Kung dio otro sorbo a su té y luego dejó el cuenco sobre la mesa como había hecho antes. Después de carraspear, continuó hablando.

—Entonces me siento animado a proseguir con lo que te iba a proponer. En primer lugar, permite que te diga que, de todos los hombres jóvenes que he conocido, eres el único que elegiría como hijo propio. Tienes un alma vieja. Soy demasiado moderno para creer en la reencarnación... y sin embargo soy lo bastante viejo para creer en ella. Desearía que fueras mi hijo natural. Habría podido ser así. Tu mente es pura inteligencia. Hablas poco pero lo entiendes todo. Cuando te digo algo, lo que sea, puedo ver que ya lo sabías.

¿Qué podía decir Rann? Guardó silencio.

—En mi país —continuó el señor Kung—, tenemos una costumbre ancestral. Cuando no hay heredero, ningún hijo varón que pueda llevar el apellido de la familia, el yerno favorito, el marido de la hija predilecta, es adoptado y pasa a ser un hijo con todas las de la ley. Adopta el apellido de la familia. Se convierte en el hijo, en el heredero.

El señor Kung levantó la mano para silenciar cualquier respuesta, porque Rann había alzado la cabeza y había abierto la boca para hablar.

—¡Espera! He dicho heredero. Soy un hombre muy rico. Famoso incluso. Mi palabra tiene valor en este país extranjero. Soy una autoridad en las formas más elevadas del arte oriental. Te enseñaré cuanto sé. Heredarás mi negocio..., cuando te cases con mi hija.

—Señor —dijo Rann—. ¿Ha hablado con su hija sobre esto?

Un pensamiento se había infiltrado en su mente mientras escuchaba la voz suave y amable del señor Kung, el pensamiento de que padre e hija pudieran haber planeado juntos aquella proposición. Quizás incluso Stephanie había preparado el terreno al declararle que no tenía ningún deseo de casarse. Quizá, de hecho, sí que lo deseaba. Rann había aprendido con lady Mary que una mujer puede fingir indiferencia cuando, en verdad, ha depositado su corazón en algo... o alguien.

—No he hablado con mi hija —dijo el señor Kung—. No habría sido apropiado hasta tener tu palabra. Si estás dispuesto, si tienes a bien considerar la posibilidad de convertirte en mi hijo, entonces mi corazón se regocija. Iré de inmediato a ver a mi hija. Pero no, tú eres americano, no debo olvidarlo. Cuando yo haya hablado con ella, tú podrás hacerlo también. No soy un hombre chapado a la antigua. Lo permitiré. Debo recordar que ella también es, en parte, americana. A veces me cuesta recordarlo. Y sin embargo nunca lo olvido. Ahora guardaré silencio. Espero tu respuesta.

El señor Kung sonrió; era una sonrisa cálida y cordial, una

sonrisa de felicidad expectante. Rann no sabía por dónde empezar. Había comprendido gracias al don divino de su instinto todo lo que sentía aquel buen hombre, ese anciano padre chino. Retrocedía ante la posibilidad de herir sus sentimientos, pero al mismo tiempo se debía a su propia vida y justo entonces empezaba a tener más clara la manera de conseguir que fuera una vida lograda. No había considerado el matrimonio ni siquiera como una posibilidad. Lady Mary había hecho que el mero hecho de planteárselo siquiera fuera imposible. Aquella mujer había arruinado una parte de su ser. Un rincón de su fuero interno estaba dañado. Le había forzado a vivir en su interior algo para lo que no estaba preparado. Aquello que podía haberse desarrollado en él con natural belleza había quedado en carne viva, al descubierto. Cierto era, también, que él se había abandonado cuando debería haberse resistido, pero lo que en un primer momento había sido una sorpresa física colmada de dicha se había convertido después en una exigencia repulsiva. Sin duda, se había aprovechado, lo había usado y, por tanto, había abusado de él. De ahí que, incluso si llegaba a casarse, todo tuviera que ser distinto para que el pasado quedara purificado.

—Señor —empezó, con un aplomo que, sin embargo, revelaba dificultad—. Me siento honrado. En efecto, señor, no conozco ningún hombre a quien pudiera sentirme más honrado de llamar padre. Pero, señor, no estoy preparado para casarme. Yo también tengo una familia: mi madre, mi abuelo...

El señor Kung lo interrumpió.

—Podrás cuidar de los dos.

—Pero, señor —se apresuró a decir—. También tengo que cuidar de mí mismo. Debo considerar aquello para lo que nací... Mi propio destino, mi sino... mi, ¡mi tarea, señor!

—¿Dices, entonces, que declinas?

—¡Debo hacerlo, señor!

Rann se puso de pie y el señor Kung lo imitó. Le tendió la mano derecha pero el anciano no se la aceptó. Su semblante chino adoptó un gesto frío y adusto.

—¿No lo entiende, señor? —rogó Rann.

El señor Kung miró su reloj.

—Discúlpame —dijo—. Acabo de recordar que tengo otro compromiso.

Hizo una breve reverencia y salió del despacho.

Una hora más tarde, Rann se encontraba en las hermosas habitaciones donde había sido tan feliz durante todos aquellos meses. Estaba haciendo su maleta, recogía las pocas cosas con las que había llegado a la casa, dejando todo lo demás, y Stephanie estaba con él. El autobús salía en dirección al aeropuerto en media hora.

—Debo volver a casa —murmuraba sin cesar—. Quiero volver a casa. Quiero regresar adonde empecé. Tengo que estar solo allí.

Oyó sus propias palabras y se detuvo. Se volvió hacia Stephanie que permanecía de pie en la habitación, pálida y muda.

—¿Lo entiendes, Stephanie?

Ella asintió. De pronto, Rann entendió que la estaba dejando.

—¿Volveremos a vernos?

—Es nuestro destino —repuso ella.

—¿Crees en el destino, Stephanie?

—Por supuesto que creo. Al menos mi parte china, sí.

—¿Y la otra, la americana?

Stephanie negó con la cabeza.

—Perderás el autobús del aeropuerto. El taxi te está esperando.

—¿No me acompañarás?

—No, no te acompañaré. Si lo hiciera tendría que volver sola a casa. Además, quiero estar aquí cuando llegue mi padre.

Ella le ofreció la mejilla y él besó su fresca y tersa palidez.

—Adiós, Stephanie. ¿Nos escribiremos?

—Por supuesto. Ahora, ¡ponte en camino!

SEGUNDA PARTE

Cuando llegó a Nueva York, Rann estaba impaciente por emprender de inmediato el viaje de regreso a casa. Sin embargo, aquí estaba su abuelo, y Rann no tenía las entrañas necesarias para marcharse sin interesarse por él, además luego podría contarle a su madre cómo le iban las cosas al anciano. Le pareció que el viaje había durado una vida entera. Había partido teniendo la experiencia de un niño y había regresado como un hombre. Pero se había visto obligado prematuramente. Lady Mary le había hecho daño. Le había forzado a adquirir una madurez física. ¿Cómo se habría dado todo, se preguntaba, si hubiera amado a una muchacha, tímida y joven, alguien de su misma edad o incluso menor, y hubiera trazado su propio camino en la sexualidad, guiando en lugar de ser guiado, dudando en lugar de ser apremiado, viviendo el asombro en lugar de verse empujado? Pero no hubo una jovencita. Stephanie... No, Stephanie en cierto modo era cosa del futuro. Aun así, de no haber habido una lady Mary, ¿habría habido una Stephanie?

Estaba demasiado cansado para buscar la respuesta a aquella pregunta. Lo abrumó una profunda fatiga, un letargo mental. Había crecido demasiado deprisa. Su mente estaba demasiado saturada. Necesitaba tiempo para acercarse a su propia madurez, tiempo que dedicaría a estudiar su naturaleza, a adivinar sus necesidades. La imagen del apacible hogar donde había nacido y pasado su infancia, aunque se le antojara ahora que aquel tiempo también había transcurrido demasiado deprisa, le ofrecía, sin embargo, paz a su espíritu afligido. No, no culparía a los demás. Había sido él mismo quien se había precipitado; su mente inquieta, su imaginación instantánea, habían sido sus dueños. Dormiría, comería, descansaría en el seno de la presencia pausada de su madre y, poco a poco, descubriría qué hacer. Entretanto, debía considerar también la cuestión del servicio militar. Planeaban sobre él esos años, ¿serían una sombra o una oportunidad? Lo ignoraba.

Transitó por las calles atestadas y llenas de basura de Manhattan con una sensación de rechazo después de conocer las calles impolutas de Inglaterra y Francia, viendo de nuevo a la gente de aquella ciudad, su gente, aunque de momento le parecieran extraños. ¡Qué poco los conocía y cuánto había para conocer, cuánto que aprender! En cierto modo, había aprendido algo sobre sí mismo, pero lo que había aprendido le disgustaba. Había aprendido, en efecto, que en su amplia constitución pugnaban cuerpo y mente y que aún no había conseguido dominar a ninguno de los dos. De hecho, no había alimentado o satisfecho a ninguno de esos dos seres que lo componían pues aquí estaba su cuerpo clamoroso, con todas las pasiones exacerbadas, vivos sus instintos, y aquí estaba su mente, enemistada con el cuerpo. No quería ver la hermosa silueta de una muchacha, ni imaginarla desnuda, y sin embargo se sentía empujado a verla e imaginarla. Rann se rebelaba contra su propio cuerpo, pues tenía una mente hambrienta e impaciente que le reclamaba sus propias satisfacciones. La guerra se libraba en su seno, entre sus distintas fracciones, y en algún punto un tercer miembro de sí mismo se asomaba; era su voluntad, que dudaba entre cuerpo y mente. El cuerpo era tiránico y, de algún modo, había que refrenarlo para que Rann pudiera aplacar el hambre perpetua y más profunda de su intelecto.

En aquel estado de desasosiego, Rann abandonó su modesta habitación de hotel en su primera mañana en Nueva York y se encaminó a Brooklyn, con la intención de pasar uno o dos días con su abuelo y, más tarde, continuar viaje hacia el oeste. Era una hermosa mañana, soleada y clara, el cielo sin una nube, la gente caminando apresurada en el aire cálido y puro. Tomó un taxi y contempló las escenas que se movían despacio fuera de la ventanilla. ¡Extraño, tan extraño cómo las personas dan forma a su mundo! Esta no podía ser otra ciudad sobre la faz de la Tierra que la que era. Si alguien cayera casualmente del cielo, sabría incluso así, a la primera, que era una ciudad norteamericana y que era Nueva York. El coche cruzó finalmente por el puente de Brooklyn y enfiló por las calles del barrio hasta llegar a su destino y detenerse. Rann pagó al taxista, saludó al portero de pelo cano, quien se acordó de él, y subió en el ascensor hasta el duodécimo piso.

Entonces pulsó el timbre y esperó. Impaciente, volvió a pulsarlo. La puerta se abrió apenas unos centímetros y pudo ver la cara asustada de Sung, que le miraba.

—¡Sung! —exclamó.

El sirviente se llevó el índice a la boca.

—Muy enfermo, su abuelo.

Rann apartó a Sung y se apresuró a la habitación del anciano. Yacía en la cama, con las manos cruzadas sobre el pecho y los ojos cerrados.

—¡Abuelo! —gritó Rann e, inclinándose, puso las manos sobre las viejas manos cruzadas.

Su abuelo abrió los ojos.

—Espero a Serena —murmuró—. Viene a buscarme.

Volvió a cerrar los ojos y Rann lo miró con una mezcla de temor y sobrecogimiento. ¡Qué hermosa esa cara envejecida, la tez cerúlea, el pelo cano, los labios cincelados sobre las refinadas manos! Sintió de pronto que no podía soportar perder a su abuelo.

—¡Sung! —exclamó—. ¿Lo ha visto un médico?

Sung estaba a su lado.

—No quiere.

—¡Pero tiene que verlo un médico!

—Decir querer morir. Él empezar morir anoche. Quizás, a las cinco, a las seis. Hablar con una señora, pero yo no la ver, y decir estar demasiado cansado esperarla y tener que ir a su lado, en alguna parte que yo no sé. Así que no más comer, decir a mí, pero yo hacer sopa igual. Él no comer. Solo quedar en cama toda la noche y hablar con esta señora. Yo pasar toda la noche aquí también, pero no ver la mujer, solo oír a su abuelo hablar como si mujer estar aquí.

—Desea morirse —declaró Rann.

—Quizá —convino Sung—. Un hombre desear morir y entonces muere. En China igual.

Sung sacudió la cabeza, resignado y tranquilo, pero Rann fue al teléfono y marcó un número. Le contestó la voz de su madre.

—¿Sí?

—Madre, soy yo.

—Rannie, ¿dónde estás? Pero... si no sabía que...

Él la interrumpió.

—Estoy con el abuelo. Ayer llegué de París. Madre, se está muriendo, no quiere que lo vea un médico. Se ha quedado en la cama y espera.

—Tomaré el primer vuelo —dijo ella.

Rann y su madre pasaron el verano en Nueva York haciendo todo cuanto estaba en sus manos para infundir en el abuelo la mínima voluntad necesaria para regresar a la vida. Todos los doctores que acudieron a verlo lo sometieron a chequeos exhaustivos y, a la postre, dictaminaron que el anciano no padecía ningún mal.

—Según parece, no tiene deseos de seguir adelante —dijo el último de los médicos, con rotundidad.

El abuelo se negaba a recibir cualquier cuidado médico y alimentarlo consistía en intentar introducir un poco de caldo caliente entre sus finos labios.

El otoño pasó y llegó el invierno en un abrir y cerrar de ojos, y en un frío día, con la sensación de una inminente nevada en el ambiente, la madre de Rann había ido a Manhattan a comprar unas cuantas prendas de abrigo, pues no se había traído nada a Nueva York y dudaba de la conveniencia de regresar a su casa estando su padre tan enfermo.

Cuando volvió de Manhattan, Rann la recibió en la puerta.

—El abuelo murió hace una hora, madre —le dijo.

Las lágrimas brotaron raudas de los ojos de su madre, que le dio un abrazo y un beso fugaces.

—Ya hemos pasado por esto, Rann, y los dos sabemos que la vida debe seguir su curso.

—Pero hay tantas cosas que no sé hacer —dijo Rann—. Qué...

—Yo me ocuparé de hacer lo debido. Pareces cansado y necesitas descansar. ¿Has comido? ¿No? Deberías hacerlo, ¿sabes?, los dos deberíamos. No hay ninguna necesidad de que enfermemos.

Sung les rondaba.

—Yo hago comida. Yo sé. Sopa, quizá con sándwich. Café.

El sirviente se retiró, silencioso, caminando sobre sus pantuflas de fieltro, y Rann rodeó a su madre con los brazos.

—Lo había olvidado —murmuró—. Había olvidado lo que es la muerte. Pero él quería morir. Oía sin cesar que... alguien lo llamaba. —Se acordó en ese instante de que su abuelo no le había hablado a su madre de Serena.

—Mi madre... —lo interrumpió ella.

Rann se sentó en una silla de madera labrada. No, no le hablaría de Serena. Si el abuelo hubiera querido que su hija lo supiera, se lo habría contado él mismo. Ahora guardaría los secretos del muerto.

—Sencillamente quería poner el punto final a su vida —dijo.

Volaban en un avión rumbo al oeste. Pasaron unos pocos días y era como si su abuelo no hubiera vivido nunca. Sin embargo, ambos tenían presente la urna con las cenizas del anciano. Era macabro. Las cenizas eran tan escasas, apenas un puñado que una simple ráfaga de viento podía esparcir.

—Les enviaré la urna en un par de semanas, si me dan sus señas —les había dicho el hombre del crematorio.

Madre e hijo habían intercambiado una mirada.

—Nunca se marchó de Nueva York después de llegar de Pekín —dijo su madre.

—Era feliz aquí —dijo Rann, y pensó en Serena.

—Pueden alquilar, o comprar, un nicho aquí —había sugerido el hombre.

Y eso fue lo que hicieron. Dejaron a Sung la tarea de vaciar el apartamento, pero de pronto su madre cambió de parecer.

—Tu abuelo te lo dejó todo, hijo, incluido el apartamento del que era dueño. ¿Por qué no conservarlo? Sung puede cuidar de él. Es posible que no desees quedarte a vivir en una pequeña ciudad del Medio Oeste. Querrás un lugar para ti, algún día, si no ahora, y seguro que será en Nueva York. Te ha dejado en una posición económica muy desahogada. Sin duda puedes permitírtelo.

Así pues, habían dejado el apartamento al cuidado de Sung, y sin tocar nada. La idea le gustaba. Podría volver algún día.

—Volveré —le había dicho a Sung.

—Por favor, señor... pronto —le había rogado el sirviente.

Ahora, sentado junto a la ventanilla del avión, contemplaba las nubes que flotaban envolviéndoles en el cielo. Sentía en sí una perplejidad, una conmoción, una fatiga monstruosas. Cuando su padre murió, fue una muerte esperada y se habían podido preparar. Su madre le había preparado y también, naturalmente, lo había hecho su padre.

—Tu padre se está acercando a la otra vida —le había dicho su madre.

—¿Hay otra vida? —había preguntado él.

—Quiero creer que sí —había respondido ella con firmeza.

Rann lo había aceptado, pues en aquellos días lo aceptaba todo, según le parecía ahora. Y su padre le había hablado sin esfuerzo de su futuro más allá de la Tierra.

—Por supuesto, es algo que ignoramos pero, con la apasionada voluntad de vivir que parece caracterizar a los seres humanos, cabe la posibilidad de que la vida continúe. A mí me parece bien en cualquiera de los dos casos. He vivido unos años maravillosos aquí; el amor, el trabajo y tú, hijo mío. ¡Qué vida más gloriosa tendrás tú! Que la vida te colme de dicha...

—No —había susurrado Rann, tratando de contener las lágrimas—. ¡No hables de eso!

Su padre solo había sonreído, pero no volvieron a hablar de muerte. Algún día, más pronto que tarde, cuando estuviera preparado para enfrentarse a la cuestión, tendría que pensarla a fondo, reunir todas las pruebas. Ahora solo quería vivir. Se retrepó en la butaca y se durmió al instante. El avión aterrizó antes de que Rann se despertara.

La vieja vida retomó su curso. La casa le dio abrigo. Allí había sido un recién nacido y un niño. Allí había aprendido a caminar, hablar y asombrarse. Durante unas semanas fue placentero caer en manos de aquel hueco que le resultaba tan familiar, despertar por las mañanas en su vieja habitación, bajar por la escalera y ver la madera arder en el hogar, la agradable sucesión de ruidos metálicos que hacía su madre mientras preparaba el desayuno, saber el día que tenía por delante, un día que le esperaba para que tomara posesión de él. Los vecinos acudieron a saludarlo. Al cabo de unos días, incluso Donald Sharpe lo llamó por teléfono.

—Bien, Rann, ¿de vuelta de tu excursión por el mundo? ¿Cuál será el siguiente paso?

—No lo sé, señor. Supongo que el servicio militar en alguna parte. Me ha llegado el aviso de reclutamiento y el jueves iré a hacer la evaluación preliminar.

—Ni idea de dónde, supongo, ¿no?

—No, señor.

—¡No dejes de venir a verme antes de marcharte!

—Gracias, señor.

No iría. Ahora sabía demasiado. Ya no era un niño. Y sin embargo todavía no era un hombre del todo. Tenía esos años por delante, una frontera entre el pasado y el futuro, años en los que debería prestar su cuerpo al país, años que debería pasar en algún lugar desconocido, cumpliendo un deber que ignoraba. Era inútil planificar el futuro antes de haber cerrado esos años, y, sin embargo, no podía evitar hacerlo.

Oía, sin prestar atención, la charla resueltamente alegre de su madre. Era reconfortante estar con ella, pero nada más. Y, sin embargo, aunque sabía bien que su vida había avanzado más allá del entendimiento o el alcance de su madre, era consciente de que ella lo sabía también y que por ello no le preguntaba acerca de lady Mary o Stephanie. De lady Mary no hablaba, pero le contó cosas sobre Stephanie, breves y superficiales, una mañana mientras desayunaban.

—La clase de chica que es... bueno, única en su especie. No es francesa, tampoco es china, y ciertamente no es americana, y sin embargo es las tres cosas en cierto modo.

Rann permaneció callado tanto rato que su madre lo espoleó.

—¡Suena interesante!

—Sí —convino Rann—. Sí, ciertamente lo es. ¡Muy compleja, tal vez! Se me antoja que no la podré comprender hasta dentro de unos cuantos años. —Se interrumpió de nuevo, indeciso, y luego continuó—. ¡Esto te parecerá divertido, madre! Su padre es un chino anticuado, aunque lleva muchos años viviendo en París. No tiene ningún hijo varón y, según parece, cuando se da este caso, un chino puede pedirle a su yerno que se convierta en su hijo y adopte su apellido. Pues bien, ¡me pidió que fuera ese yerno!

Rann sonrió, algo avergonzado, y ella soltó una carcajada.

—¿Cómo pudiste rechazar tamaño ofrecimiento?

—Stephanie me había prevenido. Me había dicho que no quería casarse de ninguna manera. Y yo, por supuesto, tampoco..., al menos en este momento de mi vida, cuando aún no sé, no puedo saber, cómo será mi futuro.

Ella adoptó de pronto un gesto serio.

—¿Tienes alguna idea, Rannie, sobre lo que quieres hacer... y ser?

—No, salvo que no quiero trabajar para nadie. No quiero formar parte de ninguna empresa u organización que no pueda controlar. Quiero trabajar por mi cuenta, para mí. Es la única manera de proteger mi independencia. Por supuesto, que haga lo que haga también me dedicaré a escribir. Ya lo siento como una especie de compulsión dentro de mí.

Ella lo miró con ojos preocupados.

—Estás corriendo un gran riesgo...

—Pero solo me afecta a mí.

Permanecieron callados un rato. Ella se sirvió unas cuantas tortitas. Tenía un hambre voraz.

—Bueno —le dijo ahora—, eres afortunado, en cierto modo. Tu abuelo te dejó en herencia todo lo que tenía. Tardaremos un tiempo en saber exactamente cuánto dinero, pero me escribió un día diciéndome que si eras prudente nunca te morirías de hambre y que siempre vivirías desahogadamente.

—¿Te escribió eso?

—Sí, antes de que regresaras a casa. Creo que sabía que no le quedaba mucho.

—Nos gustamos el uno al otro, madre, aunque no sabía qué pensar de él.

Dudó un momento y le contó lo que se había propuesto no contarle.

—Tú no lo sabes, pero se volvió a casar, después de la muerte de la abuela.

Él observó su cara y vio que de pronto se ponía seria.

—No fue un matrimonio propiamente dicho —le contó su

madre—. Sencillamente se mudó a su casa. Serena Woolcotte se llamaba. Claro, celebraron una especie de ceremonia civil, pero no fue un matrimonio con todas las de la ley. La conocíamos.

—¿Nosotros?

—Mi tía y yo.

—Pero él nunca me contó...

—Hay cosas que uno prefiere no contar. Todo el mundo conocía a Serena.

—¿Qué clase de mujer era?

—Una mujer a cuyo padre le sobraba el dinero pero le faltaba el tiempo y dejó que su hija se inmiscuyera en las vidas de los hombres.

—¡Madre!

—¡Eso es lo que hizo!

—Pero eso no me dice nada... inmiscuirse en la vida de los hombres.

—No tenía nada mejor que hacer. ¡Por eso te previne contra tu lady Mary!

Rann dijo basta, pues no quería hablar de su lady Mary. Se levantó de la mesa de la cocina. Le había llegado el aviso de reclutamiento y el día había llegado.

Varios meses después se hallaba en Corea, destinado en una base situada en la divisoria entre el norte y el sur. Detrás de él se extendían los kilómetros densamente poblados de Corea del Sur. Frente a él, se alzaban las montañas de Corea del Norte. Un puente, tendido a su izquierda si Rann miraba hacia el norte, hacía las veces de conexión y barrera. Si cruzaba el puente, le matarían a tiros. No tenía ninguna intención de cruzarlo; de hecho, le horrorizaba. De madrugada, le despertaba la pesadilla de que lo había cruzado sin querer. Día tras día, patrullaba por la línea entre el norte y el sur, y otros muchachos le acompañaban en una tarea aburrida, peligrosa y mecánica que no contemplaba descanso o distracción, o por lo menos una distracción que a él le sedujera.

—Buscaos una chica —había mascullado el sargento de voz nasal la noche en que su compañía llegó al campamento base—. No os mezcléis con esas fulanas que hablan inglés. Llevan mucho tiempo por aquí y están podridas de enfermedades. Aunque tendréis que quitároslas de encima a golpes. Son muy duras de pelar; llegan y te bajan la cremallera antes de que te enteres. No, buscaos una campesina y os la lleváis al huerto. Cuidarán de vosotros... ¡Vaya si saben hacerlo, estas amarillas!

Rann no se había juntado con nadie. Se había limitado a observar a sus compañeros de armas, que, avergonzados, buscando excusas, alardeaban cuando encontraban alguna chica. No tenía ningún deseo de imitarlos. En un sentido que no acertaba a explicarse, ahora comprendía que lady Mary le había infundido cierto buen gusto. Por lo menos, habían hecho el amor en entornos hermosos. Ella misma se había mostrado maniática, pulcra y perfumada. Ahora le resultaba imposible imaginarse yaciendo junto a una de esas putas coreanas que apestaban a ajo, ni siquiera con las chicas de Seúl, ciudad que había visitado en su primer permiso de tres días. Las había visto en bares y salones de juegos, remedando la forma de vestir y las maneras de las estrellas de Hollywood de una generación anterior, y le costaba mucho trabajo mostrarse cortés cuando una de ellas le sonsacaba y adulaba mientras estaba sentado aparte y solo.

—Tú, chico bonito. ¿Sentirte solo, tal vez? ¿Bailas, por favor? Me gusta bailar mucho.

—No, gracias. Solo he venido a tomar una última copa.

—¿Última copa?

—Antes de irme a la cama.

—¿Dónde duermes?

—Me hospedo aquí, en el hotel.

—¿Qué número de habitación?

—Lo he... olvidado.

—Mira tu llave.

—La he dejado en recepción.

—Creo que no te gustan las chicas. Quizá solo te gustan los chicos.

—¡Por supuesto que no!

—¿Por qué no bailas, grandullón?

—Esta noche, no.

De una en una lo intentaban, y de una en una se marchaban, y Rann estaba solo pero no se sentía solo. Ese era el elemento extraño de su vida; nunca se sentía solo porque estaba empezando a escribir. Había descubierto que, entrando en comunión con su mente, se hallaba en comunicación con la vida. Existía cierta permanencia de las cosas cuando anotaba palabras sobre el papel, incluso en las cartas a su madre. Estaban ahí, por la mañana, los pensamientos de la noche anterior. Sintió que la presión interna menguaba. Podía soportar las estupideces de su vida en aquel país salvaje y extraño donde su presencia no tenía ninguna razón de ser. Las gentes eran como nunca las había visto; básicamente, un pueblo nómada aunque vivieran en aldeas desde hacía siglos. Encontró libros sobre aquel pueblo en una librería inglesa de Seúl y, con su insaciable deseo de aprender y saber, se enfrascó en la tarea de comprender a los coreanos. Con lo que iba aprendiendo, empezó a poner por escrito sus conclusiones personales: «¡En el fondo de sus corazones, los coreanos nunca han dejado de ser nómadas! Empezaron como un pueblo nómada hace mucho tiempo en el Asia central y vagaron en busca de un lugar donde hallar reposo, pues los perseguían tribus guerreras. Ello explica por qué llegaron al final a este rabo de tierra, a esta península, suspendida entre China, Rusia y Japón. Desde aquí, ya no tenían adónde ir, salvo abrirse paso rumbo al norte, entrando en Rusia, y cruzar por el estrecho de Bering, que en aquel entonces era un puente de tierra que conducía al actual Canadá, y de ahí, para el sur, ¿quién sabe cuán lejos? No es por casualidad que los americanos y los coreanos se parezcan tanto. En efecto, hoy mismo, uno de los mozos coreanos que se ocupan de limpiar las mesas ha murmurado que uno de sus compañeros era un *chocktaw* y, cuando le he preguntado qué significaba aquella palabra, me ha dicho "hombre demasiado bajo". Con lo cual he recordado que tenemos una tribu de indios americanos, los chocktaw, que son de baja estatura. ¿Coincidencia? Ahí hay más que una coincidencia.»

Y más tarde, en una calurosa noche de agosto: «Hoy tenía asignada una misión en la frontera. He desfilado durante horas por nuestro lado de la raya, con el arma colgada al hombro y mirando la cara huraña del guarda norcoreano al otro lado. Un paso en su dirección, un paso más allá de la raya, y me habría disparado. Un paso sobre la raya en mi dirección y... ¿Le habría disparado yo? No, lo habría echado a empujones para devolverlo al lado que le corresponde. ¡Qué absurdo! Tiene mi edad más o menos; no es un tipo feo. Me pregunto en qué piensa mientras mira mi cara blanca. Quizá se pregunta qué es lo que yo pienso acerca de él. No hay comunicación posible. Sin embargo, en circunstancias normales, si no fuéramos enemigos, tendríamos muchas preguntas que hacernos el uno al otro. Pero nunca nos las haremos. Eso es lo que más detesto de este juego bélico. Desconecta la comunicación entre pueblos. No podemos hacer preguntas y, en consecuencia, no podemos obtener respuestas.

»Esta noche se ha producido una incursión. Tres norcoreanos, aprovechando la luna nueva, han cruzado la frontera. Los hemos apresado enseguida, pero no antes de que abatiese a uno de ellos. Gracias a Dios que no lo maté. Solo una herida en el hombro, pero sangraba espantosamente. Como es natural, lo han llevado al hospital de la base. Supongo que lo entregarán al mando coreano; es probable que lo fusilen después de vendarlo. No soporto pensar en estos sinsentidos.»

Y una vez más, después de un período de descanso y ocio: «No logro comprender, a pesar de los clamores de mi carne, cómo pueden nuestros compañeros penetrar los cuerpos de estas muchachas coreanas infestadas de gusanos y plagadas de gérmenes. Seguro que hay chicas decentes, pero nosotros no las vemos, naturalmente. ¡No quiero conocerlas, ni a las unas ni a las otras!»

Y más tarde aún: «Hoy he conocido a la mujer del general. Resultó que se presentó en su despacho sin que nadie la esperase. La semana pasada me nombraron ayudante del general y era la primera vez que la veía. Debe de tener entre cuarenta y cincuenta años y todavía se muestra coqueta. No sé qué imagen formarme de ella. Por fortuna, no es necesario que me forme ninguna, pero se pasó todo el rato mirándome o, por hablar sin rodeos, mirándome la entrepierna. Con lo cual, opté por mirarla por encima de la cabeza.»

El día después de aquel encuentro el general lo mandó llamar. Rann se cuadró delante del escritorio y le saludó con presteza.

El general le dio una orden sin levantar la mirada de unos papeles.

—Pasado mañana llega un senador en misión de reconocimiento. ¡Como si no tuviéramos bastante con encontrarnos cada dos días con esos demonios rojos! Mi esposa me ha llamado pidiéndome que le envíe hoy a nuestras dependencias; necesita que la ayude en algo. Mejor que vaya y pase una hora con ella para ver qué necesita.

—A sus órdenes, señor —dijo Rann.

Sin embargo, cuando llegó al bungaló del general, vio que tenía poco que hacer y, con una confusa sensación de incomodidad, se fue lo más pronto que pudo.

Al día siguiente, el general lo invitó a una cena que se celebraba en honor del senador y Rann asistió, sintiéndose en la obligación de aceptar la invitación de un general. Esa misma noche, después de la cena, escribió:

«¿Este sinsentido es producto de mi imaginación? Juro que no. La esposa del general me pidió que me sentara esta noche a su izquierda en la mesa de la cena. El senador, un tipo larguirucho criado en algún estado del Oeste, se sentaba a su derecha. La mujer me dijo, riéndose, cuando dudé en sentarme: "Te he puesto donde pueda tenerte a mano en caso de necesitar algo." De modo que ahí me senté. La mesa estaba de bote en bote y me tocó la rodilla derecha con su rodilla izquierda debajo de la mesa. Me aparté inmediatamente, pero al cabo de unos minutos noté que su pie intentaba abrirse paso entre los míos y que me tocaba con la pierna. No daba crédito. Volví a apartarme y ella se me arrimó una vez más. Y durante todo ese tiempo no dejó de charlar ni un momento con el senador. Pero cuando me aparté, ella volvió la cabeza y me obsequió con una sonrisita tímida y apretó más su pie entre los míos, con la pierna casi sobre mi rodilla. Aparté mi silla y quedé fuera de su alcance. No volvió a dirigirme la palabra. No es nada, pero no me gusta.»

A la mañana siguiente, Rann estaba de servicio en las oficinas del general. Cuando entró, este le dedicó una mirada gélida. Rann saludó y se puso firmes, esperando sus órdenes como de costumbre.

—Descanse —dijo el general.

Rann bajó la mano y esperó de pie.

—Siéntese —dijo el general.

Rann tomó asiento, sorprendido.

—Le voy a ser franco —le espetó el general—. Me cae bien. He confiado en usted. Es maduro para su edad. Tiene pasta de oficial. ¿Ha considerado empezar una carrera militar?

—No, señor —respondió Rann.

—Pues piénselo, porque le voy a dar una patada hacia arriba, Colfax. Me voy a ocupar de que le concedan un ascenso.

—Estoy satisfecho como estoy, señor.

—Haré que lo asciendan igualmente —insistió el general.

Era un hombre amable. Sus ojos azules tenían una mirada cordial bajo el pelo entrecano, un hombre guapo en definitiva. Su cara, de rasgos bien cincelados, era bondadosa, aunque su adusta firmeza transmitía una cierta tristeza. Continuó hablando, retrepándose en la silla, mientras su mano izquierda jugaba con un abrecartas de plata, cuyo mango tenía incrustaciones de topacio coreano.

—Tengo que sacarlo de aquí por petición expresa de mi mujer, pero al menos lo moveré hacia arriba.

Rann se quedó atónito.

—Pero ¿qué he hecho, señor?

El general se encogió de hombros.

—Me hago cargo, naturalmente... —dijo—. Sois jóvenes y os pasáis meses aquí sin descanso y solo tenéis a estas chicas coreanas. Sois hombres, al fin y al cabo... —Se interrumpió, ruborizándose ligeramente, y apretó los labios. El abrecartas de plata se le escurrió de los dedos y volvió a cogerlo, esta vez sujetándolo firmemente con la mano derecha.

—Pero sigo sin entenderlo —dijo Rann, desconcertado.

El general dejó el abrecartas.

—Sin rodeos, Colfax. Mi mujer me ha dicho que anoche, durante la cena, intentó seducirla.

—¿Yo? ¿Seducirla? —exclamó Rann, sintiendo que la sangre se le subía a la cabeza.

—No se disculpe, ni me dé explicaciones —dijo el general—. Aún está de buen ver.

Se hizo el silencio, un silencio insoportable. Rann no pudo aguantar más.

—Cállese —le ordenó el general—. Mañana recibirá sus órdenes.

—Sí, señor.

El día siguiente, tal y como el general le había anunciado, Rann recibió las órdenes. Estaba consternado por no haber sido capaz de plantar cara a la acusación de la esposa del general, pero discutir con un superior habría supuesto arruinar su posición, y tal vez lo mejor fuese acatar las órdenes y dejar las cosas como estaban. Lo habían ascendido y transferido al Mando de Apoyo del Ejército, siendo destinado a una base al suroeste de Seúl, donde lo pusieron al frente del centro logístico que allí había. Era el principal centro de suministros de las fuerzas militares estadounidenses en Corea del Sur y las responsabilidades de Rann eran lo bastante amplias y detalladas como para tenerlo ocupado durante unas cuantas semanas antes de averiguar todo lo que se esperaba de él. Entonces descubrió que disponía de más tiempo que antes para entregarse a su inextinguible sed de saber.

Empezó a hablar coreano, una lengua extraña y gutural, distinta de cualquier otra que hubiera oído o hablado con anterioridad, distinta, incluso, de los pinitos de chino que había aprendido con Stephanie. Hacía preguntas a todos los coreanos con los que trataba durante sus horas de trabajo y hasta altas horas de la noche leía libros sobre la historia de Corea. Empezó a comprender el escaso conocimiento que sus compatriotas tenían sobre aquel extraño pueblo y su país de alto valor geoestratégico, así como en qué medida el suyo propio, Estados Unidos, había tenido una influencia importantísima, sin saberlo, en la historia de Corea y, de hecho, seguía ejerciéndola en aquel tiempo mediante su presencia militar en Corea del Sur y la tregua impuesta por los americanos en el paralelo 38. Había visto a la delegación de las Naciones Unidas, integrada por delegados estadounidenses y surcoreanos, en las conversaciones de paz, desgranando largas listas de violaciones del alto al fuego en las reuniones que allí se celebraban, y también había visto cómo los delegados norcoreanos y sus asesores chinos ignoraban todo lo que se decía. En efecto, no pocas veces había visto a aquellos delegados enemigos, con sus modales arrogantes, leyendo tebeos durante todo el tiempo que duraban las sesiones.

En su trabajo con los suministros, cobró conciencia, asimismo, de la existencia de un mercado negro perfectamente organizado, gracias al cual algunos estadounidenses se enriquecían repartiendo suministros a coreanos para que los vendieran en el mercado negro mucho antes de que dichos suministros pudieran llegar a los almacenes que Rann tenía a su cargo. Vio todo esto y mucho más. Vio a ciudadanos estadounidenses, en su gran mayoría oficiales, mezclándose con chicas coreanas y vio las criaturas inevitables que nacían de aquellas relaciones. Niños hermosos, mitad americanos, y aun así condenados a malvivir en los estratos más bajos de la sociedad coreana por culpa de su mezcla racial. Antes de llegar a Corea no había sabido de la existencia de todo aquello, aunque siempre leía los periódicos y todas las revistas de actualidad.

Pasaron los meses y, sin embargo, Rann no se cansó de aprender sobre Corea, y aunque cada noche escribiera algunas líneas, en la forma de un diario, sentía que aún no había agotado el ingente caudal de saber que estaba reuniendo. Entonces, un extraño fenómeno empezó a manifestarse en la fértil imaginación de Rann —extraño para él, por lo menos, porque era la primera vez que le ocurría algo parecido—. A partir de todos los coreanos con los que había tratado, un hombre al que conocía muy bien, una figura compuesta, apareció en su imaginación. No era nadie en particular, en realidad, y sin embargo se componía de todos los coreanos y todo Corea era su pasado. Aquel hombre empezó a hablarle y le contó la historia de su vida. Era muy viejo, su vida había empezado a finales del siglo XIX, y había vivido la ocupación japonesa, la Segunda Guerra Mundial y la Guerra de Corea. Le habló de sus cuatro hijos, dos de los cuales habían perdido la vida durante la guerra, un tercero formaba parte del gobierno, y el cuarto estaba metido hasta el fondo en el mercado negro.

Al poco de que el anciano empezara a hablarle en su imaginación, Rann se puso a anotar cuidadosamente cuanto le decía. Informaba de cada conversación tal y como había tenido lugar, sin escatimar ningún detalle de la vida de aquel viejo coreano. Escribía página tras página, noche tras noche, hasta que un día vio en su imaginación al viejo en su lecho de muerte, con sus dos hijos junto a la cama, y Rann escribió lo que vio y oyó. Después de aquella noche, el anciano no volvió a aparecerse nunca más en su imaginación y Rann se sintió en cierto modo satisfecho con respecto al saber que había adquirido sobre Corea, pues su sed había sido saciada por vez primera en su vida, hasta donde alcanzaba a recordar. Empaquetó las páginas con mimo y las envió a su madre, pensando que de ese modo ella podría compartir parte de su vida en Corea. No le había escrito demasiado mientras redactaba aquellas páginas y quizás ella se quedara más tranquila cuando viera todo lo que había aprendido.

La carta de su madre le sorprendió. «Cariño», le escribía. «No me dijiste qué hacer con tu libro cuando me lo enviaste y la verdad es que no supe qué hacer con él. Lo primero que hice fue leerlo y, cariño, es muy, muy bueno. Tan bueno que, de hecho, me di cuenta de que no era capaz, realmente, de saber qué hacer con él, de modo que se lo llevé, y espero que no te sepa mal, cariño, a tu viejo profesor, Donald Sharpe. Cuando lo leyó, se emocionó tanto que llamó a un amigo suyo que trabaja en el mundo editorial de Nueva York y tomó un avión al día siguiente con el manuscrito. Pues bien, querido, por fin has empezado. El editor me ha llamado tres veces en dos días. Es de la opinión que el libro es oportunísimo y quieren llevarlo a imprenta inmediatamente.

»Te ofrecen veinticinco mil dólares en concepto de anticipo y Donald Sharpe cree que es una muy buena suma para un autor novel, y también quieren quedarse con los derechos de tu próximo libro. En cualquier caso, cariño, ¡mi enhorabuena! Tu padre estaría orgullosísimo de ti, lo mismo que lo estoy yo, por supuesto. Le di tus señas al editor y te remitirán el contrato.»

En efecto, el contrato había llegado en el mismo envío que la carta de su madre. Entremezclada con la sorpresa, Rann no pudo impedir que una sensación de hondo placer inundara su ser. Había considerado revisar los papeles que había escrito en algún momento posterior, quizá, también, con la idea de publicar el libro, pero que entendieran que el manuscrito era publicable tal y como estaba le agradó muchísimo. Firmó el contrato y lo envió de vuelta a la editorial con la indicación de que ingresaran la retribución en su cuenta de Nueva York; después, escribió una carta a su madre.

«Hiciste lo correcto dadas las circunstancias, puedes estar segura. Desconozco por qué escribí esas muchas páginas, aparte de que mi personaje, el viejo coreano, atormentaba mi imaginación y me pareció que escribir lo que aquel hombre tuviera que decir era la única manera de librarme de él. Ahora que ya está hecho, soy libre de él. Me complace que las páginas puedan publicarse en su estado actual, desde luego, aunque no las escribí con esa idea. Sencillamente, lo que ocurre es que la historia es cierta, aunque los personajes sean míos, y los coreanos no tienen a nadie que cuente su historia por ellos. De algún modo, debía contárselo a alguien.»

Rann no tenía amigos íntimos en Corea y no le habló a nadie del libro. El editor le consultó sobre el título y a Rann no se le ocurrió otro mejor que *Choi*, el apellido del anciano que había alumbrado en su imaginación.

En las semanas que siguieron, leyó y devolvió las galeradas. No pasó mucho tiempo antes de que un pulcro paquete llegara a sus manos con un ejemplar del libro: *Choi*, de Rann Colfax.

Rann se sentó y lo leyó de cabo a cabo, después de lo cual colocó el libro en una estantería que contenía sus otros volúmenes sobre Corea.

«Es un buen trabajo», pensó. En efecto, había dicho todo lo que tenía que decir sin dejarse nada en el tintero. Se preguntó si sus compatriotas leerían lo que había escrito y, de ser así, si lo entenderían.

Pocos días más tarde, Jason Cox, otro sargento de suministros y uno de los hombres que trabajaba junto a Rann, llegó corriendo a la oficina esgrimiendo frenéticamente un ejemplar del periódico del ejército.

—Rann, viejo hijo de perra, ¿cuándo lo hiciste? —le gritó.

—¿Qué?

—¡Esto! —El hombre golpeó el escritorio de Rann con el periódico y señaló la primera plana.

Rann se quedó mirando el titular: «COLFAX PUBLICA REVELACIÓN.» El artículo continuaba con estas palabras. «Rann Colfax, un sargento de suministros destinado actualmente a la base logística del Mando de Apoyo del Ejército, y una joven y sorprendente aparición en el panorama literario, nos ha obsequiado, pese a su juventud, con la que sin duda será una de las novelas más maravillosamente escritas del siglo. Sus personajes han sido directamente arrancados de la vida y nos son presentados con una comprensión tan tierna y cabal que el lector, mucho antes de haber terminado la última página, siente que conoce al pueblo coreano como un conjunto de seres humanos y no de "amarillos". El autor sigue la vida de un coreano de clase alta desde finales del siglo XIX, a través de la ocupación japonesa, la Segunda Guerra Mundial y la Guerra de Corea hasta llegar a nuestra actual presencia militar en Corea del Sur. Sí, señor, pero ahí reside el problema. El sargento Colfax ha escrito también sobre la implicación militar en los círculos del mercado negro y la prostitución en Corea del Sur, y lo ha hecho con tanto realismo que resulta obvio que ha conocido por fuerza el asunto de primera mano. El sargento Colfax no debe tardar en revelar los nombres auténticos de sus personajes para que se practiquen las oportunas detenciones. Ha dejado muchas preguntas que de momento carecen de respuesta, y no me sorprendería que el sargento deba dar cuenta de ellas ante las autoridades competentes en los próximos tiempos. Si yo formara parte de las autoridades, sin duda me gustaría saber de dónde y cómo obtiene su información, pues parece que el sargento está prestando un mejor servicio que nuestras agencias, así llamadas, de inteligencia. Será interesante ver cómo se desarrolla el caso.

»Entretanto, cualquier americano con uso de razón debería ir a comprar este libro, leerlo y luego releerlo, pues es, probablemente, el mejor libro que se ha escrito o se escriba nunca sobre un pueblo. ¡Sin duda, recomendable!»

—Venga ya, Colfax —le rogó Jason—. Esta misma mañana he bajado a la librería a encargar tu libro y había varias docenas de personas más haciendo lo mismo. Se supone que no los recibirán hasta dentro de diez días. Pero, mientras tanto, chavalín, puedes contármelo a mí. ¿Quién es toda esa gente de la que has escrito sin dar nombres? —Una exagerada mirada de astucia iluminó su rostro—. Pronto volverás a casa y yo podría darle un buen uso a la información.

—De verdad que no sé de lo que estás hablando, como tampoco tengo la menor idea de lo que cuenta este periódico. En mi libro, nadie ha sido arrancado de la vida, y no podría dar el nombre ni de un solo personaje aunque me obligaran. Son reales para mí, claro que sí, pero ahí acaba la cosa. Surgieron de mi imaginación.

—Eso se lo cuentas a los mandamases —dijo Jason, al tiempo que le guiñaba el ojo y levantaba una comisura de la boca—. Pero no tienes por qué guardar las apariencias conmigo. A fin de cuentas, hemos trabajado codo con codo todos estos meses y somos colegas. Puedes contármelo todo. No me iré de la lengua.

Rann dio gracias cuando el teléfono de su escritorio empezó a sonar y tuvo que decirle adiós a Jason mientras contestaba.

—Buenos días, almacén de suministros al habla.

—Con el sargento Colfax, por favor —zumbó la voz al otro lado de la línea.

—El mismo.

—Sí, sargento Colfax. El general Appleby quiere que se presente en su despacho mañana a las diez en punto. Me ha dicho que quiere leer lo que ha escrito y ordena que acuda con un ejemplar del libro. Nos vemos a las diez de la mañana, sargento Colfax.

Un clic metálico puso punto final a la conversación antes de que Rann pudiera preguntar nada.

El resto del día se lo pasó hablando por teléfono y con gente que se acercaba a su despacho para hablarle del artículo. Rann no acertaba a comprender el porqué de toda aquella agitación, ya que en la base, a fin de cuentas, nadie había leído su libro todavía. Todo el mundo parecía estar furtivamente «al caso» de la información sobre la que había escrito. Fue invitado a varias fiestas durante la tarde, pero declinó en todos los casos, pues prefería acostarse temprano y estar fresco para la entrevista con el general que tendría lugar la mañana siguiente.

El despacho del general parecía distinto cuando entró en la sala de visitas. Debió de parecer sorprendido, porque la recepcionista le dijo:

—Pase. No se ha equivocado. El requerimiento de una nueva moqueta llegó finalmente la semana pasada. La hemos esperado dos años. Es bonito este rojo, pero me pone nerviosa.

Rann echó un vistazo a la estancia. Sí, era la misma con la única salvedad de la moqueta rojo encendido, que contrastaba mucho con la teca negra del escritorio y los sillones negros de cuero.

La misma moqueta cubría el suelo del despacho del general e imprimía un tono rosado a la tela de ramio beige de las paredes.

—En realidad, no escribí el libro para publicarlo, señor —dijo Rann al general—. Lo escribí más o menos como un resumen de uso personal sobre la Corea que he conocido desde que llegué aquí.

—Tendré que leerlo antes de volver a hablar con usted —dijo el general—. Sospecho que, con toda esta publicidad, me presionarán para que investigue todo este asunto del mercado negro y extraiga algunas respuestas. ¿De dónde sacó su información?

—De eso se trata —explicó Rann—. No dispongo de ninguna información. No hice más que mirar lo que estaba pasando y escribir acerca de ello de la única manera lógica que se me ocurrió de hacerlo.

—Bien, lo leeré y volveré a ponerme en contacto con usted. Entretanto, no hable de esto con nadie. Este condenado país ya está bastante agitado con todo lo que tiene. ¿Por qué no se toma unos días de descanso y baja a Busan y se tumba a tomar el sol un rato? Así podré terminar de cocinar todo eso y luego lo llamaré. Hay unos cuantos reporteros de los periódicos locales en la oficina de salida y creo que lo mejor será decir que no hará comentarios hasta que hayan tenido la oportunidad de leer el libro. Supongo que eso bastará para calmar un poco los ánimos.

En Busan las playas eran amplias, el cielo radiante se extendía sobre los destellos de mar azul y las suaves colinas verdes se fundían con las agrestes montañas grises que se alzaban al fondo. Rann llevaba tres días allí cuando el general le llamó.

—Bien, Colfax, ha escrito usted todo un libro. Lo único que sucede es que resulta difícil de creer que no se mezclase con estraperlistas. Pero no me malinterprete. Yo creo que no fue así, aunque la cosa no huele bien. Tenemos que pensar qué explicaciones dará. —El general esperó.

—Lo único que puedo hacer, señor, es contar la verdad —dijo Rann.

—Desde luego, desde luego —convino el general—. La cuestión que hay que decidir es cómo y dónde lo hará. Hay una reunión en mi despacho mañana por la tarde, a las dos. Gran parte de los principales oficiales incumbidos acudirá y me gustaría que usted también asistiera. Tal vez podamos aclararlo todo. Por cierto, Colfax, la señora Appleby ha organizado un cóctel para reunir al club de esposas de oficiales en nuestra casa, mañana por la tarde, y le gustaría que fuera. He pensado que podríamos ir directamente desde mi despacho, si no tiene inconveniente.

—¿Su esposa, señor? —Rann sabía que no podía negarse, pero sintió que se le subían los colores a medida que recordaba la ira que había sentido.

—Sí, sin duda, es una mujer maravillosa, hijo mío, no le guarda rencor a nadie. Vendrá, naturalmente, ¿verdad?

—Sí, señor, naturalmente.

Rann tomó el primer tren para Seúl.

El general inauguró la reunión al día siguiente.

—Caballeros —dijo—, no creo que Colfax tenga nada que ver en todo esto. Pienso que no es más que un joven con una imaginación muy fértil. No obstante, en lo que él mismo denomina su manera lógica de hacer las cosas, es posible que haya dado con algunos detalles que pueden ayudarnos. Creo que deberíamos preguntarle todo lo que se nos ocurra y luego abrir una investigación a gran escala antes de que su libro incendie Corea. Voy a licenciar antes de tiempo al señor Colfax y lo enviaré de vuelta a Estados Unidos cuanto antes. No puede quedarse aquí. No quiero que caiga en manos de las personas equivocadas mientras esté aquí.

Durante casi tres horas, Rann respondió a las preguntas tan escrupulosa y exhaustivamente como supo, sin olvidarse de precisar cada vez que hablaba que sus respuestas eran opiniones personales.

—¿No cree que deberíamos mantener al sargento Colfax aquí, general, hasta que este entuerto quede aclarado? —preguntó uno de los oficiales.

—No, no creo que sea necesario —respondió el general, con gesto pensativo—. Creo que el sargento nos ha contado todo lo que sabe realmente, y sus suposiciones han quedado recogidas en el libro. Estoy convencido de que no tuvo participación alguna en este asunto, de modo que no veo la necesidad de retenerlo. Es su primer libro y lo más probable es que no tenga muchos lectores y, de todos modos, estoy convencido de que podremos resolver todo esto en unas pocas semanas. Quizás es conveniente sacarlo de circulación para que nadie pueda ponerse en contacto con él. De momento, nadie más conoce exactamente lo que se dice en su libro y podemos retener el lanzamiento durante un tiempo, hasta que terminemos nuestro trabajo. Debería ponerse en camino enseguida y volver a Estados Unidos a la mayor brevedad. Ahora, caballeros, si no hay más preguntas, creo que las señoras nos están esperando.

El bungaló del general había recibido hacía poco una nueva mano de pintura y el estuco era ahora de un amarillo suave, de suerte el edificio resaltaba entre las demás casas, todas pintadas de verde manzana en el sector americano llamado Little Scarsdale. El interior a dos niveles seguía igual, sin embargo, todo pintado de rosa. «Es el color favorito de la señora Appleby», había oído comentar a los invitados en su anterior visita a la casa.

—Bien, sargento Colfax. —La señora Appleby cruzó la sala en dirección a Rann, con las dos manos tendidas para saludarlo.

Parecía haber perdido algo de peso desde la última vez que la viera Rann, aunque seguía siendo una mujer regordeta. Llevaba un caftán de terciopelo que barría la moqueta cuando las puntas de sus pantuflas doradas golpeaban el dobladillo inferior al ritmo de sus pasos. Seguía maquillándose en exceso y se había peinado el cabello teñido de rubio con unas graníticas ondas que a Rann le hicieron pensar en una techumbre de uralita.

—Todo el mundo se ha llevado una buena sorpresa con usted, menos yo. Sabía que haría algo realmente importante y vaya si lo ha hecho. ¡Chicas! Este es el tal Rann Colfax del que todo el mundo habla, y esperad a leer su maravilloso libro para entender realmente por qué es la comidilla de todos. Yo ya sabía que iba a hacer algo y hacerse famoso y todo eso, y le dije al general la primera vez que le vi que era una persona superespecial y que debía colocarlo en el cuartel general. Pero, bueno, ya sabéis lo celoso que siempre es, así que le dio por transferirlo directamente al Mando de Apoyo logístico.

—Escucha, Minnie —la interrumpió el general—. Sabes bien que...

—Oh, chitón, querido —lo regañó su esposa—. Todos nos equivocamos, incluso tú. Además, ya estás perdonado, así que no hay más que hablar. Dígame, Rann Colfax, ¿adónde dirigirá sus pasos ahora?

—Bien, señora Appleby, supongo que regresaré a Nueva York. Quizá pase unos días en Ohio con mi madre, pero solo serán unos días.

—Sí, lo sé; el general me ha dicho que se marcha en un par de días. Por eso le quería tener aquí esta noche. A fin de cuentas, no ocurre todos los días que aparezca una celebridad entre nosotros, ¿no es así? Lo que quiero saber es en qué dirección encaminará su carrera. Venga con nosotras y tómese una copa y nos lo cuenta todo. Aquí lo tenéis, chicas. El hombre más emocionante del momento y le falta nada para ser un civil, así que me figuro que podremos tutearlo y llamarlo Rann. ¿No te importará, no, Rann?

Rann puso excusas para marcharse cuanto antes sin ser desconsiderado y regresó a su acuartelamiento para empezar a hacer las maletas y preparar su viaje de vuelta a casa. Al cabo de dos días, regresaba ya a Estados Unidos.

San Francisco le pareció una ciudad hermosa a Rann, quizá, de hecho, la ciudad más bonita que había visto hasta ese día con la excepción de París. En algunos aspectos, la ciudad sobre las colinas, rodeada por la bahía de San Francisco y conectada con sus suburbios por los hermosos puentes de la Bahía y del Golden Gate, superaba incluso a París. Su entrada en la ciudad a bordo de un transporte militar desde Tokio había sido tranquila, pues su nombre no constaba en ninguna lista de embarque, y las dos semanas que tardó en completar los trámites para darse de baja del ejército pasaron sin tropiezos.

Rann se vio en posesión de una buena cantidad de tiempo libre, que dedicó a visitar los museos y los parques de la ciudad, aprendiendo cuanto pudo sobre el entorno durante su breve estancia. Después de que lo licenciaran, decidió quedarse una semana más en la ciudad y luego empezó a echar de menos las comodidades de su apartamento en Brooklyn, así como la presencia de Sung. Renunció, pues, al plan de visitar a su madre, pensando, en cambio, que era preferible que ella lo visitara a él en Nueva York, y en una mañana despejada embarcó en un reactor comercial que volaba de San Francisco al aeropuerto de Idlewild en Long Island.

—Señor, ¿es usted Rann Colfax? —le había dicho el encargado del mostrador cuando reservó su vuelo.

—Sí, soy yo —respondió Rann con tranquilidad.

—Bien, estoy más que feliz de conocerlo, señor. Acabo de terminar *Choi* y debo decirle que es el mejor libro que he leído en toda mi vida.

Como la conversación llegó a sus oídos, la mujer que hacía cola detrás de Rann pediría después que le dieran un asiento a su lado.

—No he tenido ocasión de leer su libro por ahora, señor Colfax.

Era una mujer de mediana edad, presumió Rann, y hablaba con el acento de generaciones de ancestros en Nueva Inglaterra. Era delgada y de baja estatura y llevaba un traje sastre negro. La azafata había dejado su sombrero y el abrigo a juego en el compartimento sobre el asiento.

—Acabo de regresar de Japón, donde he pasado un año, y me siento un poco fuera de lugar. Desde luego, ha provocado usted un buen revuelo en toda la prensa en lengua inglesa. Supongo que en los demás periódicos también, pero la verdad es que nunca sabemos a ciencia cierta qué cuentan estos extranjeros sobre nosotros, ¿no le parece? Es una injusticia, en cierta manera, que en esos países haya tanta gente que habla inglés, cuando nosotros somos completamente incapaces de aprender sus lenguas. Aparte de viajar, he hecho poco más desde que falleció mi marido hace cinco años, de modo que me siento bastante desubicada, en cuanto a libros y teatro se refiere. Tengo mucho trabajo pendiente para ponerme al día, y su libro, sin duda, figurará en el primer lugar de la lista. ¡Madre mía!, parece muy joven para haber causado tanto revuelo. ¿Por qué se decidió a escribir, señor Colfax?

Rann pensó un momento antes de responder.

—No sé si alguna vez me lo planteé antes de hacerlo —dijo con sinceridad—. Supongo que cabría decir, sencillamente, que soy escritor.

—Pues claro que lo es, por fuerza tiene que ser uno escritor para haber logrado un éxito semejante. Pero lo que quiero decir es que no todo el mundo escribe y que debe de haber una misteriosa cualidad que convierta a un hombre en escritor y a otro no. Ciertamente, yo no podría escribir.

—Supongo que es una especie de compulsión que te obliga a poner las cosas por escrito sobre el papel.

Rann cedió y se dejó llevar por la conversación. No había escapatoria posible en tan reducido espacio. Sin embargo, no tardó en hacer preguntas él mismo. Vio que a la mujer también le apetecía hablar.

—Soy Rita Benson —le dijo—. Mi marido fue un auténtico triunfador en el negocio del petróleo y, mientras vivió, teníamos la afición de dar apoyo económico a la creación de espectáculos. De hecho, tengo dos en Broadway estos días. Supongo que no me queda otro remedio que volver a integrarme en esa vida. Sabe Dios que no hay ningún motivo para no hacerlo. Mi marido me dejó más dinero del que podré gastar jamás y disfruto muchísimo con la gente del teatro, con sus fiestas y todo lo demás. ¿Te gusta ese tipo de vida, Rann? Me vas a permitir que te tutee, por supuesto, y no te olvidarás de hacer lo mismo conmigo, ¿no?

La conversación continuó hasta que ella le sonsacó la promesa de que le permitiría presentarle el mundillo del espectáculo en Nueva York y, cuando el avión aterrizó, habían intercambiado sus señas y números de teléfono, con el compromiso de volver a verse en unos pocos días.

Cuando se levantaron de sus asientos, Rann la ayudó con su equipaje de mano y se encaminaron juntos a la zona de recogida de maletas. Los flashes de los fotógrafos le deslumbraron cuando entraron en la terminal.

—¡Pero si son Rita Benson y Rann Colfax! —exclamó el reportero con voz exaltada—. Muy interesante. ¿Cómo se han conocido ustedes dos?

Explicaron que se habían conocido en el avión y luego Rann la ayudó a subir a su coche.

—¿Estás seguro de que no quieres que te acerque a tu casa, hijo mío? Me va de paso, porque me voy a quedar unos días en Nueva York antes de continuar viaje hasta Connecticut.

Rann accedió, pues era difícil encontrar un taxi a esa hora, y la larga limusina negra de la señora Benson se deslizó sin dificultad entre el tráfico hasta que el chófer puso su equipaje en el ascensor de su finca. Rita Benson le tendió entonces la mano por la ventanilla del coche y Rann la sostuvo un momento con la suya. Tenía la mano caliente, suave y perfectamente acicalada.

—No lo olvides, hijo mío, no tardarás en tener noticias mías. Me has dado tu palabra.

El coche se alejó de la acera y se internó en el tráfico, mientras Rann se quedaba un momento en la calle antes de entrar en su edificio.

—Es agradable tenerlo de nuevo en casa, señor —lo saludó el viejo portero con entusiasmo.

—Gracias —dijo Rann y, ya en el ascensor, pulsó el botón de su piso. Llamó a la aldaba de su puerta y Sung abrió con un trapo para quitar el polvo en la mano. En su rostro redondo y normalmente inexpresivo apareció una amplia sonrisa.

—Muy contento de verlo en casa, amo. Yo esperaba mucho tiempo aquí.

—Por fin en casa —respondió Rann.

Sí, estaba en casa, en su propia casa. Sung abrió las maletas mientras Rann telefoneaba a su madre.

—¿Rann, dónde estás? —Su voz sonaba joven y fresca en la línea telefónica.

—Donde me corresponde, en el apartamento del abuelo..., en mi apartamento, mejor dicho.

—¿No vendrás a casa?

—Esta es mi casa ahora. Vendrás tú a visitarme.

—Rann... Bueno, supongo que tienes razón. ¿Estás bien?

—Sí.

—Te noto como si algo fuera mal.

—He aprendido mucho durante estos meses.

—Has vuelto más pronto de lo que esperaba. ¿Tienes planes, hijo?

—Sí, voy a escribir libros. Libros y más libros, llegado el momento, es decir...

—Tu padre siempre me dijo que te dedicarías a esto. ¿Cuándo debo ir?

—Ahora mismo, si te apetece.

—Déjame ver... la semana que viene, ¿el jueves? Las reuniones de mi club son los miércoles.

—Perfecto. Hasta entonces...

—Oh, Rann, ¡qué feliz soy!

—Yo también.

—Y, Rann, casi me olvido. Tu editor quiere que lo llames cuanto antes. Le prometí que lo harías. No te olvidarás, ¿no?

—No, no me olvidaré, madre. Gracias.

Colgó y se abismó en sus pensamientos, y entonces, en un arrebato, llamó a Francia, a París, a Stephanie. A esas horas, calculó Rann, estaría en casa. Y en casa estaba. Un chino le respondió en francés que si esperaba un instante la *mademoiselle* se pondría al teléfono, pues acababa de llegar con su venerable padre.

Rann esperó el momento que le reclamaban, que se multiplicó en varios momentos, y al cabo oyó la voz clara de Stephanie hablándole en inglés.

—¡Pero, Rann, te hacía aún en Corea!

—¡He llegado hoy mismo a Nueva York, Stephanie! ¿Cómo estás?

—Como siempre... Bien. Trabajando muy duro para hablar bien el inglés. ¿No crees que ya lo hablo bastante bien?

—Tienes un inglés excelente, ¿qué va a ser ahora de mi francés?

—¡Ah, no lo vas a olvidar en absoluto! ¿Cuándo vienes a París?

—¿Cuándo te vienes tú a Nueva York? Tengo casa, ¿te acuerdas de que te lo dije en una carta?

—¡Ah, tú! ¡Me has escrito una carta, dos como mucho!

—No podía escribir cartas en Corea, demasiadas cosas que hacer, ver, aprender. Repito, ¿cuándo te vienes...?

—Sí, sí, ya te he oído la primera vez. Bueno, la verdad es que mi padre abre una tienda en Nueva York. Por eso iremos, quizás en unos meses.

—¿Cómo voy a esperar?

Ella se rio.

—¡Ahora estás siendo tan educado como un francés! Bueno, tendremos que esperar los dos y mientras esperemos nos escribiremos cartas. ¿Estás bien?

—Sí. ¿Piensas en mí de vez en cuando?

—Por supuesto, y no solo pienso en ti, también leo cosas sobre ti. Tu libro se ha hecho muy famoso y lo van a sacar en francés la semana que viene. Entonces lo podré leer y veré por qué en los periódicos ingleses no paran de hablar de ti.

—No te hagas muchas ilusiones. Solo es mi primer libro. Habrá más. Escúchame, Stephanie. Necesito verte, en serio. ¡Te guardo como un tesoro en mi memoria!

Ella volvió a reír.

—¡Pues quizá no lo pienses de verdad, ahora que has visto chicas guapas en Asia!

—Ni una, ¿me oyes, Stephanie? ¡Ni una sola!

—Te oigo. Ahora tenemos que despedirnos. El tiempo es oro, cuando llamas de tan lejos.

—¿Me escribirás?

—Por supuesto.

—Hoy mismo, quiero decir.

—Hoy mismo.

Rann oyó que Stephanie colgaba el auricular y se hacía el silencio. De pronto, tuvo el deseo imperioso de verla. ¿Unos pocos meses? Era intolerable. Consideró tomar el primer vuelo a París del día siguiente. No, no funcionaría. Tenía mucho que hacer para poner en orden sus ideas. Tenía que poner en orden su vida, empezar su obra, planear su tiempo. ¿Qué le depararía el futuro?

Rann decidió posponer la llamada a su editor hasta la mañana siguiente. El vuelo no había sido muy descansado, aunque, en cierto modo, había disfrutado de la charla interminable de Rita Benson. Sentía ahora la necesidad de darse un baño de agua caliente, ponerse ropa limpia y fresca y regalarse una tarde relajada bajo los cuidados de Sung. Cuando entró en el gran dormitorio principal en el que se había instalado tras la muerte de su abuelo, descubrió que Sung, su fiel sirviente, había abierto las maletas y había guardado todas las cosas en su sitio, dejándole sobre la cama un bonito batín de seda y un pijama. «Por fin en casa», pensó Rann, mientras llenaba la bañera de agua humeante. Si era cierto que Serena había visitado a su abuelo en aquellas habitaciones, Rann, por su parte, no había experimentando ninguna violación de su intimidad. En efecto, nada alteraba su bienestar allí y pensó en la gratitud que sentía hacia su abuelo mientras descansaba en la bañera. Luego se secó con energía y, viendo que no estaba del todo preparado para ponerse el pijama, eligió un traje de baño de un cajón y salió a la terraza para tumbarse al calor del sol.

—Se ha dormido, joven amo, y temo usted poder resfriarse con el aire frío de la tarde.

Así lo había despertado Sung. El sol había desaparecido y Rann fue a la biblioteca donde Sung le había dejado un cóctel preparado en el escritorio, junto al periódico.

Rann tomó unos sorbos de la copa fría y echó un vistazo a

la portada de cada sección del diario. En la sección de teatro vio un titular que le llamó la atención.

«RITA BENSON AÑADE RANN COLFAX A SU CUADRA.» Rann continuó leyendo. «El ángel más radiante de Broadway, Rita Benson, viuda del magnate del petróleo George Benson, llegó hoy a Nueva York procedente de Tokio escoltada por el mismísimo Rann Colfax, joven portento autor del superventas *Choi*. Ciertamente, Rita no pierde el tiempo cuando se trata de reunir a los jóvenes disponibles de la ciudad...»

Rann no pudo seguir leyendo. Descolgó el teléfono y llamó al Saint Regis, donde Rita Benson le había dicho que se hospedaba.

—Por supuesto que no lo he leído, hijo mío —dijo ella, cuando lo pusieron con su habitación—. Pero no hagas ningún caso a lo que digan. Necesitan tener algo que contar. Aún eres un novato para este mundillo, pero debes saber que nosotros hacemos nuestra vida sin que nos importe lo que pueda publicar la prensa. Oye, ¿qué te parece cenar conmigo mañana en el hotel? Luego podríamos ir a ver un espectáculo. Y tanto que hablarán, pero que hagan lo que quieran, ¡digo yo! A estas alturas, no puedo empezar a basar mi vida en lo que diga la gente y harías bien en hacer lo mismo. Cualquier persona que sea importante para mí o para ti conocerá la verdad y ¿qué más dan los demás? Naturalmente, me gusta ir bien acompañada por un joven apuesto. Por eso hago negocios con jóvenes apuestos. No me los llevo a la cama, querido, pero si tengo que elegir entre un joven guapo y un viejo arrugado para pasar una velada, la verdad es que no hay color. Pronto se les agotarán las habladurías y al final todo quedará en nada. No te hagas mala sangre.

A Rann le reconfortó comprobar cómo la señora Benson aceptaba el artículo sin despeinarse. Se puso unos pantalones frescos de lino y un polo de manga corta y disfrutó de una cena excelente de pollo agridulce, una de las especialidades de Sung. Después de cenar, se puso el pijama y el batín que el sirviente le había dejado preparados y fue a su estancia favorita de la casa, la biblioteca, donde el siempre atento Sung le había dejado sobre el escritorio la copa que más le gustaba tomar antes de acostarse. Eligió un libro de los anaqueles, una biografía de Thomas Edison, y se arrellanó en la confortable butaca. Nunca se cansaba de leer cosas sobre las vidas de grandes personajes y, aunque conocía bien la de Thomas Edison, no había leído aún la obra de ese biógrafo y se acercó al libro con placer.

—¿Necesitará algo más, amo? —le preguntó Sung entrada la noche.

—No, gracias, Sung. No tardaré en acostarme.

Se levantó y fue a su habitación, donde vio que Sung le había abierto la cama y había dispuesto todo lo necesario para que la primera noche en su casa fuera agradable.

Rann abrió los ojos por la mañana cuando lo despertó la luz del sol que entraba a raudales por la ventana que había abierto Sung. Era su manera de despertarlo.

—Uno no tiene que despertar deprisa a una persona —le había explicado—. El alma vaga por la Tierra mientras cuerpo duerme y, si a uno lo despiertan demasiado deprisa, alma no tiene tiempo de encontrar camino de vuelta a casa.

Sung estaba ahora junto a la cama de Rann, esperando que se despertara, con una cafetera caliente sobre una bandeja de plata que traía entre las manos.

—Siento mucho despertarlo, joven señor —dijo—. Pero hay un hombre que llama tres veces en una hora. Dice que tiene que hablar con usted. Parece importante. Su nombre es Pearce. Dice que él es editor.

—No pasa nada, Sung. —Rann aceptó el café que Sung le sirvió—. ¿Qué hora es?

—Las diez en punto, señor.

A Rann le sorprendió un tanto haber dormido hasta tan tarde. El teléfono volvió a sonar cuando se estaba poniendo el batín. Se llevó el café a la biblioteca.

—Sí, señor. Un momento, señor. Él venir ahora. —Sung le tendió el aparato a Rann. Era su editor, George Pearce.

—Menudo artículo en el periódico, Colfax. Ahora nos toca conseguir que tu nombre siga en el candelero. ¿Dónde conociste a la señora Benson?

Rann le contó el encuentro.

—Pues bendita la suerte, si me lo preguntas. De lo contrario, podrías haber llegado a Nueva York desapercibido. Tendrías que haberme avisado de tu vuelo, así podría haberte preparado un buen recibimiento y conseguir la máxima cobertura.

—No se me ocurrió pensarlo —dijo Rann, con toda sinceridad.

—Bueno, tendremos que pensarlo a partir de ahora. Eres un superventas pero el público es caprichoso. No puedo permitir que salgas de los focos. Pero no hay mal que por bien no venga. Rita acude al rescate. ¿Puedes venir a almorzar con nosotros hoy?

—Sí, por supuesto.

—Perfecto. Nos vemos en el Pierre a las doce. Mi relaciones públicas me acompañará y luego quizá podamos invitar a la prensa a unas copas y ver si podemos endosarles un par de titulares. Ahora que los tiros van por aquí, me parece que deberíamos haber atacado con la prensa por el lado joven *playboy* desde el principio.

—Me temo que desconozco todo eso, señor.

—Pues ya lo conocerás... después del almuerzo. Déjalo todo en nuestras manos. Mi relaciones públicas es el mejor del negocio.

Rann dio cuenta del copioso desayuno que le preparó Sung, se bañó, se vistió con ropa informal y tomó un taxi que lo llevó al Pierre, en Manhattan.

—Bueno, bueno, bueno —lo saludó George Pearce en el vestíbulo del hotel.

Era un hombre alto, elegante y con un mechón de pelo rubio que le caía sobre la frente. Rann calculó que tendría unos cuarenta y tantos años, aunque daba la sensación de que los años no pasaban para él.

—Aquí estás, Rann Colfax. Y además eres muy bien parecido. Las fotos no te hacen justicia. Tenemos que hacerte unas nuevas. Margie, toma nota, nuevas fotos promocionales cuanto antes.

La mujer que acompañaba al editor garateaba frenéticamente en su cuaderno mientras él hablaba. Estaban sentados en el confortable comedor.

—He pedido mi plato favorito y espero que te guste.

La confianza de aquel hombre impresionó a Rann. Nunca había conocido a nadie igual y descubrió que le empezaba a caer bien.

—Los de relaciones públicas se reunirán con nosotros dentro de un rato, pero hay unas cuantas cosas que me gustaría aclarar primero —continuó—. Margie, necesitará ropa nueva. No está mal lo que lleva, pero demasiado tradicional para la imagen que queremos dar. ¿Tienes sastre, Rann?

Rann sacudió la cabeza.

—El mío te cuidará bien. No es barato, pero vale la pena. El mejor de todos. Margie, pídele una cita y dile al italiano que se dé toda la prisa que pueda. Ropa deportiva, trajes, esmóquines, ropa de trabajo, todo a la última moda. Y pídele cita con ese barbero de la Quinta Avenida. Ya sabes cuál te digo. Su corte de pelo tiene un aire a soldado raso que apesta. Bueno, eso tiene arreglo.

—Señor Pearce... —empezó Rann.

—Llámame George —lo interrumpió el editor—. Vamos a trabajar muy juntos. Tutéame. Nada de formalismos.

—Entendido, George —continuó Rann—. Pero creo que debo serte completamente franco. Siempre he sido yo mismo. Vengo de una ciudad universitaria de Ohio. No sé nada de estilos, ni de cortes de pelo, ni de conferencias de prensa, ni de *playboys*, ni nada de todo eso, y lo cierto es que no sé si quiero aprenderlo.

El hombre mayor estudió su cara a fondo.

—Rann, me temo que no me voy a andar con rodeos. Eres muy joven, demasiado joven, de hecho, para haber escrito un libro tan bueno. Sin embargo, lo has hecho. Nos la jugamos cuando decidimos publicarte el libro y ahora tenemos que sacarle el jugo. No es nada personal, entiéndelo. Me caes bien. Había pensado en construirte la imagen de un chico prodigio, intelectual y todo el rollo, pero eso pide tiempo. Tu libro demostrará el genio que eres, eso si la gente lo lee. Ahí es donde entramos nosotros. Si la gente tiene ganas de leer las bobadas que te dedicaron ayer en los periódicos y terminan comprando tu libro por esa razón, entonces lo que nos toca es darles mucho que leer en los periódicos. Tan fácil como eso. Primero, eres una propiedad; segundo, eres una persona, al menos en lo que a mí respecta. Tus ventas han ido en constante aumento y ahora estás en la quinta posición de la lista. Vayamos a por el número uno y luego veremos cuánto tiempo podemos aguantarlo. Tenemos que venderte a la buena sociedad de Nueva York. Son ellos los que marcan las tendencias y, entonces, las buenas sociedades de Wichita y El Paso y cientos de sitios así las imitarán. Hay que promocionarte.

A medida que el almuerzo avanzaba, Rann advirtió que, pese a todo, cada vez estaba más de acuerdo con las cosas que le decía el editor. Habían convocado la rueda de prensa a las cinco y Margie le había pedido antes una cita con el barbero. A la hora de los postres, se les unieron tres personas del departamento de relaciones públicas. Cuando George Pearce les explicó su plan, habló el agente de más rango entre los tres.

—Bien, George, al menos este nos va a dar menos trabajo que el anterior que nos diste. Menudo perro estaba hecho ese hombre. ¿Cuándo volverás a ver a Rita Benson? —La pregunta iba dirigida a Rann.

—De hecho, voy a cenar esta noche con la señora Benson...

El agente de relaciones públicas lo interrumpió.

—Llámala Rita, especialmente cuando hables con la prensa. A ella le encantará y la prensa morderá el anzuelo. ¿Dónde vais después?

—Habíamos planeado ir al teatro.

—Perfecto, y luego, ¿adónde?

—Bueno, supongo que a casa. No había planeado nada.

—Eso es bueno. No haces planes. Nosotros los hacemos por ti. Ve al Sardi's. Tendremos un reportero allí. Con eso debería bastarnos para ir tirando un par de días. Oye, dan el estreno de una peli importante el jueves por la noche. Me sobran unas entradas para celebridades. ¿Crees que Rita querrá acompañarte?

—No lo sé. Se lo preguntaré.

—Bueno, si no quiere, conseguiremos a otra figura. Oye...

La conversación continuó durante una hora y Rann vio que tendría que dedicar sus noches durante lo que quedaba de mes a todo tipo de eventos sociales.

—Caballeros, siento interrumpir el momento, pero tenemos una cita con el barbero —intervino Margie—. Nos veremos a las cinco.

George Pearce se levantó.

—Te acompañaré —dijo—. Luego quedamos todos aquí a las cinco.

Volvieron al Pierre cuando faltaban diez minutos para las cinco. Le habían cortado el pelo según uno de los nuevos estilos y un traje negro de corte moderno había ocupado el lugar del que llevaba antes, más conservador. George Pearce se había valido de sus influencias con una sastrería que estaba de moda para que le arreglaran el traje y el esmoquin que se pondría aquella noche. Había tenido tiempo incluso para una breve visita al sastre donde le tomaron las medidas y George Pearce le aseguró que debía ponerse en sus manos, a lo que Rann no puso inconveniente.

Ahora que su primera rueda de prensa estaba a punto de tener lugar, Rann manifestó cierta timidez.

—Nunca he hecho nada parecido —repetía sin cesar.

George Pearce parecía preparado para cualquier cosa.

—Margie, llévate a Rann a que se tome una copa y tranquilízalo. Espera unos treinta minutos y luego os venís. Yo me quedo aquí para asegurarme de que todo esté listo.

—Tienes que confiar en él, Rann —le dijo Margie, una vez que estuvieron instalados en un agradable reservado en la parte trasera de la coctelería—. Eres muy afortunado. George Pearce es el mejor en este negocio. Nadie conoce como él el mundo de la edición y con el estreno que has tenido, vas viento en popa. ¿En qué estás trabajando ahora?

—La verdad es que todavía no lo había pensado y, a juzgar por el calendario que me habéis organizado, creo que no dispondré de muchas ocasiones para hacerlo durante una buena temporada.

—Arriba te lo preguntarán y no resulta muy prometedor que un autor no esté escribiendo, así que diles sencillamente que aún no estás en disposición de comentarlo. Con eso debería bastar para contentarlos un tiempo, hasta que puedas ponerte a escribir algo.

Rann comenzó a sentirse más relajado con Margie.

—No tengo ni la más remota idea de lo que voy a escribir o si algún día volveré a escribir algo que sea publicable. Siento la compulsión de poner las cosas por escrito, pero no necesariamente la compulsión de escribir cosas para publicarlas. ¿Sabes a qué me refiero?

—Sin duda, entiendo perfectamente a qué te refieres. —Margie se mostró muy pragmática en lo que le decía—. Lo mejor es no preocuparse por ello. Volverás a escribir y no hay nada que pueda impedírtelo si eso es lo que quieres. Eres escritor. Por mi experiencia en este negocio, diría que los escritores se pueden clasificar en dos tipos. Los primeros estudian las artes expresivas y descriptivas, conocen sus herramientas verbales a la perfección, estudian de qué se compone una novela o un cuento, diseñan una trama desde el principio hasta el final, y luego se sientan a escribir y aplican sus conocimientos para hacer el trabajo. Con frecuencia son muy buenos. A este tipo de escritor se le puede enseñar. El otro tipo es el del escritor que se obsesiona con una idea o situación existente y que no puede librarse de ella hasta que la pone negro sobre blanco. A veces solo escribe la situación sin presentar solución alguna, pues es posible que no existan soluciones. A veces no conoce las reglas gramaticales, las de puntuación, o ni siquiera las de ortografía, pero eso no importa. Siempre se puede contratar a alguien que se ocupe de puntuar, corregir las faltas de ortografía, los errores gramaticales, pero es imposible contratar o enseñar a alguien para que haga lo mismo que él. Este tipo de autor solo escribe desde lo existente y sus historias se componen de las situaciones que dan forma a la vida, las cosas que ve, oye, huele, las emociones, todo lo que da forma a los días. Su obra está viva, respira. Este hombre necesita escribir. No puede evitarlo. Es escritor. El primero puede redactar noticias, anuncios o manuales, o puede no escribir en absoluto, si eso es lo que elige. No cabe decir lo mismo de nuestro segundo hombre. Solo escribe desde las entrañas. Es imposible encargarle que escriba nada, o incluso que él mismo se imponga la tarea de hacerlo, y que luego se siente a su mesa y lo haga por obligación. Tú eres un escritor de este segundo tipo. No siempre son genios, pero es aquí donde aparece el genio. Puede que no seas un genio. Aún es pronto para saberlo. Pero eres escritor y no es pronto para saber eso, ¡y además eres buenísimo! —Margie miró su reloj—. Venga, termínate la copa. Dios se enfadará si llegamos tarde.

Rann dejó su copa sin terminar y la siguió al ascensor. No pudo contener una risita ahogada cuando recordó que Margie se había referido a George Pearce como «Dios». Sintió que estaba entrando una vez más en un mundo nuevo, poblado por un tipo de personas como no las había conocido jamás. Era emocionante y sintió la emoción en todo su ser. Estaban solos en el ascensor.

—Por cierto —dijo Rann—, gracias por tus palabras. No solo son un halago, sino también todo un voto de confianza.

—Ni se te ocurra enfocar las cosas por ese lado. —Margie le dedicó una amplia sonrisa—. Siempre digo solamente la verdad. No es que sea moralista, pero todo resulta más fácil si solo dices la verdad. Así no es necesario que te pases todo el día recordando las cosas que has dicho. Te dije la verdad. Ahora ya lo sabes; que lo sepa también la prensa. George Pearce les está hablando ahora mismo del chico extraordinario que eres y de lo listo que eres y todo lo demás; por eso quería que llegaras unos minutos tarde. También les habrá facilitado un esbozo biográfico que redactamos con el mismo objetivo. Relájate y sé tú mismo. No tienes nada de qué preocuparte.

Rann la estuvo mirando mientras hablaba. Una mujer atractiva, entre los treinta y los treinta y cinco años de edad, difícil de calar, elegante, traje de ejecutiva color gris perla, zapatos a juego, un rostro ovalado interesante, el pelo negro recogido en un aseado moño en el cogote, el impenitente juego de cuaderno y lápiz en las manos.

Rann también se sonrió al oír la recomendación de que se relajara y fuera él mismo, máxime después de toda la lata que le habían dado durante el almuerzo sobre su imagen, el cambio de ropa y de corte de pelo, y el horario para lo que quedaba de mes.

La puerta del ascensor se abrió y entraron en un vestíbulo cubierto de una moqueta roja con una puerta abierta a un extremo. George Pearce cruzó el vestíbulo para saludarlos.

—No me esperaba una asistencia tan buena. —Se le arrugó la cara al esbozar una sonrisa—. Seguro que la publicidad de ayer nos ayudó. Será pan comido, Rann. Acuérdate solamente de que la mayoría es gente del máximo nivel y son amigos.

Había alrededor de cuarenta hombres y mujeres dando la espalda a la puerta cuando entraron en la sala, además de los responsables de relaciones públicas que Rann había conocido durante el almuerzo. Habían puesto una mesa que hacía las veces de bar junto a la pared izquierda de la sala y el director de relaciones públicas estaba ahí. Había otra mesa mirando a la puerta. Detrás de esta, unos ventanales que iban del suelo al techo cubiertos con cortinajes de terciopelo carmesí a juego con el color de la moqueta. Fue hacia esa mesa adonde se encaminaron Rann, Margie y George Pearce. El hombre de la barra se les acercó con tres copas y todo el mundo los observó en expectante silencio mientras George Pearce se remitía a sus notas. Entonces carraspeó y se puso de pie.

—Damas y caballeros, todos disponen del perfil biográfico, que debería responder muchas de sus preguntas, con la salvedad de que fue redactado por la madre del señor Colfax mientras él se encontraba fuera del país y la información de nuestro escritor bien pudiera diferir de la que nos facilitó su madre en algunos aspectos. Así pues, no duden en hacer todas las preguntas que tengan.

Los reporteros respondieron a aquellas palabras con una carcajada.

—Voy a pedirle al señor Colfax que permanezca sentado durante la entrevista y que ustedes hagan lo mismo y que el camarero no permita que ninguna copa quede vacía. ¿Manos? Sí, señorita Brown. —George Pearce se sentó y tomó un sorbo del trago largo que le habían servido.

—Señor Colfax, llevo un tiempo preguntándome cómo es posible que alguien tan joven pudiera escribir un libro como *Choi*. Ahora, leo en el perfil que estaba preparado para entrar en la universidad a los doce años. ¿Podría abundar sobre ese punto, por favor?

Las preguntas durante los siguientes cuarenta y cinco minutos versaron en gran medida sobre sus orígenes y las obras de referencia que había consultado para su libro, y Rann las respondió todas con el máximo detalle y brevedad posibles.

Una joven en la última fila que no había hablado hasta ese momento levantó la mano. George Pearce habló con Margie antes de darle la palabra.

—Sí, señorita Adams. Lo siento, creo que no nos conocemos.

—No. —La mujer tenía una voz perfectamente modulada—. Acabo de llegar de la Costa Oeste. Soy Nancy Adams, del *Tribune*. Señor Colfax, ¿a qué se debe que conozca con tanto detalle el funcionamiento del mercado negro en Corea?

Rann sintió que se le enrojecía el cuello.

—Señorita Adams, no sé nada del mercado negro en Corea.

—Pero escribió sobre ello con muchísimo realismo. ¿Cómo pudo hacerlo si no sabía nada del tema?

—Me han pedido que no entre en detalles sobre esta cuestión.

George Pearce carraspeó y se pellizcó el labio inferior con el índice y el pulgar, a punto de intervenir.

—¿Quién se lo pidió, señor Colfax? —continuó la señorita Adams, sin dejar pasar un momento.

—Uno de los oficiales al mando.

—¿Al mando de qué, señor Colfax? ¿Le juzgaron por participar en el mercado negro?

—No, me absolvieron de cualquier participación.

—Pero ¿dónde lo absolvieron, señor Colfax, sino en un juicio?

—Fue un grupo de oficiales con mando.

—¿No fue un tribunal militar?

—No.

—¿Solo un grupo de oficiales?

—Sí.

—Señor Colfax, en su libro aparecen varios oficiales de alta graduación implicados en el mercado negro. ¿No cabe la posibilidad de que las personas que le dieron el visto bueno fueran las mismas sobre las que escribió?

—No.

—Pero ¿cómo vamos a saberlo, señor Colfax, si, como usted dice, no lo sabe? ¿Cómo se llamaba el oficial al mando?

—No estaba implicado.

—Entonces, si usted no estaba implicado y el oficial tampoco, ¿por qué no nos da su nombre?

—Era el general Appleby. —Rann deseó no haber pronunciado aquel nombre, pero la mujer le había puesto nervioso con su insistencia.

George Pearce se levantó.

—Damas y caballeros, lamento tener que bajar el telón, pero sé que el señor Colfax tiene que vestirse para salir a cenar. Muchas gracias y espero que todo esto les haya servido.

—Señor Colfax, una pregunta más, por favor. —Era la primera mujer que lo había interrogado—. Creo que mis lectores estarán interesados en saber cómo le gustaría pasar su primera noche en Nueva York a un joven soldado después de estar tanto tiempo fuera de casa.

—Muy sencillo. Cena y teatro.

—¿Con alguien en especial?

—Rita Benson.

—Ah, entiendo. ¡Muy especial! Gracias, señor Colfax.

George Pearce y Margie parecieron quedar satisfechos con el desarrollo de la tarde y se despidieron de Rann en el vestíbulo del hotel. Luego, Rann tomó un taxi que lo llevó de vuelta a casa y se vistió para la cena.

—¡Pero, joven señor, está muy cambiado! —La sonrisa de Sung delataba su entusiasmo—. Desde esta mañana es otro hombre. Está bien así, distinto pero bien. —Le quitó un paquete que llevaba en la mano.

—Gracias, Sung. Me visto enseguida, y me pondré la chaqueta que hay en esa caja.

—Ha llamado su madre, amo. Sonaba disgustada. Ha pedido que la llame.

—Entendido, lo haré ahora mismo, pero tendrá que ser breve. No me sobra el tiempo. Llena la bañera, por favor, y que no esté demasiado caliente.

Rann se sentó al escritorio de la biblioteca.

—¿Cómo estás, madre? ¿Algo anda mal? —La conexión telefónica se estableció enseguida.

—Oh, Rann, estoy tan contenta de que me hayas llamado.

No sé si algo va mal o no hasta que tú me lo cuentas. En el periódico de la mañana venía un artículo muy insidioso. Rann, ¿quién es Rita Benson? —Notó que su madre estaba nerviosa.

Rann rio.

—Nadie que deba preocuparte. Solo es una señora que conocí en el avión.

—No es eso lo que afirma el artículo.

—Madre, solo puedo decirte lo que me han recomendado, a saber: que no hagas caso de las cosas que lees en los periódicos. Es una mujer agradable, nada más.

—Con tal de que estés seguro de que nadie te ha añadido a su cuadra, aunque supongo que eso tampoco sería un problema, si es lo que quieres.

—No estoy en la cuadra de nadie y nunca lo estaré. No hay nada de qué preocuparse. Oye, madre, tengo que salir corriendo o llegaré tarde a una cena.

—¿Con ella?

—Sí, madre. —Rann volvió a reír—. Con la señora Benson.

—Bueno, de acuerdo. Hablaremos pronto.

—Y te veré pronto, madre, y te divertirás con la señora Benson cuando la conozcas.

Rann colgó el auricular y se quedó sentado un momento, pensando. No podía reprocharle su preocupación. En realidad, su madre no había querido entrometerse en su vida. Era una preocupación honesta y comprensible. En cierto modo, le tranquilizaba saber que tenía a su madre allí, en su pasado, siempre preocupada por su felicidad.

—Hijo mío, no has llegado tarde —le dijo Rita Benson cuando llamó a su habitación en el Saint Regis cuarenta y cinco minutos más tarde—. Y nunca te disculpes. En este mundo, cualquier retraso que no sobrepase la media hora es ser puntual. ¿Quieres subir a mi habitación a tomar unos cócteles o, a la vista de los periódicos, prefieres que nos veamos en el bar? Debo reconocer, sin embargo, que si esto es una cuadra, la estoy pagando muy cara.

—Te espero en el bar, Rita —dijo Rann entre risas—. Y no me preocupa la cuadra.

—Oh, querido, habré metido la pata, seguro. —Rita Benson rio también—. Te veo en un minuto.

Rann se felicitó por su nueva chaqueta de fiesta cuando Rita Benson entró en la coctelería del hotel al cabo de unos minutos. Todas las cabezas del local se volvieron para verla cuando caminó hasta la mesa de Rann. Tenía el aspecto de una mujer de treinta y cinco años, tal vez, aunque Rann sospechaba que estaba más cerca de los cincuenta y cinco. Su vestido largo de seda color vino se adhería a su esbelta figura con la desenfadada elegancia de un vestido hecho a la medida de quien lo luce. El pelo, muy corto, envolvía suavemente su cabeza y enmarcaba, con un efecto muy potente, el rostro, además de acentuar el largo y grácil cuello y los esbeltos hombros.

—Rita, estás preciosa —la halagó con toda sinceridad Rann, al tiempo que se levantaba para ofrecerle una silla.

—Pues claro que lo estoy, hijo mío. Sabe Dios el trabajo que me cuesta. Muy amable por tu parte haberte fijado, de todos modos. Por cierto, estás muy guapo. ¿Quién te cortó el pelo? Puede que le dé la oportunidad de probar con el mío.

Terminaron deprisa sus cócteles y pasaron al salón del restaurante.

—Rann, quiero decirte que tu libro es absolutamente maravilloso. Lo encargué nada más llegar al hotel y no pude dejarlo hasta que lo terminé, y luego volví a empezarlo. Me he pasado todo el día acariciando la idea de montarlo en Broadway, pero creo que la escena quizá no es el mejor sitio para el libro. Quizá mejor hacer una película, aunque no he hecho ninguna. Tenemos que hablarlo un día que tengamos más tiempo. Ahora vamos con retraso.

Se levantó de la mesa y Rann la ayudó con su estola.

—Añade un veinte por ciento a la nota y apúntalo a mi cuenta, Maurice —dijo, cuando pasaron junto al *maître*.

Rann apenas pudo fijar la atención en la obra que estaban viendo. Su mente no paraba de volver a lo que Rita le había dicho durante la cena acerca de su libro. Se sentía halagado, desde luego, pero la idea le resultaba extraña. Nunca había pensado que la historia del anciano pudiera ser algo más que un libro y, de hecho, había tenido muy poco tiempo para acostumbrarse a verla convertida en un libro.

—¿Te ha gustado la obra? —le preguntó Rita más tarde, cuando Rann la ayudó a subir a su limusina.

—Muchísimo, pero debo confesar que me costó mucho trabajo concentrarme después del comentario que me hiciste durante la cena.

—Cuando te dije lo de tu libro, hablaba en serio, pero debo leerlo de nuevo, y luego tú y yo tendremos una charla.

El trayecto hasta el Sardi's fue breve.

—Señora Benson, señor Colfax —les anunció el *maître* con voz clara—. Les estábamos esperando. Su mesa está justo ahí. El señor Caldwell también ha llegado.

La columna de Emmet Caldwell se publicaba en todos los periódicos importantes del mundo, según sabía Rann desde hacía tiempo, pero no esperaba ver el tipo de hombre que encontraron al llegar a la mesa. Era alto y extrovertido, con los ojos muy separados y despiertos, y la frente un poco demasiado despejada para que uno pudiera considerarlo guapo. Parecía un profesor universitario. Se levantó.

—Rita, siempre es un placer. —Le tendió la mano—. Y tú eres Rann Colfax. Debo admitir que no te habría reconocido a juzgar por la foto que salió en las noticias de ayer.

Rann le estrechó la mano. Su apretón era fuerte y firme y a Rann le cayó bien. Transmitía en todo lo que hacía ese aire típico de las personas que hace tiempo que están acostumbradas a desempeñar su profesión.

Tomaron asiento en torno a la mesa y pidieron de cenar el

afamado sándwich de bistec que servían en el Sardi's y una ensalada verde aliñada.

Emmet Caldwell llevaba la batuta de la conversación.

—Rita, ¿es cierto el rumor que he oído de que estás considerando la adquisición de los derechos para adaptar el libro de Rann?

Rita pareció dudar y demoró la respuesta hasta que el camarero terminó de servirles las copas y abandonó la mesa.

—Sí, creo que puedes afirmar sin temor a equivocarte que lo estoy considerando. Aún no me he decidido y no puedo hacerlo sin asesorarme bien. Es un libro fantástico, en mi opinión, una historia conmovedora, muy bien contada. Si va a funcionar sobre el escenario o no y hacer justicia tanto a la historia como al teatro, lo ignoro. Quizá lo que le conviene es el cine. Sobre eso deberé asesorarme. Tengo una cita con Hal Grey el lunes por la mañana y le he pedido que se lea el libro antes de encontrarnos.

Rann había oído que Hal Grey era el director de la productora cinematográfica independiente más importante del país y que había ganado varios premios con sus películas documentales.

—Creo que si a Hal le interesa —continuó Rita—, hará un muy buen trabajo con el libro. Es una novela muy histórica.

Emmet Caldwell tomaba notas discretamente en un pequeño cuaderno de bolsillo.

—¿Y qué te parece a ti, Rann?

—La verdad es que no he tenido tiempo para pensarlo. —Hizo una pausa y añadió—: Margie Billows, que trabaja con mi editor, comentó que debía buscarme un agente para que se ocupe de los derechos secundarios y me ha conseguido una cita para presentarme a uno. Sin embargo, si Rita está interesada, estoy segura de que hará un buen trabajo con el material.

Caldwell sonrió.

—Conozco bien a Margie, Rann, y, si le interesas, harás

bien en seguir sus consejos. Es una veterana en este negocio y no hay nadie mejor que ella. George Pearce es un hombre afortunado por tenerla. La chica sabe moverse de maravilla en este mundo.

La conversación continuó durante toda la cena y Rann disfrutó del desenfadado intercambio de pareceres entre Rita Benson y Emmet Caldwell. «Sí, un mundo dentro de otro mundo», pensó para sus adentros, y haberlo descubierto le fascinó.

Sung le esperaba cuando llegó a casa y le llevó una copa a la biblioteca.

—Sung, no tienes que esperarme cuando llegue tarde —le dijo Rann—. Al parecer, voy a trasnochar a menudo durante una buena temporada.

Después de darse una ducha caliente, Rann se puso un pijama limpio y se tumbó en la enorme cama antigua, sumida en la oscuridad del dormitorio principal, y los ruidos nocturnos que se sucedían en la calle prestaban un tenue telón de fondo a sus pensamientos, mientras Rann recordaba los acontecimientos de aquel día y reflexionaba sobre el curso que su vida había tomado hasta ese punto. Casi podía oír la voz de su padre, hablándole a su madre muchos años atrás.

—Dale libertad a nuestro hijo, Susan —decía a menudo su padre—. Dale libertad y sabrá encontrarse a sí mismo.

¿Se había encontrado a sí mismo?, pensó. ¿Así era Rann Colfax?, se preguntó mientras le iba llegando el sueño.

La habitación seguía a oscuras cuando Rann abrió los ojos a la mañana siguiente y tuvo que pensar un momento antes de recordar dónde se encontraba. Sus sueños habían sido una mezcla de lady Mary en Inglaterra, Stephanie en París y su madre en Ohio. ¿Cómo reaccionarían aquellas mujeres a los cambios que se estaban produciendo en su vida? El entorno, con el que por fin se había familiarizado, le devolvió al presente. Se levantó de la cama y descorrió los cortinajes de los ventanales que daban a la terraza. La cálida luz del día entró en la habitación. Rann se puso unos pantalones cortos, salió al sol y miró el ángulo de su sombra. Alrededor de las diez, estimó, aún quedaba algo de tiempo antes de que las sombras de la tarde envolvieran la terraza. Se puso cómodo en un diván y dejó que el sol calentara su flaca figura.

—Tengo todos los periódicos como pide, joven señor —le dijo Sung, cuando le llevó el café a la terraza. A Rann, aún le sorprendía y agradaba el modo en que su sirviente le observaba y se anticipaba a sus deseos—. Están en el escritorio cuando usted esté preparado. ¿Los traigo aquí?

—No, mejor que me esperen. Primero voy a disfrutar del sol.

Una llamada de Margie interrumpió sus pensamientos.

—Rann, ¿ya has leído los periódicos?

Rann confesó que no.

—Bueno, pensaba que nadie iba a colar su artículo antes del cierre de la edición, pero alguien sí lo consiguió: Nancy Adams, del *Tribune*. Me temo que es una asquerosa, Rann. Nos ayudará a vender libros, lo cual está bien, pero el tono general es asqueroso. No le hagas caso. ¿Qué harás a la hora del almuerzo? Tenemos una cita con el agente a las tres de la tarde y se me ocurrió que podíamos comer juntos antes de ir.

Rann aceptó encontrarse con ella al mediodía, colgó el auricular y se puso a buscar el *Tribune* entre los demás periódicos. El artículo figuraba en el faldón de la primera página. «CHICO DEL MERCADO NEGRO CONOCE LAS CANDILEJAS DEL ESTRELLATO.» Incluía una fotografía en la que aparecían Rita y él saliendo de la limusina aparcada frente al teatro. Rann leyó el artículo en el que Nancy Adams explicaba que él, Randolph Colfax, que había hecho una fortuna gracias al mercado negro en Corea, o bien por implicación personal, o bien con lo que había escrito sobre su funcionamiento, había sido visto la noche anterior en los lugares más selectos en compañía de la adinerada viuda Rita Benson, viviendo por todo lo alto gracias a sus ganancias. Rann sonrió con amargura al recordar que Rita lo había invitado a cenar y que su editor había corrido con todos sus gastos de antemano.

Las líneas con las que se cerraba el artículo le molestaron profundamente: «A la vista de todo esto, alguien debería tomarse la molestia de consultar al general Appleby, destinado en Corea, cómo es posible que el señor Colfax haya sido exonerado con tanta facilidad de cualquier participación en el mercado negro. Basta leer su libro para comprobar que el autor conoció necesariamente de primera mano todo el alcance de tan nauseabunda operación.»

—Pero no tenía ningún derecho a decir las cosas que ha escrito —protestó Rann, cuando se sentó con Margie para comer.

—Oh, claro que lo tiene. —La voz de Margie era dulce pero firme—. Es el precio que tenemos que pagar por la libertad de prensa —continuó—. Puede escribir lo que le venga en gana, siempre y cuando se cubra las espaldas, y lo hizo. Dice que hiciste una fortuna gracias al mercado negro, o bien por implicación personal, o bien con lo que has escrito sobre él. Eso es verdad. Escribiste sobre el mercado negro en tu libro y estás haciendo una fortuna. Y aún te harás más rico después de su artículo. Pero no puedes permitir que eso te haga daño.

Continuaron discutiéndolo durante todo el almuerzo y, más tarde, también en la oficina del agente.

—Estás en el candelero, Rann —le dijo Ralph Burnett, el director de la agencia—. No nos faltan clientes, pero te cogeremos igual. Cuando alguien quiera hablar contigo sobre tu obra, nos lo envías. No hay más misterio. Pero tienes que seguir en el candelero. Si lo haces, ganaremos un dinero. Después del artículo de hoy, tu libro se encaramará al número uno en una semana. Ya lo verás.

Y así sucedió. Rann estaba en su escritorio, con el periódico abierto entre las manos por la sección de libros. En la página contigua a la lista de los más vendidos, había una reseña larga y bien razonada de su libro. George Pearce, Margie y Ralph Burnett tendrían que estar muy contentos, se dijo para sus adentros.

A él también le había gustado la reseña. El crítico había

comprendido tan bien todo lo que Rann había querido expresar que se quedó sorprendido. No todos los artículos que se habían publicado —y no eran pocos— estaban tan bien meditados o escritos con tanto cuidado. Todos habían sido buenos y se habían atenido a los hechos, con la excepción de esa tal Nancy Adams, que se había descolgado con un par de artículos más en el *Tribune*, en uno de los cuales daba cuenta de una llamada telefónica al general Appleby en Corea. El general no había aceptado su llamada, respondiendo sencillamente a la operadora que no tenía ningún comentario que hacer, pero informar de aquella llamada le brindó a aquella mujer la oportunidad de volver a poner por escrito sus asquerosas insinuaciones. Dos días después, escribió sobre una reunión que había tenido con el senador John Easton, un joven futurible presidencial de un estado de Nueva Inglaterra que era miembro de un comité de investigación sobre asuntos militares. El senador le había prometido leer el libro y volver a reunirse con ella. Nancy Adams aseguraba a sus lectores que dispondrían de un informe completo con las declaraciones del senador y una vez más aprovechó la oportunidad para repetir sus comentarios anteriores.

En las dos semanas transcurridas desde que Rann llegase a Nueva York, de todo lo que hizo quedó constancia en los periódicos. Le asombraba que al público pudiera interesarle realmente cada paso que daba. El jueves fue al estreno con Rita y el sábado asistieron juntos a un baile benéfico. El viernes había comido con George Pearce y Margie, una rutina ajetreada pero sencilla, y todo quedó reflejado en las columnas de cotilleos. Su madre le había llamado cumplidamente varias veces para interesarse por los artículos y Rann lamentaba mucho el modo en que había afectado a su vida. Lo único que podía hacer era asegurarle una y otra vez que todo le iba bien. El teléfono de su escritorio interrumpió sus pensamientos. Era Donald Sharpe.

—Profesor Sharpe, debe perdonarme que no le haya escrito agradeciéndole que me recomendara a George Pearce. Regresé hace solo dos semanas y he tenido mucho trajín estos días...

—Lo sé. —Donald Sharpe rio—. Leo los periódicos. Por lo que veo, no paras. ¿Quién es Rita Benson? Tiene que ser todo un personaje para robarte tanto tiempo.

Ahora se rio Rann.

—Es una mujer muy agradable que conocí en el avión que me trajo de San Francisco y ahora está interesada en hacer una película basada en mi libro. De hecho, sus abogados están trabajando para llegar a un acuerdo con mi agente. Los periódicos lo exageran todo.

—Lo sé. —Donald Sharpe se quedó callado un momento—. ¿En qué estás trabajando ahora, Rann?

—No hago nada. De hecho, ni siquiera se me ocurre algo que me apetezca escribir. Estoy seguro de que lo haré, pero esta historia de los periódicos me roba toda la energía porque me paso el día intercalando ataques de rabia con ataques de risa.

—Puedo decirte cómo sobrellevarlo, Rann. Quizá te suene raro, pero sencillamente deja de leerlos. No está en tu mano cambiar nada de lo que cuentan y podrás continuar con tu trabajo si los ignoras. Si haces caso de todo lo que la gente hable sobre ti, entonces jamás podrás lograr todas las cosas de las que eres capaz y que, además, estás destinado a lograr. He conocido a gente en tu misma tesitura y, créeme, la única manera de seguir adelante es ignorarlo todo.

—Supongo que tiene razón. Todo aquel que sabe algo de este negocio me dice lo mismo. Sin embargo, estoy seguro de que convendrá conmigo que es más fácil decirlo que hacerlo.

—Desde luego que sí, hijo, pero vale la pena esforzarse. Inténtalo ahora y verás cómo funciona. Algún día, después de muchas penas y exámenes de conciencia, llegarás a la misma conclusión, pero si eres capaz de aceptar un buen consejo y empezar ahora mismo a hacer caso omiso de lo que digan los demás, y especialmente la prensa, te ahorrarás un buen calvario. En mi pequeño mundo, también tuve que aprenderlo por mí mismo.

Que le llamara «hijo» y el cariz personal de la conversación, le trajo a la memoria el vívido recuerdo de la noche que pasó en la casa de Donald Sharpe y notó que se ponía colorado al responderle.

—Profesor Sharpe, yo...

Donald Sharpe lo interrumpió.

—Espera, Rann. Antes de dar ningún paso más en nuestra relación, hay un par de cosas que me gustaría aclarar, y creo que puedo hacerlo muy deprisa. En primer lugar, llámame Don. Creo que no somos tan distintos en lo que respecta a la edad o la posición para que sigas tratándome de usted. En segundo lugar, lamento lo ocurrido entre nosotros hace años, pero no debemos permitir que eso se interponga en el camino de nuestra amistad futura, si podemos evitarlo, y como ambos somos inteligentes, me imagino que sabremos resolverlo. Reaccioné ante ti como habría hecho cualquier hombre en mi posición. Quizá puedas entenderlo ahora. Tú reaccionaste ante mí como habría hecho cualquier chico en tu posición. Lo entiendo, por supuesto. No diré que no hubiese preferido que las cosas se dieran de otro modo. Entre nosotros, no hay lugar para la mentira, pero, siendo así, seamos amigos y basemos la amistad en un terreno que nos convenga a los dos. Creo que no hay más que decir sobre el asunto.

Lo tranquilizó ver que Donald Sharpe hablaba con toda franqueza.

—Creo que eso me gustaría, Don. Siempre y cuando ambos tengamos presente la realidad de la situación.

—No lo olvidaré, hijo mío. Oye, tu madre me ha contado que irá a Nueva York dentro de un par de semanas y he pensado que quizá la acompañe en el avión. ¿Quién sabe? Quizás ahora que te tiene gracias a mí, George Pearce esté dispuesto a publicar algo mío. En cualquier caso, reserva un poco de tiempo para que lo pasemos juntos. Nos veremos pronto.

Tras la conversación, Rann se quedó reflexionando. Había vivido muchas cosas después de aquella noche que había pasado en casa de Donald Sharpe y, pese a que la sensación de rechazo físico conservaba toda su fuerza, ahora era más capaz de comprender la lástima que en aquel tiempo su madre había expresado por el profesor. «Tiene que ser difícil de verdad para un hombre como él encontrar relaciones satisfactorias, viéndose atrapado entre los dos sexos.» Con su infinita capacidad para la evocación, Rann oyó la voz de su padre tal y como se había expresado durante una de las largas conversaciones que habían tenido.

—El mundo se compone de muchas clases distintas de seres humanos, hijo, y aunque el responsable de la clase de persona en que te conviertas seas tú y solamente tú, deberás conocer, sin embargo, a todas las clases de personas que puedas, pues estas son los componentes básicos de la vida tal y como se nos da a conocer en la actualidad. Porque haya ladrones y aunque lo sepas, eso no significa que tengas que robar. Porque haya caníbales y prostitutas, eso no significa que sea aceptable para ti comer carne humana o vender tu propio cuerpo, pero el hecho de que no te parezca aceptable no debe impedirte conocer a los que sí lo hacen y tratar de comprender por qué se comportan así. Te harán daño muchas veces, pues demuestras una honda sensibilidad para la belleza y el orden en todo lo que haces, y la gente, por desdicha, no siempre es bella u ordenada. Las personas no siempre serán como tú quieras que sean, de modo que date por satisfecho si, por lo menos, se muestran honestas contigo y puedes aprender a comprenderlas tal y como son. Debes mantenerte al margen y ser la clase de persona que quieras ser. De este modo, alguien, en alguna parte, se cruzará en tu camino para demostrarte que todas las cosas bellas deben ser buenas, y cuando esa persona se cruce en tu camino la sabrás reconocer, pues habrás conocido a otras muchas antes, y estarás preparado para una relación duradera, que es, en sí misma, la más profunda satisfacción que conocen los hombres.

Rann supo ahora que podía aceptar a Donald Sharpe como amigo, con independencia de la clase de persona que fuera, y que esa amistad no debería en modo alguno afectarle a él o lo que conocía de sí mismo, sino solamente ampliar su comprensión de una más de las múltiples facetas de la naturaleza humana. El teléfono sobre el escritorio volvió a romper el hilo de sus pensamientos. Era Rita Benson.

—Rann, si te mando mi coche, ¿puedes venir a tomar unos cócteles y luego a cenar? He tenido a Hal Grey conmigo el fin de semana y no hemos hecho más que hablar de tu libro y hay unos cuantos aspectos que nos gustaría analizar contigo. Puedes quedarte a pasar la noche y mañana volveremos juntos a la ciudad.

Rann dijo que iría. Sung le preparó un almuerzo ligero, le hizo una maleta de viaje y Rann estuvo listo cuando el portero anunció la llegada del coche de la señora Benson. No había mucho tráfico esa tarde de domingo y Rann disfrutó del trayecto por los suburbios y luego por la autopista hasta llegar a Connecticut, donde se encontraba la casa de Rita Benson. Era una vieja casa de piedra que la señora Benson había comprado y luego reformado, bien situada en un terreno de varias hectáreas en el que las extensiones de césped y los jardines recibían los mejores cuidados. Les sirvieron los cócteles en la terraza que daba al sur y disfrutaron de la calidez del sol vespertino. Hal Grey, sentado en un diván frente a Rita y Rann, hablaba:

—El proyecto presenta algunos inconvenientes, Rann —explicaba—. La historia es excelente y funcionará bien en la gran pantalla, pero el problema es que no hay ningún papel lo bastante importante para que lo interprete una estrella americana, y es lo que necesitamos para asegurarnos un éxito de taquilla. Había pensado que los guionistas podían incorporar el personaje del autor como estrella del filme, de modo que lo que haríamos sería la historia del libro, que a su vez incluiría la historia contada en el libro, y así tendríamos el papel que nos hace falta.

La conversación siguió durante la cena y hasta bien entrada la noche, y Rann accedió a trabajar con los guionistas para crear el papel que le pedían.

Al día siguiente, de vuelta en la ciudad, los tres se reunieron con el agente de Rann y los abogados de Rita y Hal Grey, y firmaron los documentos de rigor. George Pearce estaba encantado e insistió en invitarlos a cenar para celebrarlo. La oficina de Hal Grey convocó un almuerzo con la prensa para el día siguiente, donde se haría público el anuncio oficial.

Rann no lograba reprimir una sensación de hostilidad hacia Nancy Adams, del *Tribune*, de modo que, sabiendo que la vería durante el almuerzo previsto, aquella noche compartió sus sentimientos con George Pearce y Rita Benson. Margie y Hal Grey se habían excusado después de la cena, porque tenían compromisos a primera hora y los tres habían ido en el coche de Rita al apartamento de Rann, donde Sung les había servido unas copas en el salón.

—Tienes un apartamento encantador, Rann. Tan decididamente masculino, aunque me parece sospechar un toque femenino en algunos rincones.

Rita se sentaba en el sofá frente al hogar; el fuego ya crepitaba aunque solo habían pasado unos minutos desde que Rann lo hubiera encendido con una cerilla cuando entraron en el salón. Algún secreto chino, sospechó Rann, hacía que la leña que preparaba Sung en la chimenea siempre prendiera enseguida.

—Debe de ser por Serena, la segunda mujer de mi abuelo. No he tocado nada desde que él murió y me dejó la casa en herencia.

Rann se arrellanó en una cómoda butaca junto al fuego y George hizo lo propio enfrente de él. De inmediato cayó en que eran las primeras visitas que tenía en casa desde su regreso. No se le había ocurrido cambiar nada en el apartamento.

—Tienes que reformarlo para que se adapte a tu personalidad, Rann. —Rita tomó un sorbo de su copa y la dejó sobre la mesa donde Sung les había servido los cócteles—. Es bueno que uno se exprese a sí mismo en su entorno.

—Tal vez no sepa todavía qué es lo que debo expresar, Rita,

pero tiempo habrá para hacerlo. Ahora mismo tengo un problema y creo que los dos sabréis aconsejarme; por eso quería conversar con vosotros esta noche. Mañana tendremos que hablar con Nancy Adams...

George Pearce le interrumpió.

—Lo sé. Ya lo había pensado. Es comprensible que estés disgustado y enfadado por todos los artículos que ha escrito, y ahora tiene además a ese trepa de senador como se llame que le promete una investigación a gran escala basada en tu libro. Lo único que debes tener presente es que la chica en realidad no puede hacernos daño. Claro que nos fastidiará y nos sacará de quicio, pero cuanto más escriba, más libros venderemos y más rico te harás a la larga. Lo peor que puede pasarte es que tengas que responder a algunas preguntas, pero como eres inocente no te perjudicará. Te digo que lo olvides. Ignórala y sigue tu camino. La chica forma parte de esa nueva calaña de reporteros que se hacen llamar periodistas de investigación y está cumpliendo con su trabajo, que es vender periódicos. Lo único que debes tener presente es que también te ayuda a vender libros. Sencillamente, no pierdas los papeles con ella, en ninguna circunstancia. Entonces podría decir algo que es verdad. Podría decir que pierdes los papeles cuando te interrogan.

—Yo sé de qué manera hay que llevarlo. —Rita adoptó un gesto pensativo mientras hablaba—. Dejad que yo me ocupe de la conferencia de prensa. De ese modo, los reporteros me harán a mí las preguntas y luego puedo pedirle a Rann o a Hal la información que queramos darles.

George Pearce tomó un trago largo de su copa.

—Es una buena idea, Rita. Me parece lógico que contestes tú a sus preguntas.

—Por supuesto que lo es. Después de todo, soy yo quien se ha gastado un millón de dólares de momento. Y eso, queridos, sigue siendo noticiable.

Todos se rieron.

—Hay otra cosa sobre la que necesitaría vuestro consejo.

—Rann atizó el fuego mientras hablaba—. Había pensado en llamar al senador Easton y prestarme a responder a cualquier pregunta que pueda tener. No tengo nada que ocultar y tal vez así podamos poner fin a todo este asunto.

—Déjalo como está —dijo George—. Que te llame él si quiere. No has hecho nada malo, así que olvídalo.

—Tienes razón, George. —Rita se puso de pie—. Y ahora tengo que volver a casa o lo más probable es que mañana no me veáis en el almuerzo.

Rann les dio las buenas noches en la puerta y regresó junto a la lumbre para terminar su copa.

—No tiene nada más que decir, madre.

Rann estaba sentado en el estudio de su abuelo en compañía de su madre y de Donald Sharpe. Habían llegado en un vuelo de tarde y su madre se había instalado en su habitación de invitados, mientras que Donald Sharpe había elegido como cuartel general un hotelito de barrio a una manzana del apartamento. Sung había trabajado durante dos días para preparar la primera cena que le serviría a la madre de su joven amo. Eran las cinco y ya había anochecido en Nueva York, y el aire frío auguraba que el invierno estaba a la vuelta de la esquina. El fuego ardía alegremente en la lumbre cuando Sung les llenó de nuevo las copas con una jarra llena de Bloody Mary que había preparado antes y el aroma de los entrantes chinos calientes que se estaban asando en el horno colmaba el apartamento.

Rann continuó.

—Nancy Adams ha dicho todo lo que podía decir. Hinchó toda la historia e implicó al senador Easton. Fui a Washington a responder las preguntas de su comité. El general Appleby voló desde Corea y les contó todas las detenciones que habían practicado, y en eso quedó la historia.

—Bueno —dijo su madre frunciendo el ceño—, habría podido escribir un artículo informando del resultado. Habría podido contar que eres inocente después de las cosas asquerosas que insinuó.

—Rann tiene razón, Susan. Los periodistas rara vez escriben artículos para reconocer que en su momento se equivocaron, y sin duda tal cosa no concuerda con el carácter de Nancy Adams. Rann ahora es una personalidad pública. Su libro sigue ocupando el primer lugar en todas las listas. Sencillamente, tiene que aguantar las cosas que dicen y seguir con su trabajo, lo cual me lleva a lo siguiente. —Donald Sharpe se colocó un delgado portafolios de cuero negro sobre las rodillas y abrió el seguro para sacar un gran sobre marrón—. Es el manuscrito de tu padre, Rann. Tu madre me lo dio a leer hace un tiempo y es tan bueno que creo que deberías hacer algo con él.

—No creo que pueda añadir nada a las ideas básicas tal y como las expresó mi padre. Me parece que dejó claro su pensamiento. Sin embargo, me alegra tenerlo y lo volveré a leer para intentar encontrar la manera de que sea provechoso una vez impreso. Creo que deberíamos publicarlo si es posible, porque es una obra hermosa y refleja en gran medida la vida y la investigación de mi padre. Asimismo, como ya sabes, comparto plenamente sus teorías acerca del arte y la ciencia.

—Lo mismo que yo, como también sabes. —Donald Sharpe se levantó y dejó el manuscrito en el centro de un enorme secante verde que había sobre el escritorio bajo la ventana. Rann había trasladado la mesa para poder mirar a la calle cuando apartaba la vista de su trabajo. Era uno de los pocos cambios que había hecho en el apartamento desde la muerte de su abuelo.

Disfrutó de la visita de su madre y Donald Sharpe. El profesor regresó a Ohio al cabo de una semana pero, antes de que se marchara, Rann organizó una cena para que su madre pudiera conocer a George Pearce y Margie y para que ambos, madre y profesor, pudieran conocer a Rita Benson. Rita y George los dejaron impresionados, como le ocurría a todo el mundo, pero los dos supieron valorar el enfoque práctico con el que Margie trataba a Rann y su carrera de escritor. Después de la marcha de Donald Sharpe, Rann y su madre almorzaron con George y Margie, y luego cenaron con Rita y fueron con ella al teatro.

—Me gustan tus amistades, Rann —le dijo su madre. Estaban en el salón, donde Sung les había servido una última copa cuando llegaron a casa del teatro.

Rann le sonrió.

—¿Eso incluye a Rita Benson, madre?

Su madre percibió que le tomaba el pelo.

—Sí, quizás especialmente la señora Benson, aunque por detrás de Margie, desde luego. No se parece en nada a la imagen que dan de ella los periódicos.

—Las personas pocas veces se parecen a la imagen que los periódicos dan de ellas. Me alegra que mis amistades cuenten con tu aprobación, madre. —Rann le dijo la verdad. Sabía que seguiría haciendo lo mismo aunque ella no lo aprobara, pero era bueno contar con su beneplácito.

—No puedo hacer más por ti —le dijo su madre.

Sus ojos eran dulces y pardos, y su sonrisa, melancólica. Aún era una mujer hermosa.

—¿Habías planeado hacer algo por mí, madre?

Rann había entonado la pregunta con voz de pícaro, aunque había entendido perfectamente a qué se refería su madre. Evidentemente, Rann se dio cuenta al cabo de unos pocos días de que su madre le había visitado con la idea imprecisa de que quizás él deseara que se ocupara de las labores de la casa. Su madre no lo había dicho, tampoco Rann le había hecho saber que no era tal su deseo, pero Sung había dejado claro, con el perfecto servicio que le prestaba, siempre silencioso, que no precisaba ninguna ayuda en las labores del hogar y el cuidado de su joven amo, el nieto de aquel anciano que lo había salvado de los ignotos terrores de los funcionarios estadounidenses de inmigración. La casa había sido durante años una isla donde sentirse a salvo. Sus conocimientos sobre Estados Unidos eran casi tan escasos como si jamás hubiera puesto un pie fuera de su aldea natal, cerca de Nankín, en China. No se le había pasado por la cabeza buscar a otros chinos, pues aquellos que pudiera encontrar por las calles de esa isla extranjera hablaban en dialecto cantonés, una variante que Sung no entendía más de lo que ellos le habrían entendido a él. En Estados Unidos no había confiado en nadie más que su viejo amo. En especial, no confiaba en las mujeres, no desde que le hubiera traicionado su propia hermana.

Mucho tiempo atrás, Sung había comprado con sus ahorros un pequeño negocio en China, un salón de té junto a un camino, y había puesto al frente del negocio a su hermana mayor, mientras él seguía trabajando de camarero en un hotel de Shanghái. Ella le decía todos los meses que el negocio no daba beneficios. Entonces, a través de un vecino, se enteró de que sí los daba y que su hermana los utilizaba en favor de su marido, un ocioso fumador de opio, y de sus hijos. No le dijo nada, puesto que su hermana era mayor que él, pero decidió en ese mismo instante que abandonaría el país para siempre y viajaría a Estados Unidos, donde no tenía parientes. Nadie le había hablado de las leyes de inmigración. Lo que habría sido de él de no haber encontrado en esa casa un puerto seguro, Sung no se lo podía imaginar. Pero ahí estaba, con un joven amo al que servir para siempre. Se conducía con perfecta cortesía con la madre, pero con esa misma perfección le daba a entender a ella exactamente lo que pretendía decirle, a saber: que no hacía ninguna falta allí y, es más, que no tenía ninguna cabida en esa casa.

—No —le decía su madre—. No había hecho planes con mi vida en modo alguno, Rann, hasta que regresaste a casa de Corea. No sabía cómo iba a cambiarte la experiencia.

—Fue una interrupción —dijo, reflexionando—. No me cambió. Solo la gente puede cambiarme, creo, y eso lleva tiempo. Allí no había tiempo para nada; rutinas estúpidas, y los oficiales americanos eran...

Se encogió de hombros y, en silencio, apartó el desagradable recuerdo.

—En fin, Rann, ¿cuál es el siguiente paso que vas a dar? —le preguntó su madre.

Rann dejó sobre la mesa su taza de café.

—Voy a poner en orden mi vida —dijo.

—¿Volverás a la universidad?

—No veo por qué debería hacerlo. Sé dónde buscar los conocimientos que necesito.

—¿En los libros?

—En todas partes.

—Entonces me iré a casa, creo, Rann.

—Solo cuando quieras, madre.

Su madre se demoró unos días más y Rann se dedicó enteramente a ella. Era una persona querida, pero también era cierto que ya no la necesitaba. No obstante, no se impacientó. La llevó a museos y teatros y a un concierto sinfónico. Eran horas agradables, pero nada comunicativas. Cuando regresaban a casa, Sung los recibía en la puerta y les servía una última copa en la biblioteca o el salón antes de acostarse. Una noche, cuando se quedaron solos, su madre intentó hablar sobre lady Mary.

—¿Hay algo que quieras decirme sobre lady Mary?

—Oh... No. Es agua pasada.

—¿No te arrepientes de nada?

—No, ni ella ni yo, madre.

—Fue una experiencia para ti —sugirió ella.

—Sí... aprendí algo sobre mí mismo, al menos.

—¿Eso es todo?

—Eso es todo.

Era imposible y por demás innecesario explicárselo. Rann necesitaba horas de soledad, horas y días, semanas y meses, tiempo para retomar su trabajo.

Ella se levantó.

—Creo que regresaré a casa mañana, cariño.

Rann se puso de pie y le dio un beso en la mejilla al tiempo que la rodeaba afectuosamente entre sus brazos. No, tampoco le contaría nada más sobre Stephanie. Quizá no había mucho más que contar. En cualquier caso, lo que hubiera quería guardárselo, vivirlo antes de contarlo.

—Como quieras, madre. Pero ¿vendrás siempre que te apetezca?

—La próxima vez vendrás tú a verme.

—Como quieras, madre —dijo de nuevo.

La distancia que los separaba estaba compuesta de tiempo. Ella pertenecía al pasado de Rann y quizás incluso a su presente, pero de momento el único dueño de su futuro era él mismo.

No había ninguna necesidad de precipitar aquel futuro, aunque empezaba a acuciarle la sensación de que su juventud duraba demasiado. Con independencia de lo que terminara haciendo, quería empezar ya. Sung le servía con una silenciosa devoción que proporcionaba un entorno de paz ordenada en su casa. Su vida social había mudado en una rutina que le reclamaba tres noches a la semana a repartir entre George Pearce, Margie y Rita Benson. Trabajaba con los guionistas en la escritura del personaje que había que introducir en su libro y una vez que el guion estuvo terminado y listo para seleccionar el reparto de actores, aquella tarea dejó de robarle tiempo y energías. A menudo pensaba en Stephanie. Se escribían, intercambiaban cartas inútiles, llenas de información trivial, y Rann había considerado varias veces ir a París a verla, pero siempre llegaba a la conclusión de que era preferible esperar a que ella viajara a Nueva York. No era capaz de juzgar la importancia que tendría Stephanie en su vida o si, en definitiva, sería una persona muy importante para él. Soñaba, leía los volúmenes encuadernados en piel de la biblioteca que su abuelo había reunido durante más de medio siglo, paseaba por las calles, se mantenía ocupado, pero también estaba preocupado, pues ignoraba por dónde o de qué manera iba a empezar su siguiente obra o siquiera qué clase de obra sería. Su breve experiencia militar se desvaneció hasta quedar en nada, apenas unos cuantos recuerdos del agro coreano, de las calles y callejones abarrotados, de los barracones y el aislado complejo estadounidense donde los oficiales vivían con sus familias y que reproducía fielmente cualquier pequeña ciudad de Estados Unidos.

Le alegraba no haberse integrado realmente en aquella forma de vida en Corea. Su libro trataba sobre la vida de los coreanos y, si bien se ocupaba de la presencia estadounidense, la describía desde el punto de vista coreano. De entre todas las experiencias que había tenido en aquel país pequeño y triste, un recuerdo surgía con cruel nitidez y apenada claridad. Era la cara del soldado norcoreano desfilando a apenas unos pasos de la frontera, desfilando eternamente, de noche y de día. Allí, al otro lado de la invisible línea, estaba el enemigo. Y sin embargo no era tanto el enemigo cuanto lo desconocido. Lo desconocido; esa era la palabra y el significado, incluso de la vida misma. Rann no tenía ningún control sobre la vida. No sabía por dónde empezar. Allí, en esa isla americana atestada, él, Rann, no tenía ningún control, ningún entendimiento, ninguna posición, ninguna puerta de entrada a la vida.

Las multitudes pululaban adondequiera que fuesen, por el puente a Manhattan; en Nueva York, adondequiera que fuese, la vida fluía y se arremolinaba, pero él no formaba parte de ella. Los periódicos seguían informando de cuanto hacía con todo detalle e inexactitud, pero eso ya no le inquietaba. Ya ni siquiera los leía, pues cada artículo no hacía más que sumar tonterías a los anteriores. Su libro permanecía en el primer lugar de la lista de más vendidos y quizás, al fin y al cabo, ese era el único aspecto que importaba y la única cosa que cabía tener en cuenta. Le alegraba que la gente leyera su libro, pero el dinero le traía sin cuidado y no lo necesitaba.

George Pearce, su agente y hasta Rita eran más proclives a pensar en el aspecto económico y en ellos hacerlo era algo natural, suponía Rann, pero en cierto modo dicha inclinación le distanciaba incluso de ellos, que eran sus amigos más cercanos. Solo con Margie tenía la sensación de ser tratado siempre como una persona y nunca como un objeto, y a menudo quedaban para almorzar o cenar, pero incluso ella desempeñaba un papel de escasa importancia en su vida real, en su vida interior, la parte de sí que nunca había compartido con otra persona. Sus amigos le rogaban que redecorase su casa más a su gusto, pero quedó tal y como se la había dejado su abuelo. No se interesaba demasiado por esas cosas. Habría podido sentirse solo, pero nunca se sentía solo, pues siempre lo había estado.

Quizá, cuando Stephanie viniera... Y de improviso, un día de invierno, llegó. Ese día, la nieve caía en espesos copos sobre las calles desiertas. Estaba sentado en la biblioteca, mirándola a través del ventanal, viendo cómo engalanaba las líneas de los tejados, los cables telegráficos, las entradas de las casas, fascinado por su belleza, pues la belleza siempre le fascinaba. El teléfono sonó sobre el escritorio que tenía delante, el escritorio revestido en cuero de su abuelo, allí, en la biblioteca de su abuelo. Descolgó el auricular.

—¿Sí?

—Sí —respondió la voz de Stephanie—. Sí, soy yo.

—¿París?

—París no. Aquí, en Nueva York.

—No me dijiste que ibas a venir ahora. Ayer mismo recibí una carta tuya. Había pensado escribirte hoy. ¿Por qué no me lo dijiste?

—Te lo estoy diciendo, ¿no?

—¡Pues qué sorpresa más grande!

—Siempre soy sorprendente, ¿no?

—¿Dónde estás, pues?

—Quinta Avenida, entre la Cincuenta y seis y la Cincuenta y siete, donde mi padre tiene la nueva tienda.

—¿Cuándo llegaste?

—Anoche, demasiado tarde para llamarte —respondió ella—. Tuvimos mal vuelo. Hubo unos vientos terribles que nos lanzaban arriba y abajo. ¡Fue espantoso! Me habría asustado si lo hubiera consentido. Pero los sirvientes vinieron una semana antes y ya lo teníamos todo preparado. Nos dormimos. Ahora mi padre ya está inspeccionando la tienda. Yo he terminado de desayunar. ¿Vendrás?

—Claro que sí. Quizá me retrase un poco la tormenta de nieve. Pero saldré enseguida.

—¿Estás lejos?

—Depende. Encontraré tráfico.

—¿No caminas?

—Puede que no me quede otro remedio.

—Entonces me acostumbraré a esto. Mientras espero.

—Y yo me daré prisa.

—Solo haz atención mientras tanto.

Rann no pudo evitar reír. Su inglés era perfecto, pero al mismo tiempo era deliciosamente imperfecto, una mezcla de chino y francés expresada en inglés.

—¿Por qué te ríes ahora? —preguntó ella.

—¡Porque me siento feliz!

—¿Antes no lo eras?

—He descubierto que no, igual que ahora mismo descubro que sí lo estoy.

—Y entonces ¿por qué no vienes inmediatamente?

—¡Pero si salgo ahora mismo! Salgo en este mismo instante, ¡ni una palabra más!

Rann volvió a reír, colgó el auricular en su sitio y corrió a sus habitaciones para vestirse con la ropa adecuada. (Al despertar y ver la nieve cayendo al otro lado de las ventanas, le había dado pereza y, después de ducharse y afeitarse, se había puesto uno de los batines de raso lujosamente brocados de su abuelo, el de color rojo vino con un forro de seda dorada. ¡Afeitarse! Se había dejado crecer un bigote juvenil, pero ¿le gustaría a ella? Le hacía parecer mayor y eso era una ventaja.) Sung oyó el alboroto y llamó a la puerta y entró.

—Discúlpeme, señor, nieva mucho. ¿Va a alguna parte?

—Una amistad de París.

Rann se estaba haciendo el nudo de la corbata; un traje azul, una corbata de rayas burdeos y azul. De pronto cayó en la cuenta.

—¡Por cierto, mi amiga es mitad china!

—¿Amiga? ¿Qué mitad, señor? —Sung esbozó una sonrisita remilgada, adecuada a su pequeña talla—. Padre chino está bien, señor. Madre no tiene importancia.

Rann se rio.

—¡Siempre serás un chino!

—¿Madre muerta? —preguntó Sung, esperanzado.

—Que me cuelguen si lo sé —respondió Rann, mirándose en el espejo.

Sung estaba sacando un abrigo del armario.

—Por favor, usted poner esto, señor. La piel de dentro abriga mucho.

—No creo que vaya a pasar mucho frío, pero me lo llevaré igualmente.

—Si no encontrar taxi... —dijo Sung, preocupado.

—¡Caminaré! —replicó Rann.

Sin embargo, Rann encontró un taxi que circulaba pese a estar cubierto de nieve y se subió.

—Quinta Avenida, entre la Cincuenta y seis y la Cincuenta y siete. Le diré dónde debe detenerse.

La carrera sería interminable pero la nevada era magnífica, flotaba y caía en grandes nubes blancas por entre las cuales unas pequeñas figuras negras, encorvadas por el viento, se abrían camino. Tenía prisa pero se entretuvo, como siempre, con todas las cosas que vio y su mente inquieta almacenaba cada visión, cada sonido, frente a un futuro desconocido. Así era su mente, un almacén, una computadora programada para la vida, minuto a minuto, hora a hora, día y noche. No olvidaba nada, fuese útil o inútil. ¡Útil! Pero ¿para qué? «Que no te importe la pregunta. Que no te importe la respuesta.» Bastaba con ser quien era, él mismo, despierto en todo momento ante todos y todo. El tiempo nunca se le hacía eterno, ni siquiera ahora, cuando el taxi avanzaba a trompicones entre los montones de nieve y se tambaleaba al pasar sobre los surcos congelados.

Sin embargo, cuando llegó a la casa en la Quinta Avenida, a la gran tienda, cuyos escaparates estaban cubiertos por un velo de nieve, corrió a llamar al timbre que había sobre la puerta de la casa colindante, una puerta roja en la que vio el nombre del padre de Stephanie en caracteres chinos de latón. Había aprendido a escribir ese nombre con un pincel de pelo de conejo y la densa tinta negra que empleaban los chinos; fue en París, mucho antes de que pisara por primera vez tierras asiáticas. La puerta se abrió inmediatamente y Rann entró con una ráfaga de viento cargada de nieve. Reconoció al sirviente, un chino, y este lo reconoció también, con una amplia y hospitalaria sonrisa.

—¿La señorita Kung? —preguntó Rann.

—Esperando, señor. Guardo su sombrero, su abrigo, señor.

Ella no esperó. Bajó sonriente, elegante, con su larga túnica verde jade de raso. El único cambio residía en su cabello. Lo llevaba recogido alrededor de la cabeza. Rann no se movió, esperando a que llegara. ¡Era inexplicable que no se hubiera dado cuenta de su belleza! La tez de una palidez cremosa, los pómulos altos, los oscuros ojos rasgados; todo lo había visto en Corea e incluso en sus breves escalas en Japón, pero el tinte de la sangre americana de su madre imprimía una mayor definición a sus rasgos. En Asia, la llamarían americana, aunque aquí, en Nueva York, era una asiática.

—¿Por qué me miras así? —Stephanie se detuvo en un escalón y esperó—. ¿He cambiado? —preguntó.

—Quizá sea yo el que está cambiado —repuso él.

—Sí, has estado en Asia —dijo ella.

A continuación se acercó a él, tendiéndole las manos, y él las aferró con las suyas.

—¡Qué suerte la mía tenerte aquí! —dijo Rann.

Rann bajó la cabeza para mirar su cara, un semblante radiante que conservaba, sin embargo, su habitual tranquilidad. Nunca perdía el dominio de sí misma. Su tersa piel transmitía calidez. Rann dudó y decidió no darle un beso. En vez de ello, acercó la mano izquierda de Stephanie a su mejilla y luego la dejó caer suavemente. Ella lo atrajo con la mano derecha a una puerta cerrada.

—Mi padre nos espera —dijo.

Rann dudó, sin separar su mano de la de Stephanie. Escrutaba aquel rostro encantador.

—Sí. ¡Has cambiado!

—Por supuesto —repuso ella con calma—. Ya no soy una niña.

Se miraron a los ojos, profundamente. Ninguno de los dos retrocedió.

—Tendré que volver a conocerte desde cero —dijo él.

—Tú... —Ella dudó—. Tú también has dejado de ser un niño. Ya eres un hombre hecho y derecho. ¡Ven! Tenemos que ver a mi padre.

El señor Kung estaba sentado en una enorme silla labrada a la derecha de una mesa cuadrada de madera oscura lacada, arrimada a la pared. Llevaba una bata china de color ciruela y un chaleco negro de raso. La generosa sala era una réplica exacta de su biblioteca de París. Sobre la mesa, había un jarrón chino. Estaba examinando el jarrón a través de sus anteojos chinos de carey. Cuando Rann entró, el señor Kung sonrió pero no se levantó. Como si hiciera una hora que se habían visto, dijo con su voz suave de siempre, un punto más aguda de lo normal para un hombre, y amable:

—Este jarrón pertenece a una famosa colección americana. Quizá se venda en un acuerdo privado. Algunas de las mejores colecciones chinas se encuentran en tu país. Es extraordinario. Aún no lo entiendo. Por mi tienda no paran de pasar coleccionistas americanos. ¡Hombres muy ricos! ¡Mira este jarrón! Es de una tumba china antigua; dinastía Han, más de mil años. Probablemente contenía vino para el muerto. Lo normal es que tengan una base octogonal con facetas. El material es arcilla roja, pero el vidriado tiene un tono verde brillante; ¡muy hermoso! El lustre, ¿lo ves? ¡Una iridiscencia plateada!

Sostuvo el jarrón con las dos manos y lo acarició suavemente. Luego, lo volvió a depositar con cuidado sobre la mesa.

—Siéntate —le pidió—. Deja que vea cómo eres ahora.

Se puso las gafas, apoyó las manos sobre las piernas separadas y examinó detenidamente a Rann, al otro lado de la mesa. Luego se quitó las gafas y las guardó en un estuche de terciopelo. Se volvió hacia Stephanie, que esperaba de pie.

—Déjanos —le ordenó—. Tengo cosas de que hablar.

Ella sonrió a Rann y salió de la estancia dando pasos silenciosos sobre la alfombra pequinesa.

El señor Kung carraspeó sonoramente y se recostó en la silla, sin apartar ni un instante la mirada de la cara de Rann.

—Tú —dijo enfáticamente—, ahora eres un hombre. Has estado en una guerra.

—Por fortuna no he tenido que matar —dijo Rann.

El señor Kung desechó el comentario con un ademán de la mano derecha.

—Viste cosas, has aprendido lo que es la vida, etcétera. Yo, por mi parte, me he convertido en un anciano. He desarrollado una enfermedad coronaria. ¿Por qué he venido a un país desconocido en este momento? Lo he hecho porque tú estás aquí. No tengo hijo varón. Solo una hija. Es lista, entiende mi negocio, pero es una mujer. Las mujeres se casan con tontos o pillos cuando menos te lo esperas. Ese es mi gran temor. Quiero verla casada y a salvo con un hombre digno de mi confianza. Prefiero un chino. Pero, por desgracia, ¿qué chino? O somos refugiados o... ¿Qué es un comunista? No lo sé. Además, es medio americana. Quizás un buen chino, que piense en su linaje, no querrá ver contaminada su sangre.

—Señor —Rann no pudo contenerse—, usted se casó con una americana.

—Que me dejó por un americano —replicó el señor Kung—. Quizá, de manera parecida, a su vez, qué sé yo, un chino dejaría a mi hija por una mujer china. Las nuevas generaciones de mujeres chinas son muy atrevidas. Mi yerno será un hombre muy rico.

El señor Kung parecía apesadumbrado. Dio un profundo suspiro, tosió y se llevó la mano izquierda al costado izquierdo.

—Duele —dijo.

—¿Me permitiría llamar a alguien, señor? —preguntó Rann.

—No. No he terminado.

El señor Kung guardó silencio uno, dos, tres minutos, con los ojos cerrados y la mano sobre el corazón. Entonces abrió los ojos y dejó caer la mano.

—No puedo morirme —dijo despacio. En su magro rostro se advertía un gesto inconfundible de sufrimiento—. No debo morirme hasta que el matrimonio de mi hija quede concertado, se haya celebrado, hasta que pueda estar seguro de que su futuro está asegurado.

—¿Lo ha hablado con Stephanie? —Rann sabía que era improbable que el anciano lo hubiera hecho—. Quizá tiene otros planes.

—No es ella a quien le corresponde decidirlo. —El anciano era inflexible como una de las figuras de jade que tenía detrás—. ¿Cómo puede una chica tan joven decidir algo tan importante como el hombre al que confiará su futuro, el hombre cuyos hijos traerá al mundo? Su madre decidió y ¿has visto lo que pasó? No, soy yo quien debe decidir y he tomado mi decisión. Ahora solo me queda convencerte y empezaremos hoy. Te quedarás a cenar con nosotros. Ahora eres un hombre famoso y le he pedido a mi hija que prepare la cena con sus propias manos. Lo que su madre no hizo, he tenido que confiárselo a mis leales sirvientes. Mi hija ha recibido una buena formación de esposa. Y ahora, en este rato, ella te mostrará mi tienda para que tú puedas ver lo inteligente que es. Conoce el negocio como el mejor de los hombres. Yo se lo he enseñado. Entonces, beberemos juntos mientras ella termina de preparar nuestra cena. Pero no debes tardar demasiado en decidirte. Ya soy un hombre muy anciano y no puedo reunirme con mis venerables ancestros hasta que sepa que el asunto queda zanjado.

Eran dos viejas casas señoriales adosadas. En una vivían padre e hija y en la otra el señor Kung tenía la tienda. Esta última había sido decorada con gusto y en alfombras, paredes y cortinas dominaban tonos neutros de beige que daban un mayor realce a los objetos de arte. Una suave música de piano sonaba por unos altavoces escondidos y Rann se dejó guiar de estancia en estancia, donde fue viendo pieza tras pieza, cada cual más bonita que la anterior.

—Y esta es Guan Yin —le estaba diciendo Stephanie cuando por fin se detuvieron en la última sala, cuyas ventanas, en el quinto piso de la finca, daban a la Quinta Avenida, donde la nieve, como en el resto de las calles, seguía arremolinándose. La figura que Stephanie le indicó, una talla de madera muy antigua, según estimó Rann, medía cerca de un metro de alto y ocupaba solitariamente una hornacina entre los arcos de dos ventanas, el lugar más señalado de la sala. Rann conocía a Guan Yin, pero permitió que Stephanie continuara la explicación.

»Es mi favorita. Es la diosa de la compasión y tiene alrededor de quinientos años. Mi padre la encontró en una tiendecita de segunda mano muy cerca de París. Era el único objeto de valor que tenían y, cuando ya nos íbamos, mi padre la vio tumbada de costado al final de la tienda.

»El tendero se quedó muy sorprendido cuando mi padre la cogió y se la compró. Y aquí la ves ahora, esperando a que alguien se enamore de ella y se la lleve a su casa, pero solo por un tiempo, pues enseguida se irá con otro enamorado, y así una y otra vez, pues las diosas son eternas y un simple mortal jamás podrá poseerlas por mucho tiempo. En cierto modo, es triste pensar que nunca tendrá una casa que sea suya por toda la eternidad, pero ese es el precio que hay que pagar por ser una diosa de la compasión.

Stephanie se echó a reír y enlazó el brazo de Rann con el suyo, al tiempo que ladeaba la cabeza con un gesto encantador y levantaba la vista para mirar a Rann, mientras permanecían juntos ante la diosa.

—Es realmente la más bonita que he visto en mi vida —dijo Rann, y se decidió—. Tengo que quedármela. Su cara me recuerda a ti, de alguna manera, por la expresión.

Stephanie sonrió.

—Es mi mitad china, Rann.

Él la besó. Fue un beso largo y tierno, en sus labios suaves, y ella se lo devolvió.

—Quédatela —dijo ella, cuando él la liberó—. Llévatela a a casa esta misma noche. Mi padre y yo te la regalamos y le encomendamos que te proteja.

—Pero tengo que pagarla —protestó Rann—. Dispongo de dinero, Stephanie, y me lo puedo permitir.

Stephanie no dio el brazo a torcer.

—Y nosotros también tenemos dinero y nos lo podemos permitir. No veo por qué razón deberíamos comprar y vender diosas entre nosotros. Te la quedarás y será nuestro regalo. Si no te queda más remedio que pensar en el dinero, entonces piensa en todo lo que ganaremos cuando tengas que redecorar tu apartamento para proporcionarle un hogar adecuado a una diosa como ella.

Ambos rieron y se encaminaron del brazo al ascensor y se reunieron con su padre en el salón de la casa de al lado. Las dos casas habían quedado unidas por una puerta hábilmente construida en la parte trasera del despacho del señor Kung en la tienda, que se abría a su estudio en la casa donde vivía con su hija.

—Aquí solo voy a traer a los clientes más importantes y

adinerados —le explicó el señor Kung—. Aquí conservaremos nuestros artículos más apreciados y valiosos y todo estará en venta. En este negocio, es una decisión que hay que tomar muy al principio de tu carrera, si quieres tener éxito. O eres coleccionista o eres marchante, pues es imposible ser las dos cosas a la vez. En consecuencia, si tu destino es ser marchante, todo debe tener un precio de venta al público. Sin embargo, me satisface saber que puedo conservar mis tesoros más queridos aquí, y si la persona que se interesa no me agrada, entonces no la hago pasar aquí y así no ve mis mejores piezas y, por tanto, no puede desearlas. Es un pequeño engaño, qué duda cabe, pero dulcifica en parte el pesar que siento por dedicarme a comprar y vender cosas hermosas, de modo que es un engaño inofensivo.

»Me alegra saber que vas a quedarte con mi diosa y Stephanie ha hecho muy bien en regalártela. Le estaba preparando un sitio aquí, pero me agrada pensar que estará en tu casa. Allí será feliz y tú también lo serás con ella, de modo que la felicidad también será mía. Ah... Ojalá me resultara igual de sencillo colocar a mi hija en tu casa. Aunque es verdad que es más fácil tratar con diosas que hacerlo con seres humanos. A las diosas podemos pedirles que cumplan nuestros deseos mientras que con los humanos, por desdicha, no siempre es el caso.

Rann rio y conversaron alegremente sobre el negocio del señor Kung y la literatura de Rann, hasta que un sirviente apareció para decirles que Stephanie les esperaba en el salón. Tras una cena deliciosa regada con cálido vino, Rann se sentía ahíto cuando se despidió de ellos bien entrada la noche.

Había dejado de nevar y no tuvo problema para encontrar un taxi. Se sentó en el asiento de atrás con la diosa entre los brazos como, de hecho, había tenido a Stephanie apenas unas horas antes. Con placer recordó la suavidad de su ágil figura cuando la rodeó con los brazos y la tierna dulzura con la que ella había apretado sus labios a los suyos, al devolverle el beso. Tan distinto de los exigentes besos que había compartido con lady

Mary. Esos besos habían sido salvajes y desatados; cada cual exigía que el otro le diera satisfacción, sin un pensamiento por el otro que no fuera esa satisfacción. Al acordarse de Stephanie, una dulzura invadía todo su ser con pensamientos de su presencia, aunque dicha dulzura no carecía de pasión. Rann sintió una conocida calidez en la entrepierna al evocar la intimidad que había compartido con Stephanie.

Ordenó al taxista que se detuviera y caminó sobre la nieve recién caída las escasas manzanas que le separaban de su edificio.

—Es una figura muy bonita, señor —dijo el portero de noche, al tiempo que se ofrecía a descargarla de los brazos de Rann.

—No te preocupes —le dijo Rann—. Puedo solo. Lo prefiero. Es un regalo de una amiga muy querida. —No podía soportar la idea de verla en brazos de otra persona, como Stephanie había estado en los suyos.

Entró en su apartamento y puso la diosa en la mesita del recibidor y la admiró un momento, luego fue al estudio y marcó el número de Stephanie.

—Está en casa —dijo él, cuando Stephanie se puso al teléfono.

—Me alegro —dijo ella.

—Está tan bonita donde la he puesto que ahora entiendo que le tenía reservado este sitio. Tienes que venir a verla.

Stephanie estuvo de acuerdo.

—Sí, tengo que hacerlo.

—¿Vendrás a cenar un día? Sung puede prepararnos la cena y es muy buen cocinero. Además, quizá pudieras traerte también a tu padre.

—No creo que mi padre quiera venir —repuso Stephanie—. Hace tiempo que no se encuentra bien y casi nunca sale de casa. —Rio por lo bajo—. Pero ya soy una niña mayor. No necesito ningún guardián.

—¿Mañana, entonces?

—¿Tan pronto? Muy bien, iré mañana si es tu deseo.

—Sí lo es. ¿Hasta mañana, pues?

—Hasta mañana, pues —dijo ella—. Buenas noches, Rann.

Oyó el ligero clic cuando ella cortó la conexión.

Se vieron casi todas las noches durante los meses siguientes y las amistades de Rann, y en especial Rita Benson, acogieron con entusiasmo a Stephanie en sus casas y corazones. Habían cenado con ella una noche y al llegar a casa, justo cuando Rann estaba introduciendo la llave en la cerradura de la puerta, oyó que el teléfono empezaba a sonar. Corrió a cogerlo antes de que el timbre despertara a Sung.

Era Rita.

—Tienes que casarte con esa chica cuanto antes, Rann —le dijo—. Con lo guapa que es, no creo que dure demasiado. Si no te andas con cuidado vendrá un pez gordo y te la quitará.

Rann se echó a reír.

—Rita, ni siquiera lo hemos hablado.

—Pero dime de qué hay que hablar —Rita imprimió un tono de indignación a su voz—. ¡Hombres! Siempre necesitan hablar. La chica está enamorada de ti. ¿Estás tan ciego que no ves cómo te mira? Además me gusta y es raro que una mujer me guste, especialmente una tan joven y guapa, pero es perfecta para ti y vas a salir perdiendo si no espabilas. ¿Le gustó a tu madre?

Rann se había llevado a Stephanie a Ohio a pasar un fin de semana con su madre.

—Le gustó muchísimo —respondió Rann—. Hasta me dijo lo mismo que tú después de nuestra visita.

—Entonces, asunto cerrado. Espabila o, si no, tu madre y yo nos vamos a juntar con el padre de Stephanie para haceros pasar por el tubo a los dos.

Rita rio y dio por concluida la llamada, dejando a Rann sumido en sus pensamientos. Al fin, resolvió que compartiría sus sentimientos con Stephanie cuando se vieran de nuevo.

—¿No entiendes, Rann, que precisamente por eso no puedo casarme contigo?

Estaban cómodamente instalados en el estudio con unas tazas de café y unos licores que Sung les había servido después de dar cuenta de una cena deliciosa a base de marisco. La receta la había inventado el propio Sung y consistía en varios tipos de crustáceos y moluscos con brotes de bambú y de soja en un pastel con salsa, pero al mismo tiempo contenía la pizca inconfundible de jengibre que Rann esperaba encontrar en cualquier plato que cocinase su sirviente. Había sido un experimento muy logrado y tanto Rann como Stephanie le habían felicitado efusivamente. Para manifestarles su satisfacción, Sung les había servido un licor chino muy especial de una botella que había conservado como oro en paño durante largo tiempo y que era difícil de encontrar en Nueva York.

Rann y Stephanie habían pasado la tarde paseando por el parque mientras Rann le contaba sus sentimientos. Ella escuchó todo cuanto tenía que comunicarle y entonces dijo:

—Por favor, no quiero hablar más. Déjame pensar mientras nos refrescamos cenando. Entonces, cuando hayamos terminado, podemos hablarlo de nuevo.

Ahora, Stephanie cambió ligeramente de posición, se inclinó hacia adelante en la silla y puso la mano sobre el brazo de Rann.

—Tienes que ver y respetar mis sentimientos. Sí, te quiero. No puedo negarlo, pero para mí son aún más importantes la profunda admiración y respeto que te tengo, a veces más grandes incluso que los que siento por mi padre. Me impresiona tu intelecto y el amplio y variado abanico de tus intereses. Soy lo bastante americana, tal vez, para desear casarme contigo, pero por desdicha ello me obligaría a ignorar otras cosas pues soy lo bastante china para saber lo que debo tener en cuenta.

Stephanie volvió a cambiar de posición, pero cuando continuó hablando su mirada se encontró con la de Rann y en ella era evidente su desgarro interior.

—Debemos considerar tus hijos, Rann, y tú tienes que considerar, desde luego, los míos.

Rann levantó las cejas, imitándola con divertida exageración.

—Entonces ¿debo ser considerado meramente como un semental y no como un ser humano?

Tomando un sorbo del líquido dulce que contenía el vasito, Stephanie pensó unos momentos antes de responder.

—A eso me refiero exactamente, querido. Es como ser humano, y muy brillante por cierto, como debo considerarte ahora. Con tu intelecto y tus genes, sin duda engendrarás niños brillantes y hermosos y es tu deber hacerlo. Los miembros menos inteligentes y civilizados de la raza humana continúan reproduciéndose con toda tranquilidad sin pensar en modo alguno, o pensándolo muy poco, en la futura sobrepoblación, las consiguientes hambrunas y todo lo demás. Continúan reproduciéndose, generación tras generación, sencillamente porque hacerlo es su condición natural. Los miembros más inteligentes y civilizados de la sociedad humana, por otra parte, emplean métodos anticonceptivos para controlar el aumento de la población y, por tanto, poco a poco, desaparecerán de la faz de la Tierra o, por lo menos, quedarán relegados a una minoría que ahora mismo ya parece alarmante. En mi opinión, esta tendencia mundial en el desarrollo humano hace que revista la máxima importancia que tengas muchos hijos.

—Pero no tengo ningún motivo para pensar que los hijos que conciba sean superiores en modo alguno a los de los demás. —Rann se rio para esconder su incomodidad—. Además, ¿no podemos enfocarlo de otra manera? Empiezo a sentirme como si me observaran bajo un microscopio.

—Esa afirmación solo sirve para demostrar que no estás considerando los hechos tal y como son. —El rostro de Stephanie adoptó una expresión de firmeza en sus convicciones mientras continuaba—. Sabes perfectamente que en la reproducción es el macho el que controla el resultado. Se sabe desde hace tiempo que uno puede aparear un buen toro con una vaca mediocre y conseguir buenas crías. Por otra parte, si apareas una buena vaca con un toro vulgar, lo que obtienes son becerros vulgares.

—Pero no soy un toro, Stephanie, y tú no eres una vaca, y nuestros hijos no serán becerros correteando por los prados. Serán hermosos e inteligentes y no les faltará nada porque nos queremos el uno al otro. ¿No estarás negando que me amas?

—No, no lo niego. Pero, como te he dicho, debes comprender que si no me caso contigo es precisamente por esta razón. Lo decidí hace tiempo, Rann, que nunca traería hijos al mundo.

—No puedes hablar en serio, Stephanie —dijo él, aunque sabía por su expresión que Stephanie nunca le había hablado más en serio—. Te casarás, si no conmigo, con otro hombre, y tendrás unos hijos hermosos que serán muy afortunados por tener una madre tan inteligente como tú.

Cualquier atisbo de la chica desenfadada que había aprendido a amar desapareció ahora, cuando ella bajó los ojos y le habló como le habla una mujer al hombre que ama desde una angustia que anida en lo más hondo de su ser.

—No, Rann —dijo con voz un poco entrecortada, y se humedeció los labios antes de continuar con decisión—. Quizá solo una persona mestiza pueda entender la tragedia innata de serlo. Me he criado como china. El chino es mi lengua nativa. Soy china en mis modales, mis modos de vestir y también de sentimiento, pero para los chinos soy americana porque, a su modo de ver, mi aspecto y actitud son americanos. Para ellos, mi estructura ósea y la forma que tengo de moverme carecen de la delicadeza de las chinas. Y tienen razón. Nunca soy más consciente de ello que cuando me encuentro con mis amigas chinas.

—Pero en Estados Unidos eso da igual, Stephanie —dijo él con sinceridad.

—Y sin embargo te equivocas en eso, amor mío. —Stephanie levantó el rostro y sus ojos húmedos se encontraron con los de Rann—. No quiero que esto te entristezca y, aunque sé que lo hará, no puedes permitir que la tristeza dure demasiado. Un día tu vida seguirá adelante. Era una de las razones por las que quería venir a Estados Unidos. Quería ver con mi corazón si todo podía ser distinto, pero veo que no. Incluso aquí, en Nueva York, y según tengo entendido ocurre lo mismo en todas las grandes ciudades de esta hermosa y grandísima tierra, hay un barrio chino y un barrio latino, y un distrito para los italianos y otro para los negros, y se producen disturbios y éxodos raciales y tantas otras cosas mientras vuestra espantosa guerra civil sigue librándose incluso cien años después de que supuestamente terminara. Y fíjate además en la desgracia de los únicos americanos de verdad, los indios americanos. No, mi amor, uno nunca podrá conocer realmente la experiencia de ser una cosa, a menos que lo sea también.

—Stephanie, por favor, no te refieras a ti misma como a una cosa. —Rann se levantó, se acercó a ella y la besó con ternura—. No eres una cosa. Eres humana, eres una mujer y, además, eres la mujer que amo.

—Y tú vuelves a equivocarte, amor mío, pues es trágico ser humano, porque el ser humano razona y comprende y cuando la comprensión es grande a veces resulta agradable pensar sencillamente en dejar de existir. No olvido que, si bien nunca me siento menos china que cuando estoy con mis amigas chinas, que siempre son amables, asimismo nunca me siento menos occidental que cuando me encuentro entre occidentales, que no siempre son tan amables. No, amor mío, mis hijos serían mestizos y, por tanto, más por mí misma que por ellos, pues no podría soportar el dolor que sentirían al verse marginados, no deberán existir jamás. Y ahora me harás el favor de llevarme a casa, porque estoy cansada y no quiero que volvamos a hablar del asunto.

Rann la ayudó a ponerse de pie, la sujetó con fuerza entre sus brazos y la besó.

—Sí, te llevaré a casa, pero no te prometo que no hablaré más del tema, pues he tomado una decisión, ¡y no voy a cambiarla!

—Yo también he tomado una decisión, Rann, y tampoco voy cambiarla. Y además te pido que no volvamos a hablar de este asunto, pues debes comprender el dolor que siento cada vez que te rechazo, porque también me niego a mí misma.

—Pero no es necesario que tengamos hijos, Stephanie —insistió Rann—. Hay muchos niños sin padres. Podemos adoptar uno si decidimos formar una familia, pero por lo menos siempre nos tendremos el uno al otro.

—Lo que dices es verdad, Rann, pero lo que he dicho yo también lo es. Nunca tendré hijos y tú, en cambio, debes tenerlos, por lo que deberemos hacernos a la idea de que amarás a otra mujer y te casarás con ella.

Rann suspiró hondamente mientras la ayudaba a ponerse su ligero abrigo de entretiempo. El tenue amarillo del abrigo se convirtió en un molde color miel de la tez de Stephanie.

—Nunca —dijo—. Nunca podré amar a otra.

—Nunca digas nunca, amor mío. —Stephanie se dirigió a la puerta mientras hablaba y al llegar al recibidor se volvió para mirar la diosa. Escrutó su cara, tan impenetrable al paso del tiempo—. El tiempo lo cura todo, Rann. Ya lo verás.

La diosa permaneció inalterable, la muda e imperturbable comprensión estaba cincelada en cada pliegue de su rostro de madera, con la misma belleza delicada que en el rostro humano que la miraba.

Rann estaba detrás de Stephanie y le puso las manos sobre los hombros y agachó la cabeza para besar su esbelto cuello arqueado.

—No puedo rendirme, Stephanie —susurró.

—Pero debes hacerlo, Rann —dijo ella, una vez más, con firmeza. Entonces dio la espalda a la diosa para mirar a Rann y lo apartó con suavidad—. Tenemos que irnos ahora, por favor.

—¿Qué quiere decir que se lo has pedido y te ha dicho que no? —La voz del señor Kung reflejaba incredulidad.

Estaban sentados en el estudio del anciano, adonde Rann había sido convocado tan pronto como llegó a la cena que Stephanie había organizado para celebrar el octogésimo cumpleaños de su padre. Rann le contó lo ocurrido en su apartamento hacía dos noches. No había vuelto a ver a Stephanie, pero había hablado con ella por teléfono y se mantenía inflexible en su postura.

—No insistas, Rann —le había dicho—. Es inútil que me lo sigas pidiendo cuando ya conoces la respuesta.

El señor Kung se ponía cada vez más lívido a medida que Rann hablaba, y guardó silencio durante largo rato después de que hubiera concluido la explicación. Cuando por fin habló, lo hizo despacio y con evidente dificultad.

—No puede ser una niña tan atolondrada para hablarte así. Deja que yo me ocupe de mi hija. Hablaré con ella y... —Su voz se apagó. Había perdido la poca sangre que le quedaba en la cara—. Tengo que llamar a alguien. No puedo hacerme responsable...

De pronto Rann vio horrorizado que el señor Kung se ponía de pie y, después de titubear un momento, caía de rodillas al tiempo que se aferraba a su mano derecha.

—Tú —tartamudeó—. Tienes que ser tú. Puedo confiar en ti. Tú serás... tú... serás...

El anciano se desplomó entonces y Rann lo sostuvo entre sus brazos.

—¡Stephanie! —gritó—. ¡Stephanie! ¡Stephanie! ¡Stephanie!

La puerta se abrió y ella entró corriendo. Se arrodilló junto a su padre. Sostuvo su cabeza con la parte interior del codo. Sintió el terrible silencio de su corazón. Entonces levantó la vista y miró a Rann.

—Mi padre ha muerto —dijo.

¿Cómo iba a dejarla sola aquella noche? Rann había llamado a Sung para que acudiera a ayudarlos; Sung, que ya había vivido la dura prueba de los momentos que siguen a la muerte con el abuelo de Rann. Durante unos minutos, sopesó llamar a su madre, pero luego se reprimió. Sabía que tomaría un vuelo a Nueva York y aún no estaba preparado para explicarle la posición de Stephanie.

—¿Me pide pasar al otro lado de Nueva York? —inquirió Sung, a modo de protesta.

—Sí —respondió escuetamente Rann—. El padre de mi amiga acaba de morir. Necesitamos ayuda.

—Amo Rann, no puedo ir al lado de Manhattan. Suponer que la policía me detiene. Su abuelo, él nunca me pide algo así.

—Sung, es el padre de la señorita Stephanie, un caballero chino.

—¿Ha muerto un hombre chino?

—Sí.

—Voy.

Rann oyó que el sirviente colgaba el auricular. Entonces volvió con Stephanie. Estaba de rodillas en la alfombra, junto a su padre. Había colocado bajo su cabeza un cojín amarillo de raso. Le había estirado las extremidades, con los brazos tendidos a los costados, y le había alisado la larga bata púrpura hasta los tobillos. Rann se acercó a ella.

—Sung está en camino. Él sabrá lo que hay que hacer.

Ella no respondió, ni siquiera levantó la cabeza. Seguía contemplando a su padre, pero no lloraba. Rann se agachó y la ayudó a ponerse de pie, y ella no opuso resistencia.

—Ven —dijo Rann—. Nos quedaremos con él hasta que llegue Sung. ¿Debemos llamar a tus sirvientes o esperamos a Sung?

—Esperamos. Tenemos que pensar en los invitados. Deben de estar a punto de llegar.

La acompañó a un sofá amarillo de raso y se sentaron juntos; él en silencio. Con la mano derecha, Rann tomó la mano izquierda de Stephanie y la sostuvo. Era una mano suave, fina, una mano de niña.

—No voy a quedarme sola —susurró. Apartó la vista de su padre y miró a Rann.

—No te voy a dejar sola —dijo él.

No volvieron a hablar. La espera se hizo larga, pero fue breve, y la puerta se abrió. Sung les miraba desde el umbral.

—Sung, el señor Kung ha...

—Ya lo veo, señor —dijo Sung—. Por favor, ustedes dos ir a otra habitación. Yo haré todo.

—Hay sirvientes...

—Encontraré a todos, señorita Kung. Por favor, tener confianza en mí. Hago todo por su venerable padre como lo hago por mi viejo amo. Por favor, irse. Por favor, descansar. Yo haré todo.

—Lo hará, Stephanie. Acompáñame. ¿Quieres que vayamos a tus habitaciones?

—No quiero estar sola.

—Ocuparé la habitación contigua.

—Llévame a la tienda.

—¿La tienda, Stephanie?

—Sí. Es donde trabajábamos juntos. Mi padre distribuyó todas las piezas a su gusto. Si está en alguna parte, es allí. Las personas no se van al instante, ¿sabes? Al principio no saben que están muertas. Se entretienen en sus lugares más queridos, donde guardaban sus tesoros. Ven... ¡Ven enseguida!

Stephanie se lo rogó sin apartar su mano de la de Rann y él no se separó de ella mientras se internaban por un largo y estrecho pasillo hasta llegar a una gran sala iluminada, colmada de tesoros artísticos. Pasaron de una sala a otra, todas con las luces encendidas.

—Está aquí, Rann. Puedo sentir su presencia.

Rann miró por la sala generosamente iluminada, casi esperando ver al señor Kung, pero no sintió ninguna presencia. Arrimado a la pared del fondo, había un antiguo altar con una pequeña Guan Yin en el centro, colocada frente a un biombo de palisandro y con sendos incensarios de bronce a los lados.

Stephanie quemó incienso y la familiar fragancia del sándalo se renovó en el aire.

—Trabajó durante mucho tiempo en este conjunto —dijo en voz baja—. Al final se convirtió en su lugar más querido y está aquí. Está disgustado conmigo. Cuando se murió estaba decepcionado conmigo. ¿Por qué estaba enfadado, Rann?

—Quería que tú y yo nos casáramos, Stephanie. Ya lo sabes. Me lo preguntó y le dije la verdad. No veo por qué motivo iba a mentirle. Le respetaba demasiado.

—Le contaste mi negativa y se puso tan nervioso que le dio un ataque al corazón. Oh, Rann, he matado a mi padre.

—No es verdad, Stephanie.

Rann la acompañó a un confortable sofá colocado en una de las paredes, de suerte que quien se sentara en él pudiera contemplar todos los objetos expuestos con buen gusto en las tres paredes restantes de la sala. Se sentó a su lado, con el codo apoyado en el respaldo, y se volvió para mirarla, levantándole la barbilla con el dedo índice.

—No te culpes. Tu padre cumplía hoy ochenta años y hacía tiempo que sufría del corazón. Fue una coincidencia que el ataque definitivo se produjera justo en ese momento.

—¿Y también es una coincidencia que lo haya tenido la primera vez que me atrevo a desafiarlo? Mi abuelo murió por lo mismo, pero vivió hasta los noventa y cinco años, y la vida de mi padre ha quedado acortada. Siempre hice todo lo que me pedía, pero en esto no pude, Rann. El matrimonio y la maternidad son asuntos muy personales para una mujer y en esto debo decidir sola. En todo lo demás, él decidió por mí y, ¡ay!, como no pude hacer lo que me pedía, se ha ido. —Las lágrimas se agolparon en sus ojos y se derramaron por sus mejillas, pero, por lo demás, mantenía la compostura—. Aun así, Rann, no me equivoco. Aunque no estuviera de acuerdo conmigo y aunque ahora esté muerto, no me equivoco en mi decisión.

—No hablemos más de eso, Stephanie. La muerte de tu padre no es culpa tuya. Mételo en la cabeza.

Cogió la mano derecha de Stephanie entre las suyas y permanecieron sentados en silencio largo rato antes de que Sung se presentara.

—Todo hecho, joven amo —le dijo Sung—. Los sirvientes me dicen no haber parientes para dar noticia, así que todo hecho.

—Sí, es verdad, no hay nadie a quien dar la noticia. Todos nuestros conocidos en este enorme país iban a venir esta noche, así que ya deben de estar enterados. Quería que tú también tuvieras una sorpresa, Rann, de modo que no te dije que tu madre iba a venir. Ya debe de estar en Nueva York.

—Es verdad, joven amo —le dijo Sung—. Cuando su venerable madre vino y vio... Está esperando en su apartamento.

Rann se alegró de saber que su madre estaba cerca.

—Llámala, Sung —dijo—. Pídele que venga.

Su madre llegó al cabo de un rato.

—Lo lamento mucho, Stephanie —dijo—. Estaba deseando conocer a tu padre. Ahora debes descansar. Y tú también, Rann. Ve a casa y yo haré compañía a Stephanie.

—Creo que quiero quedarme aquí —dijo él.

—No, Rann. —Stephanie estaba tranquila—. Tu madre tiene razón. No queda nada más que hacer aquí. Ahora debes descansar. Yo también lo haré. Tengo un sedante.

Sung acompañó a Rann de vuelta a su apartamento, le preparó un baño y le sirvió una copa en el estudio, antes de excusarse y retirarse a descansar.

Rann se durmió en su escritorio y aún estaba allí, con la cabeza apoyada sobre los brazos cruzados, cuando su madre llegó por la mañana. Cuando lentamente recobró la conciencia, lo único que sintió fue un gran cansancio. Entonces, al abrir los ojos y verla sentada en la cómoda butaca que tenía delante, le sorprendió que estuviera allí hasta que el recuerdo de los hechos de la noche anterior le vino a la memoria.

—Oh, madre, ¿Stephanie está...? —Guardó silencio al ver el semblante de su madre.

—Rann, ahora tendrás que ser muy valiente —dijo su madre con solemnidad—. Debes recordar que todo ocurre por alguna razón. Recuerda las cosas que decía tu padre cuando supo que iba a morir.

La voz de Rann delató su sobresalto cuando habló.

—Madre, ¿qué me estás diciendo?

—Stephanie ha muerto, hijo.

Durante unos largos instantes la miró con gesto incrédulo, hasta que finalmente se derrumbó, con la cabeza sobre los brazos, y el cuerpo torturado por sus propios sollozos, al asumir lo ocurrido.

—Su hijo se repondrá, señora Colfax —le dijo el doctor. Su madre le había llamado cuando le pareció que el llanto de Rann era interminable e incontrolable—. Le he dado un sedante y ahora debe descansar. Dormirá unas cuantas horas y entonces estará bien. Es joven. Hará de tripas corazón.

—Sé por qué Stephanie hizo lo que hizo, madre. No fue una sobredosis accidental de sedantes... Oh, olvídalo. No dejó ninguna nota, pero yo lo sé, y ella sabía que yo lo sabría. Siempre se sintió fuera de lugar por ser mestiza. Incluso se negó a casarse conmigo por esta razón. No quería tener hijos porque serían, como ella, mestizos. Estoy convencido de que se vio en una situación desesperada y sencillamente engulló unas cuantas pastillas de más. Era muy asiática y no habría considerado ninguna deshonra tener el valor de tomar la única decisión que le parecía admisible en ese momento.

»Lo que debo asumir ahora es, sencillamente, que solo yo puedo descubrir por mí mismo un camino por el que seguir adelante. Mi vida, tal y como la había previsto, ha cambiado de manera irrevocable. Nada volverá a ser lo mismo, pues la vida nunca es hoy lo que parecía ayer. Hoy, no me aguarda ningún porvenir como podría haberlo imaginado, de ahí que deba crearme uno.

Rann tomó un sorbo de la taza de café que tenía delante de sí en el escritorio.

En las dos semanas transcurridas desde las muertes de Stephanie y su padre, Rann y su madre habían ido al estudio todas las mañanas después de desayunar para tomarse otra taza de café y habían conversado todos los días durante horas sobre las cosas que ocurrían en la vida y el modo en que esos sucesos fortuitos interactuaban entre sí y afectaban a las vidas de las personas. El señor Kung y su querida hija habían sido incinerados siguiendo sus deseos, pues el régimen comunista aún no había tocado a su fin y no era posible devolver los cadáveres a su patria. Rann había heredado toda la fortuna del señor Kung. En el testamento se disponía, naturalmente, que todos los bienes pasaran en usufructo a manos de Stephanie para que no le faltara de nada durante el resto de sus días si, finalmente, no contraía matrimonio con Rann, pero ahora que Stephanie había desaparecido también, esa disposición testamentaria había quedado en nada.

—Me hace feliz que hayas estado a mi lado estas semanas, madre. No sé cómo habría podido pasar por todo esto sin ti. Ha sido de gran ayuda tener estas largas conversaciones contigo todas las mañanas, para empezar a tantear cómo será mi futuro.

Su madre dejó la taza sobre el platito, en el escritorio, y se levantó para asomarse a la ventana.

—Me hace feliz haberte ayudado, hijo. Me he sentido tan absolutamente impotente durante toda esta tragedia. Apenas pude conocer a Stephanie y a su padre no lo conocía, y a ti es como si nunca te hubiera conocido de verdad. Si al escucharte poner en orden tus pensamientos he podido ayudarte en algo, haberlo hecho me consuela de mis propias limitaciones. Tu padre creía que eras una persona muy especial, Rann, y supongo que siempre me han intimidado tus notables capacidades y he preferido esperar a que tú mismo encontraras tu camino. Quizás, en este dolor, lo has encontrado.

—Desconozco qué voy a conseguir en mi vida, madre. He depositado toda la fortuna del señor Kung en una fundación que he creado. Sus metas son amplias, pero simples. Trabajará para aliviar la desesperación a la que se ven abocadas las personas mestizas por todo el mundo. Algún día, quizá, dentro de cinco o seis siglos, el problema habrá dejado de existir, pero ahora existe.

»El mundo se nos está empezando a quedar pequeño para que sigamos juzgando a las personas por su raza o color. Durante los últimos cien años hemos abandonado unos medios de transporte anticuados, que reclamaban meses para cruzar nuestro país, y hemos recortado paulatinamente ese tiempo y, por ende, la distancia, a semanas, días y en la actualidad horas. Si continuamos acelerando nuestras formas de viajar, y estoy seguro de que tal será el caso, entonces muy pronto no tendremos que movernos para desplazarnos de un sitio a otro. Tenemos que renunciar al lujo de pertenecer a pequeños grupos raciales y pasar a formar parte del todo, de una única raza, la raza humana.

»Las guerras han desplazado a los hombres por todo el mundo y la mezcla y forja de la persona del mañana ya ha empezado. Alguien debe lograr que los pueblos de la Tierra estén dispuestos a aceptar e incluso a agradecer la oportunidad de conocer a esta persona del mañana. Yo mismo las he visto por las calles de Corea y se hallan, por cierto, en una condición muy deplorable. Todos desearían que no existieran, pero, sin embargo, existen y lo seguirán haciendo en cantidades cada vez mayores, y debemos reconocerlos como lo que son, así como colaborar para ayudarles a asumir la enorme responsabilidad que cargan sobre sus hombros. Todavía desconozco qué puede hacer la Fundación Kung para ayudarlos, pero lo averiguaremos. George Pearce, Rita Benson y Donald Sharpe han aceptado formar la primera junta de directores de la institución y juntos encontraremos otros miembros de igual importancia. Entre todos localizaremos a estas personas, dondequiera que estén, sean hombres o mujeres, y pondremos todo nuestro empeño en ayudarlas a convertirse en ciudadanos productivos de la sociedad.

»Quizá, cuando otros pueblos adviertan que estas personalidades están preocupadas e interesadas por el porvenir de las personas mestizas, cambien sus posturas y el mundo se convierta en un lugar mejor para todos. Si es así, habremos logrado el objetivo que he fijado para la fundación.

—¿Y qué me dices de ti, Rann? —Su madre seguía mirando por la ventana, pero sus ojos nada veían, y las lágrimas relucieron en sus mejillas cuando le habló. En los últimos tiempos a menudo tenía la impresión de que aprendía y crecía a través de ese hijo suyo—. ¿Qué harás tú?

—¿Quieres decir personalmente? Si quieres que te sea sincero, debo admitir que no lo sé. Ahora tengo que pensar en esta enorme empresa que me espera. Por supuesto, seguiré escribiendo. Soy escritor. Ahora mismo, no sé con quién podría casarme, si es que algún día me caso, y tampoco sé qué me deparará el futuro, aparte de este trabajo que me espera. Hay tantas decisiones pendientes, todavía, pero cada una de ellas la tomaré a su debido tiempo, cuando surja la necesidad y no antes. Me siento como si la vida ya me hubiera enseñado demasiadas cosas, como si me hubiera hecho más sabio de lo debido, o de lo que yo mismo habría deseado. No voy a forzar a mis hijos a que adquieran saber. No es bueno ser demasiado sabio. El saber te separa de los demás, incluso de los sabios, pues entonces te asusta el exceso de saber. Tomar cada día como una página distinta, que hay que leer con detenimiento, saboreando hasta el último detalle, creo que es lo que mejor me sienta. Todavía me hallo en la primavera de mi vida. Espero con ansia el verano y sé que disfrutaré de mis años otoñales, como estoy seguro de que abordaré el final de mi existencia con la misma curiosidad que me ha acosado siempre en cuanto he hecho. Quizás algún día volveré la vista atrás y contemplaré esta vida como una sola página, y si es así, estoy seguro de que lo haré con la misma sed de adquirir más conocimientos, con esa cierta conciencia de que existen verdades cuyas razones no podemos conocer... Quizá sea ese el meollo de todo, el eterno asombro.

OTROS TÍTULOS DE LA COLECCIÓN

Cuando me haya ido

LAURA LIPPMAN

En 1959, cuando Felix Brewer conoce a Bernadette Bambi Gottschalk en un baile de San Valentín, ella aún no ha cumplido los veinte. Felix la seduce con promesas, de las que sólo cumplirá algunas. Se casan y, gracias a los lucrativos negocios de él —no del todo legales en ocasiones— Bambi y sus tres pequeñas hijas viven en medio del lujo. Pero el 4 de julio de 1976 ese mundo confortable se derrumba cuando Felix, amenazado con ir a la cárcel, desaparece.

Aunque Bambi ignora el paradero de su marido y también el de su dinero, sospecha que existe una mujer que conoce ambos: Julie, la joven amante de Felix. Cuando diez años más tarde Julie también desaparece, todos suponen que se ha reunido con su antiguo amante..., hasta que descubren su cadáver en un solitario parque.

Ahora, veintiséis años después, Roberto Sandy Sánchez, un detective retirado de Baltimore que trabaja en antiguos casos sin resolver, investiga el asesinato de Julie. Lo que descubre es una oscura trama, una mezcla de amargura, celos, resentimiento, codicia y anhelos que se extiende a lo largo de cinco décadas, en cuyo centro se encuentra el hombre que, pese a haber desaparecido tiempo atrás, nunca ha sido olvidado por las cinco mujeres que lo amaban: el enigmático Felix Brewer.

La autora de *Lo que los muertos saben* vuelve a sorprender a los lectores con una novela inteligente, de ritmo impecable y plena de suspense.

Cómo enamorarte

CECELIA AHERN

Solo tiene dos semanas. Dos semanas para enseñarle a Adam a enamorarse... de su propia vida.

Adam Basil y Christine Rose se conocen una noche, ya tarde, cuando ella está cruzando el puente de Ha'penny, en Dublín. Lo ve allí, suspendido en el aire, amenazando con arrojarse al río. Está desesperado, pero Christine llega a un alocado acuerdo con él: le apuesta a que antes de que Adam cumpla los treinta y cinco años —para lo cual falta poco— le habrá demostrado que la vida merece la pena.

Pese a su determinación, Christine sabe lo peligrosa que es la promesa que ha hecho. Ambos se embarcan contra el reloj en locas aventuras, y Adam parece estar enamorándose nuevamente de su vida. Ahora bien, ¿ha conseguido Christine que cambie de actitud para siempre? Y ¿es eso lo único que está empezando a ocurrir? Una mágica historia de amor y esperanza, con el sello inconfundible de la autora de *Posdata: te quiero*.

Dos minutos

ROBERT CRAIS

Dos minutos es el tiempo máximo que uno puede invertir en un atraco antes de que la policía aparezca. Romper la regla de los dos minutos supone pasar una temporada en la cárcel. Cualquiera que viva en el lado equivocado de la ley lo sabe.

Max Holman conoce bien esta norma, pero en una ocasión las cosas no resultaron. Cuando por fin sale de la cárcel, tiene un único propósito: reconciliarse con su hijo, que, irónicamente, es policía. Pero esta intención se ve truncada por una noticia desgarradora: él y otros tres agentes de la policía de Los Ángeles han sido abatidos a tiros. El caso es expuesto como un ajuste de cuentas debido a la corrupción policial. Desde ese momento, la prioridad de Holman será limpiar el buen nombre de su hijo y encontrar al asesino. Para ello, deberá aliarse con la agente que lo metió en la cárcel, la única policía en la que puede confiar. Quizás ha llegado el momento de llevar al límite la regla de los dos minutos...

Con todos los elementos que han hecho de Robert Crais uno de los mejores escritores del género, *Dos minutos* es una novela fascinante que lleva el suspense al límite.